Förlag: BoD - Books on Demand, Stockholm, Sverige
Tryck: BoD - Books on Demand, Norderstedt, Tyskland
ISBN: 978-91-7785-403-6

VÄKTARNA

- en ny tidsålder föds

Prolog

Dregos höll ett hårt grepp om väktarkvinnans hals. Han studerade henne tillfreds när hennes lysande ögon skiftade från kallt hat till ren förvåning.

Därefter lyfte han upp henne med sin starka hand åtstramad runt hennes hals och njöt av att se hennes kamp för att komma loss. Hon använde varje uns av sin kraft för att besegra honom – men utan framgång.

Ty hon var inget annat än en ung väktare. Hon hade ännu inte fått några förmåner av väktarnas älskade Kung och hade därför inte heller någon möjlighet att besegra sin förgripare.

"Jag kommer att döda dig, missta dig inte om den saken", väste Dregos mellan tänderna.

Väktarkvinnan hade inte kunnat svara om hon så velat. Hon flaxade panikslaget med sina välsvarvade lemmar i ett försök att bli fri.

"Innan jag avslutar ditt väktarliv vill jag att du ska se mig i ögonen och känna igen mig som viatorn som tog din väktarenergi ifrån dig."

Kvinnan kämpade, han var tvungen att ge henne en eloge för det.

Med en snabb handvändning kastade han henne på den kalla marken och höll ner henne med hjälp av sin kroppstyngd ovanpå hennes torso.

Hennes bröst hävdes upp och ner i panik. Dregos var väl medveten om att det inte var luft hon kippade efter utan kraft. Väktare andades inte syre.

Fortfarande med handen i ett dödligt grepp runt hennes hals böjde han sig fram mot hennes ansikte. Han såg dödsångest i de vackra ögonen och log brett ner mot henne. "Jag vill tacka dig för den gåva du kommer att ge mig nu", viskade han lågt. Han böjde sitt ansikte närmare hennes och öppnade munnen.

Kvinnans kropp spasmade våldsamt när hennes väktarenergi lämnade henne och färdades ner i Dregos muskulösa kropp.

"Neeeej!"

Dregos reste sig snabbt till ljudet av kvinnans partner som kom springande genom skogen i enorm hastighet. Han log ner mot den livlösa kroppen och flinade sedan hatiskt mot väktarmannen som precis blivit synlig mellan träden några meter därifrån.

Det var bra. Dregos *ville* att väktarmannen skulle se honom. Dregos ville att *alla* väktare skulle lära sig vem han var. De skulle lära sig att frukta den första viator som hade förmågan att döda väktare.

Innan väktarmannen hunnit fram till Dregos, och sin raderade förbundspartner, hade Dregos försvunnit i tomma intet.

Didrik såg sig omkring, försökte penetrera varenda litet träd med sina lysande ögon. Men förövaren gick inte att skåda någonstans.

Han föll kraftlöst ner på knä bredvid sin förbundspartner och vrålet som steg från hans strupe fick vartenda träd i skogen att vibrera.

Fiona.

Hans vackra och underbara Fiona.

Han hade enbart fått njuta av deras förbund i drygt ett år. Ett år sedan han gjort henne till väktare – och nu var hon död. På grund av en viator.

Han lutade pannan mot den kalla marken och bad till *Lyofos* gudar att ge honom all styrka för att orka gå vidare utan henne.

Han bad även om all styrka som kunde uppbringas för att hämnas på viatorn som lyckats ta hans älskades livskraft.

"I Kungens namn så lovar jag att hämnas dig", viskade han innan han lyfte upp henne i sin famn för att bära henne tillbaka till deras familj.

Didrik bar den vittrande kroppen hela vägen genom den täta Grünewaldskogen i Berlin och vidare fram till den avlägsna residens som tillhörde familjen Rauch, den tyska väktarfamiljen.

Framme vid herrgården lade han ner det som fanns kvar av Fionas kropp på den kalla stenbron. När dörren till herrgården öppnades tittade resten av medlemmarna i familjen Rauch förfärat ner på det som en gång varit Fiona.

Förmultningen gick snabbt för väktare och inom några timmar skulle enbart hennes vita ben finnas kvar.

Trots chocken och förtvivlan i familjen Rauchs ansikten höll sig Didrik kall när han förklarade för Erich, familjeöverhuvudet, att denne måste meddela Kungen om den våldsamma och starka viator som hade förmågan att inhalera väktarenergi.

Han höll sig även kall när han meddelade sin familj, en familj han hade varit medlem i sedan 179 år tillbaka, att han hade för avsikt att lämna dem den här kvällen för att söka sin hämnd.

Regon log nöjt mot budbäraren. "Så Dregos har dödat en väktare till?"

Argor nickade nervöst. "Det stämmer Härskare. Han sände budet för en timme sedan från Tyskland."

Regon studerade viatorn han hade framför sig, något som fick honom att le än större. Den här viatorn var livrädd för honom – precis som de övriga.

För första gången på hundratals år såg Regon ljuset framför sig. Väktarna var inte så odödliga som de tidigare hade inbillat sig. Deras tusentals år av diktatur gick mot sitt slut. Tusentals år med Kungen som enväldshärskare över jorden gick mot sitt slut.

Hans trumfkort var att Kungen inte förstod vidden av det hela än. Han skulle inte förstå vidden av viatorernas frammarsch förrän det var för sent att stoppa den.

Regon hade jobbat på sin plan i flera decennier, och han trodde på den så mycket att han hade förflyttat sin person till planeten Jorden istället för planeten *Merkel* som viatorerna ursprungligen kom ifrån. Regon var uppväxt på Merkel, en planet där *Gurgurerna* härskade. Viatorerna härskade ännu inte över någon specifik planet. De var dock en erkänd minoritet på Merkel och styrde sina egna stater. Regon var viatorernas Härskare, men fortfarande underställd Gurgurernas, och planeten Merkels, erkände Despot.

Han reste sig upp, sträckte på sina muskulösa ben och andades in den kvava luften. Nej, jordluften skulle aldrig bli lika uppfriskande som luften på Merkel. Men jordluften doftade just nu seger.

Regon älskade den doften.

Del ett

Nova Sommelius

Kapitel ett

Tre månader tidigare

"Nova kom igen nu, du har varit deprimerad så lång tid jag kan minnas. Du måste ju gå ut och göra något. Träffa en kille, ha roligt." Rebecka tittade på mig med sina anklagande rådjursögon.

Ja, jag hade varit deprimerad så lång tid *jag* kunde minnas också – tre år – ungefär lika lång tid som min huvudvärk hade plågat mig. Även om det var alltmer sällan nu för tiden. Den hade varit värst medan jag fortfarande bott kvar i Månkarbo. Men å andra sidan var det inte så konstigt. Vem hade inte huvudvärk i den lilla hålan?

"Jag är inte intresserad av att träffa någon kille. Men jag kan följa med på festen om det är viktigt för dig, Rebecka." Jag tittade på henne med en anklagande blick som sade: *"säg att det inte är viktigt, snälla."*

"Ja, Nova, det är viktigt... för dig. Det enda du gör är att jobba och sova. Du har inte sett Gävle på riktigt sedan vi flyttade hit. Det ska vi ändra på imorgon."

Jag och Rebecka delade lägenhet. Vi hade flyttat tillsammans från Månkarbo två år tidigare till en lägenhet som låg centralt i den lilla staden Gävle. Det tog bara fem minuter att gå in till stadens mitt *Stora torget*. Vi bodde på *Staketgatan*, omgivna av en salig blandning pensionärer och

10

studenter och med utsikt över *Vasaskolan* och en populär kinarestaurang som vi åt på alltför ofta. Rebecka pluggade media-vetenskap på Högskolan i Gävle. Själv arbetade jag på *Glitter*, en smyckeaffär i en väldigt populär galleria i staden. Jag tänkte arbeta där tills jag kommit på vad jag ville göra med mitt liv.

Egentligen tills jag kommit på vad jag ville plugga till. Min mamma vägrade att se någon annan väg för mig, och så länge *jag* inte såg den vägen var vi oense och jag jobbade på Glitter.

Hon bodde kvar i Månkarbo. Jag åkte sällan och hälsade på henne. Hon kom nästan alltid till mig – fastän hon hade mer plats och mitt rum stod kvar orört, och trots att jag en gång i tiden hade lärt mig att älska den lilla orten.

Men något inom mig hindrade mig från att åka dit utom i yttersta nödfall. Möjligtvis för att jag förknippade min hemska depression med Månkarbo och den fruktansvärda huvudvärk som tagit över mitt liv det sista år jag bott där.

Det var som om syret hade tagit slut och kvävt mig långsamt. Jag blev tvungen att lämna orten – och sedan jag flyttat till Gävle hade jag mått bättre.

Men inte bra.

Långt ifrån bra.

Jag saknar dig.

Jag vaknade med ett ryck och en kniv vreds om i mitt hjärta. Alltid samma dröm som följde mig nästan varje natt,

11

som fick mig att vakna och med tungt hjärta se mig omkring i det mörka rummet för att hitta den jag sökte efter i mina drömmar. Den personen som jag behövde men som jag aldrig fann. När jag vaknade kände jag så tydligt att något var fel att jag grät varenda gång. Jag grät så mitt bröst smärtade och huvudet värkte, utan att ha en aning om *vem* jag grät över.

Hur kunde man sörja någon så djupt och vara så deprimerad, om man inte visste en direkt orsak till sin sorg? Kunde det möjligtvis vara en postdepression efter min pappas bortgång?

Det var den närmsta ledtråd jag hade till den tyngd som vilade i min kropp.

Jag torkade mina rödgråtna ögon och samlade ihop täcket till en klump i mitt knä när jag satte mig upp i den röriga sängen.

Rummet var mörkt tack vare min svarta rullgardin, men utanför var det garanterat ljust. I början av maj var det nästan ljust jämt. Jag svalde, öm och tjock i halsen efter allt gråtande.

Vad i helvete hade det tagit åt mig?

Samtidigt som jag trevade efter min silverfärgade mobil, som uppenbarligen inte låg kvar på nattduksbordet där jag lämnat den, körde jag in fötterna i mina blåa tygtofflor.

Hade jag verkligen drömt om *Uppsala högar*? Jag hade aldrig ens varit där på riktigt. Ändå hade jag så tydligt sett den gamla kyrkan från en av högarna där jag suttit på en röd filt. Det hade varit en aning kyligt i luften och jag hade suttit bredvid...

Huvudvärken blixtrade mellan mina tinningar och jag lade båda händerna mot sidorna av mitt huvud och drog djupt efter andan. Vad var det jag hade tänkt på? Jo, telefonen var det jag letade efter. Den låg på golvet en bit in under sängen bredvid en vit kartong där jag förvarade alla mina viktiga papper – som deklarationen jag borde ha lämnat in för länge sedan. Klockan var kvart över tio. Inte så farligt. Jag började inte jobba förrän halvtolv och slutade vid fem, lagom till festen Rebecka tvingat mig att följa med på. Jag släpade fötterna efter mig fram till den blå morgonrocken som låg slarvigt slängd över mitt svartbetsade skrivbord. Min laptop var begravd under diverse prylar. Men att städa upp där fick bli en senare fråga.

Jag öppnade den vita dörren och såg att Rebeckas dörr mittemot fortfarande var stängd. Lördag. Det är klart, hon kunde ju sova hur lång tid hon än önskade – student som hon var.

Vardagsrummet låg mellan våra rum och hallen löpte direkt ut från vardagsrummet. Vårt kök låg bredvid Rebeckas rum och toaletten intill mitt. Det var en perfekt liten lägenhet som vi inrett smakfullt i olika färger. Vardagsrummets favoritpunkt var den stora granitgråa tygsoffan fylld med färggranna, mjuka prydnadskuddar som lockade en att sjunka ner i dem när helst man hade tid och lust. Jag hade

13

åtminstone inte det ena just nu utan slank in på toaletten där jag snabbt gjorde mig i ordning för en ny dag i hetluften.

Mitt bruna hår kändes livlöst och tråkigt så jag snodde upp det i en svans och sminkade snabbt över min trötthet. Eftersom jag kände mig svart klädde jag mig därefter i en svart kortärmad tröja och mörkblå jeans – enkelt men snyggt.

I köket slängde jag i mig två rostade mackor som jag åt på stående fot medan jag bläddrade i en av våra många skvallerblaskor. Jag och Rebecka älskade skvallertidningar.

Kapitel två

Väl nere på Glitter var butikschefen, Tommy Lund, den första jag mötte. Han var stressad men tog sig tid att hälsa leende på mig.

"Det har kommit nya varor, Stina är ute på lagret och plockar upp. Du kan ta kassan så hjälper jag henne." Han försvann ut genom dörren igen och jag följde efter för att lämna min handväska i det lilla personalrummet.

Tommy var förtjust i mig, det hade han visat öppet från den dag jag anställdes på Glitter. Och även om han faktiskt bara var drygt trettio år och såg skapligt bra ut med sitt mörkbruna hår och snälla, gröna ögon, lockade han inte mig. Jag gillade honom skarpt som vän och chef, men skulle inte ens ge honom en chans att bjuda ut mig på middag. Hade jag å andra sidan låtit någon över huvud taget bjuda ut mig på något roligt sedan jag flyttat till Gävle?

Nej.

Jag loggade in i kassan och klistrade på mitt bästa säljaransikte.

Det var redan mycket folk i gallerian och på Glitter var det i vanlig ordning mest tonårsflickor. De vred och vände på smycken; kände på löshår; speglade sig om vartannat. Snacka om bekymmersfritt liv.

För övrigt var fnittret öronbedövande.

15

När Tommy var tillbaka tittade han roat på den senaste skaran fjortisar som stod och grävde bland hårspännen på realisation. "Nova, det är dags för dig att ta en paus. Stina sitter redan och tar en kaffe så du kan göra henne sällskap."

Hans stora hand kramade min axel när jag passerade och hans blick svepte över mitt ansikte med värme i de gröna ögonen. Jag gav honom ett litet leende innan jag försvann ut i fikarummet.

Rebecka hade redan hunnit ringa fyra gånger innan klockan slog fem. Hon var rädd att jag skulle hinna ändra mig och undrade om hon skulle möta mig i gallerian. Precis som om jag vore en brottsling på rymmen.

Jag lovade henne att jag skulle komma hem direkt och gav henne ordern att hälla upp ett glas vin åt mig.

"Vart ska ni någonstans?" frågade Stina när hon drog på sig jackan. Hon var en söt tjej med ljusbrunt hår och ett snällt ansikte. Hon hade lite problem med vikten och kämpade hårt på gymmet flera kvällar i veckan. Men jag ansåg åtminstone att hennes former klädde henne.

"Du, jag har faktiskt ingen aning", log jag och lyckades till och med att se lite förvånad ut för att jag inte tänkt på att fråga det själv. "Men vi ska på fest hemma hos en av Rebeckas studentpolare innan."

"Åh vad trevligt, Nova. Hoppas du får en bra kväll", spann Stina och gav mig en snabb kram. "Vi kanske ses någonstans i vimlet", tillade hon med ett brett leende innan hon lämnade affären.

Jag släckte ner i butiken och hjälpte Tommy att stänga innan jag gick för dagen.

Utanför hade staden redan börjat leva. Folk hade samlats på uteserveringar eller stod och hängde mitt på torget i den sköna kvällsluften. Musik hördes från närliggande pubar och lockade åhörarna med toner som passade massan.

"Nova–" Jag vände mig snabbt om och såg att Tommy stannat till bakom mig utanför gallerians dörrar. Han såg en aning tveksam ut även om ögonen studerade mig intensivt och uppskattande. "Om du vill att vi ska mötas upp ikväll kan du väl slå mig en signal?"

Jag tittade på honom med varma kinder och nickade en aning generat. "Absolut", sade jag lågt och log innan jag fortsatte min korta vandring till min och Rebeckas lägenhet.

Jag kastade en längtande blick in i kinarestaurangen *Österns pärla* när jag passerade. Det var som vanligt fullt med folk och doften var otroligt lockande. Borde jag köpa hem lite kinamat på vägen? – eller hade Rebecka kanske svängt ihop något hemma? Hon var väldigt omtänksam på det viset, och dessutom en duktig kock.

"Se vem som är här!" utropade Rebecka glatt när jag öppnade ytterdörren. Emily dök upp bakom henne och kramade om mig hårt.

"Överraskning", log hon och gav mig sitt mest underbara leende.

Jag tog av mig skorna och kände att det luktade tacos från köket. Hem ljuva hem.

17

Emily bodde i Uppsala tillsammans med Robert. De hade hållit ihop genom åren och jag var tvungen att erkänna hur romantiskt det var.

Rebecka hade dumpat Erik i samma veva som hon flyttat till Gävle med mig. Hon njöt av att vara singel och levde för att flirta ute på krogen men lämna en besviken skara bakom sig när hon drog vidare. Å andra sidan var väl inte jag bättre. Jag ville inte ha någon pojkvän alls men hade fått några trevande erbjudanden sedan jag flyttat till Gävle, trots att jag inte rörde mig ute på krogen. I Månkarbo hade Johnny aldrig givit upp sina försök att göra mig till sin, men hur snygg och trevlig jag än tyckt att han var så kunde jag inte framkalla några varmare känslor för honom. Han hade varit minst sagt förkrossad när jag berättat för honom att det inte fanns någon chans alls att vi blev ett par. Det sista jag hört var att han hade flyttat till Stockholm och pluggade på KTH.

Jag var säker på att han skulle få en lysande framtid utan mig.

"Här, Nova, jag har fixat lite tacos i köket. Ät och drick. Vi ska ha skitkul ikväll!" log Rebecka och stack ett glas rödvin i min ena hand. Jag kunde inte låta bli att le, mina vänner förnekade sig aldrig.

"Vad trevligt att du kunde lämna din älskling till förmån för oss", log Rebecka lite retsamt åt Emily när vi alla tre satt och åt våra tacos vid matbordet till dunkande partymusik.

18

Vinet steg mig åt huvudet på en gång så jag försökte dricka så mycket vatten som möjligt medan jag roat lyssnade på mina vänner och tuggade i mig min mjuka tacorulle.

"Ja men jag *kan* åtminstone hitta på något annat när jag har pojkvän" pikade Emily, "du var ju tvungen att göra slut med Erik för att kunna träffa dina vänner."

Rebecka skrattade. "Vem var det som messade sin pojkvän konstant sista april? Det var du Emily."

"Ja, för din pojkvän satt på filten i backen tillsammans med oss!" skrattade Emily.

"Vad är det, Nova?" frågade Rebecka plötsligt allvarlig. Utan att ha märkt det själv hade jag lagt händerna runt mitt huvud som oväntat börjat värka. Jag bet ihop tänderna och grimaserade av smärtan som lade sig som ett band runt min hjässa.

"Nova?" Emilys röst var orolig och hon lade en lugnande hand på min axel. Både Rebecka och Emily var väl insatta då det gällde min underliga huvudvärk. De hade även delat min mammas ångest de gånger jag varit in på sjukhus för utredning. Läkarna hade inte hittat något och hjärnröntgen hade inte visat på någon tumör eller förändring i mitt huvud. De hade meddelat min mamma att det var psykiskt och att jag antagligen var deprimerad och spänd, som många andra unga flickor i dagens samhälle. Jag behövde jobba med mig själv, ingenting annat.

19

Ibland hade jag nästan önskat att det rörde sig om något som gick att behandla. Att jag kunde knapra någon medicin och sedan blev jag antingen bra eller död.

Som det var nu kunde jag inte jobba med mig själv, för jag hade ännu inte kommit på vad som egentligen gjorde mig deprimerad. Mitt liv var bra.

Eller det borde åtminstone vara det.

"Var det något som hände den dagen i backen?" frågade jag sammanbitet.

"Du menar förutom att vi blev väldigt berusade och Johnny suktade efter dig hela dagen?" frågade Rebecka en aning roat.

"Det känns... som om jag har glömt något..." Jag masserade mina tinningar frenetiskt medan jag försökte framkalla de minnesbilder jag var säker på gömde sig där inne någonstans. Mina ögon fylldes oväntat av tårar och jag tittade förtvivlat på Emily och Rebecka som såg minst sagt frågande ut.

Lika snabbt som något gjort sig påmint försvann det igen. Känslan av att ha glömt något, som titt som tätt var skrämmande påtaglig, var helt borta. Jag hade tittat lika förvirrat på mig själv som Emily och Rebecka gjorde om jag kunnat.

"Sak samma, nu dricker vi", log jag och höjde mitt vinglas.

Kapitel tre

Jag var en aning snurrig när vi gjorde vårt intåg på Rebeckas studentfest. Det där med "varannan vatten" hade jag glömt efter typ tredje glaset vin. Jag visste ärligt talat inte ens var festen var belägen för det hade jag glömt på min vingliga färd. Men jag visste åtminstone att jag inte hade gått alltför långt. Vi var fortfarande i centrala Gävle.

Det var ingen tvekan om var i trappuppgången dörren till festen låg; vibrationerna från basen fick hela dörren att vibrera och folk stod ända ut i hallen med sina glas. Glada tjut från överförfriskade tjejer utbyttes mot de sedvanliga skålropen från unga män med basröster.

Vi blev snabbt indragna i en hälsningshysteri. Helst jag och Emily, eftersom Rebecka var en välkänd partyminglare som kände de flesta på festen.

Jag lärde mig snabbt att killen som hade festen hette Rashid Ahmed och studerade till civilekonom. Han var dessutom snygg och luktade grymt gott. Han presenterade oss för ett gäng med studentvänner och ett gäng med studentvänners vänner. Jag lärde mig även snabbt att jag tillhörde den sista kategorin.

Jag och Emily lyckades klämma oss ner i en beige tygsoffa bredvid översminkade tjejer som stank den senaste trendparfymen. De skrattade högljutt medan de diskuterade med vad och hur mycket de skulle fylla sina tuttar nästa gång och vilka andra platser på kroppen som lämpade sig för lek

21

med silikon och diverse ämnen. Samtidigt satt en grupp killar på hopfällbara svarta Ikeastolar i plast och kastade lystna blickar på dem.

Rebecka hade redan förlorat sig i ett av många ragg och hängde kvar i köket. Hennes senaste offer var en mörkhyad kille som såg ut att vilja plocka ner månen åt henne. Rebecka ville dock inte ha månen utan nöjde sig med att dricka av hans grogg.

Några killar stod i hallen och diskuterade vilken krog de skulle besöka. Det stod tydligen mellan två krogar och argumenten för de båda haglade tungt i form av villiga brudar och eventuella artister.

Jag log roat och insåg att jag kunde vara sådär härligt osynlig den här kvällen och bara njuta av tumultet runtomkring mig.

Ja, det trodde jag åtminstone – tills Johnny släntrade in i hallen och fick syn på mig.

Jag blev så förvånad att glaset jag höll i skakade till och vin stänkte på mitt svarta nylonklädda lår. Borde inte han vara i Stockholm och röja loss på någon innekrog?

Medan jag tittade frågande på honom och drog med handen över mitt fuktiga lår insåg jag att *han* inte var förvånad över att se mig.

"Eh, jag kanske glömde säga att det var Johnny som gav mig skjuts hit idag", flinade Emily retsamt.

"Jag borde ge både dig och Rebecka stryk", sade jag sammanbitet och gav Johnny ett strålande leende. Jag var

22

dock glad över mitt klädval i form av en beige utmanande klänning som gjorde sig utmärkt till mitt bruna hår.

Och satan vad snygg Johnny var! Hans hår var klippt i en kort, snygg frisyr. Han var lika vältränad som vanligt och klädd i ljusa jeans med en kortärmad svart skjorta.

Varför i helvete kunde jag inte framkalla några känslor för honom? Alla andra tyckte att vi var en 'match made in heaven'. Varför kunde inte jag tycka det? Jag *ville* ju ha känslor för honom.

Han log sitt charmiga leende och tog sig direkt fram till mig. Han gav mig en hård kram och tittade en aning bekymrat på mig. "Det är roligt att se dig, Nova. Hur är det? Hur går det med huvudvärken?"

Härligt att ens kännetecken var en envis huvudvärk.

"Det är bra, Johnny. Och huvudvärken kommer och går kan man säga", tillade jag med ett leende.

Jag såg hur Emily och Rebecka utväxlade nöjda blickar innan Emily reste sig upp för att, passande nog, fylla på sitt glas så att Johnny kunde sätta sig bredvid mig.

Fastän jag planerade att mörda de båda två senare under kvällen visste jag att de gjorde så här av ren omtanke. De ansåg att jag hade varit deprimerad så lång tid och ville att jag skulle bli lycklig.

"Det är verkligen roligt att se dig, Johnny", sade jag helt sanningsenligt. "Jag hade ingen aning om att du skulle komma ikväll. Emily och Rebecka ville uppenbarligen överraska mig." Jag kastade ännu en blick ut mot köket där

23

Emily och Rebecka nu var upptagna med några killar. När Emily lämnade sin pojkvän hemma var det uppenbart att hon även gjorde det själsligt.

"Så hur går det på KTH? Komiskt nog vet jag inte ens vad du pluggar till", sade jag med ett brett leende.

Johnny log och studerade mig med sina varma, bruna ögon. "Jag pluggar till arkitekt."

"Inte dåligt", nickade jag imponerat. "Ännu en anledning till varför min mamma tycker att du är en svärmorsdröm", skrattade jag.

"Ja. Synd bara att hennes dotter inte delar den uppfattningen." Han tittade allvarligt på mig.

"Jo jag delar den uppfattningen. Men... bara rent värderande."

Jag fattade verkligen inte. Vad hade jag egentligen gjort för att förtjäna den här vackra killens ständiga uppmärksamhet? Jag hade definitivt ingenting speciellt att erbjuda honom – men ändå behandlade han mig som om jag var guds gåva till mannen. Åh, varför kunde jag bara inte älska Johnny?

"Din mamma umgås tydligen en hel del med min mamma. Hon beklagar sig över att du inte kommer och hälsar på oftare i Månkarbo."

Jag nickade utan att kommentera den dolda frågan. Jag kände inte heller för att informera Johnny om vidden av den depression jag drabbats av och hur den blev värre när jag besökte Månkarbo. Mitt mål just nu var att dra mig upp ur

24

den kvicksand som tagit sitt stenhårda grepp om mig och leva det liv jag haft för avsikt att leva innan mörkret.

Medan kvällen förflöt fick vinets förvillande påverkan mig att vilja börja mitt nya liv med att närma mig Johnny.

Jag satt nära Johnny hela festen och vi lyckades överrösta musikens ökande dunkande och de högljudda glada röster som följde. Jag hade trevligt. Väldigt trevligt.

Jag noterade då och då hur Rebecka och Emily gick förbi men utan att störa oss. Inte ens det brydde jag mig om.

Det var dags att börja leva igen. Om det innebar att jag helt kallt skulle dra Johnny hem till mig den här kvällen och ha sex med honom så fick det innebära det.

Jag visste att jag skulle skada honom mer än göra honom lycklig – med tanke på att vi därefter skulle vakna upp till en ny morgondag då jag inte hade något mer att ge honom. Men jag ville låta en enda kväll handla om mig. En kväll som fick mig att känna mig levande igen.

Jag hade alltid trivts i Johnnys sällskap, han var den enda person av manligt kön jag verkligen gillade. Som jag kunde prata med i timmar.

Rebecka dansade fram till oss med ett drinkglas i högsta hugg. Hon skrek högt till musiken och skålade med alla sina vänner, gamla och nyfunna, på vägen. "Nova! Skål!" vrålade hon och höjde sitt glas. Hon böjde sig sedan ner och gav mig en blöt puss på kinden. "Ikväll ska jag dansa sönder bardisken!" skrek hon glatt.

Jag tittade skrattande ner på hennes högklackade skor.

"Jag tror dig."

Johnny skrattade och smög samtidigt in armen bakom mig på soffans ryggstöd. En liten hint till eventuella åskådare att jag var upptagen.

"Ni är det snyggaste jävla par jag någonsin har sett!" skrek Rebecka och kramade oss båda samtidigt. Hennes hår var rufsigt och där alkoholen gick in, gick som bekant förnuftet ut. Men det här var Rebecka och jag älskade hennes galna uppenbarelse.

Emily visade sig vara försvunnen strax innan vi skulle ge oss iväg till krogen. Det visade sig snart att hon hade försvunnit in i sovrummet där hon stod och hånglade i ett hörn med en ung student. En kille hon aldrig hade valt i nyktert tillstånd.

Johnny blev milt sagt upprörd och drog ut henne därifrån under en rad svordomar. "Du ska vara jävligt glad över att jag inte bor i Uppsala och du ska vara jävligt glad att jag inte känner Robert! Om han hade varit min vän hade jag ringt honom på en gång."

Emily började gråta på sant Emilymanér så jag och Rebecka fick trösta henne. Hon försäkrade säkert hundra gånger att hon var en bättre människa än vad det verkade som just nu. Som om jag brydde mig över huvud taget om hon var otrogen mot sin kille. Inte Rebecka heller för den delen, hon stod och väntade otåligt medan Emily samlade ihop sina grejer så vi kunde gå till krogen någon gång.

Kapitel fyra

Krogen var precis så tråkig som jag mindes den. En massa människor som trängdes på dansgolvet och den största köttmarknad som existerade. Jag satt vid ett bord med Johnny den största delen av kvällen och såg hur Emily och Rebecka for runt över hela stället. Emily hade glömt incidenten i sovrummet och njöt till fullo av den uppmärksamhet hon fick på krogen. Jag önskade så mycket att jag var lika bekymmerslös som dem.

Om det inte vore för Johnny som jag kunde sitta och umgås med hade jag antagligen lämnat krogen för länge sedan.

"Nova–" Johnny tog min ena hand i sin och tittade mig rakt in i ögonen. "Ska vi gå hem till dig istället? Det är värdelöst här."

Massa för- och emot argument formades i mitt huvud. Jag tog förvisso inte hänsyn till några av dem utan gick på den linje jag beslutat tidigare under kvällen; ikväll skulle jag frångå min grå vardag och kasta mig ut i hetluften igen.

"Det är klart vi kan", log jag en aning generat. Jag reste mig snabbt upp innan jag hann ångra mig och fick en konfunderad blick från Johnny.

"Vi måste säga till Rebecka och Emily att vi går – om vi kan hitta dem vill säga", tillade jag och såg mig omkring.

Efter lite letande hittade jag Rebecka mitt i klungan på dansgolvet och Emily var inte långt därifrån. "Nova, det är klart du ska gå hem och umgås lite med Johnny", log hon brett och minst sagt onyktert.

Hon kramade både mig och Johnny. "Det dröjer säkert mer än två timmar innan vi är hemma. Du vet, McDonalds", flinade hon innan vi gick.

Jag himlade med ögonen men log samtidigt okynnigt och lät Johnny lägga armen om mig på väg ut från krogen.

Vi gick genom den kyliga men ljusa natten hand i hand. Små skaror av människor var samlade över hela torget, de festade och skrattade. De flesta var på väg till krogen och jag gissade att klockan inte ännu var ett. Skräp från dagen och natten blåste runt på den granitgrå asfalten. Här och var rotade fåglar runt i soporna och slogs sedan om bytet som om det vore guld.

Jag sneglade på Johnnys manliga profil och kände hur det pirrade till i min mage. Jag var verkligen på väg att göra det här. Och det kändes helt okej.

Jag fumlade med nycklarna i dörren och Johnny tog min hand med ett flin och förde nyckeln rätt. "Lite nervös kanske?"

Jag grimaserade och gick in i vår mörka hall. Skenet utifrån föll in genom vardagsrumsfönstren och kastade ljusglimtar över vår granitgrå soffa. Jag undrade om jag skulle lämna lägenheten i detta mystiska mörker. Slippa bada verkligheten i en massa onödigt ljus.

Med Johnnys ögon i ryggen satte jag på vår lilla dvd-spelare. Jag valde en blandad skiva med lugna låtar så jag slapp välja mellan artister. Fjärilarna i magen tog vid det här laget enorm plats.

När jag vände mig mot Johnny hade han tagit av sig skor och jacka, och stod lutad mot portalen mellan hallen och vardagsrummet. Han såg väldigt bra ut.

"Jag trodde aldrig att jag skulle få vara ensam med dig igen, Nova. Inte efter förra gången hemma hos dig när vi drack vin."

Någonstans inom mig sved det till av ett avlägset minne. Jag chockades av den plötsliga smärta som fyllde min kropp, men vägrade att låta den ta över. Sådana känslor ledde alltid till min kända huvudvärk.

"Det var en trevlig kväll", intygade jag en aning sammanbitet. Jag stod helt stilla med ryggen mot dvd-spelaren och tittade nervöst på Johnny som sakta rörde sig mot mig. Han drog med sina fingrar genom mitt hår och lät de bruna ögonen glida över mitt ansikte. Pulsen ökade och hjärtat dunkade snabbt i bröstet.

"Du är så fin, Nova. Du anar inte hur mycket jag har tänkt på dig. Fastän du ber mig vet jag inte hur jag ska hålla mig ifrån dig. Under de här åren har du aldrig lämnat mina tankar." Hans ögon var sorgsna när de mötte mina.

Jag svalde de överraskande skuldkänslorna som sköljde över mig och tog hans hand i min. "Jag har saknat dig också, Johnny." Johnnys ögon glittrade till av det varma välbehag som strömmade ut från honom.

29

Jag var singel, så varför kändes det då som om jag var på väg att göra något förbjudet?

Jag slöt ögonen när Johnny drog mig mot sin vältränade kropp och strök mig över ryggen med varma händer.

Ett par röda ögon lyste mot mig i mörkret bakom mina ögonlock och jag flämtade till av överraskning. *Vad sjutton?* Johnny trodde att jag stönat till av välbehag och tryckte mig än hårdare mot sin kropp. Han lät varma läppar glida över sidan av min hals, fick mig att luta huvudet åt sidan och ge mig hän åt hans underbara beröring.

Jag försökte att stilla min skenande puls och slöt ännu en gång ögonen när Johnnys läppar vandrade mot mina.

Samtidigt som de röda lysande ögonen tog form bakom mina ögonlock och stirrade ilsket på mig, släppte Johnny abrupt taget om min kropp.

Jag öppnade chockat ögonen igen och mötte hans glasartade blick. Han var vit i ansiktet och tog ett steg bakåt samtidigt som han tittade omtumlat och frågande på mig som om jag vore en främling som han hade plockat upp från gatan.

"Jag måste gå–" sade han skakigt.

Jag andades djupt, chockad över vad som framträtt bakom mina slutna ögon, och chockad över Johnnys överraskande reträtt. "Varför? Vad är det?"

Johnny skakade bara på huvudet utan att ha fått tillbaka färgen i ansiktet. Han såg ut som om han hade sett ett spöke.

"Det här är inte rätt…"

30

"Men varför?" flämtade jag och tog ett steg mot honom panikslagen över att bli lämnad så här abrupt. *Inte ikväll.* Jag behövde Johnnys närhet.

"Jag vet inte... det känns bara fel." Han vände snabbt om, tog jackan han slängt över soffan och slet på sig skorna i hallen – som om han vore jagad av någon demon. "Jag är ledsen, Nova... vi får höras." Han tittade fortfarande lika uppskakat på mig innan han fumlade med låset till dörren och försvann ut i den mörka trappuppgången.

Jag gled besviket ner i den mjuka soffan och stirrade tomt framför mig, oförmögen att förstå vad som hade hänt.

Kapitel fem

Jag sprang genom en oändlig tunnel. Väggarna lutade sig mot mig – trånga, kalla. De rörde sig som om de vore vid liv. Jag visste inte vad som jagade mig. Jag visste bara att jag måste fortsätta springa. Min snabba andhämtning hördes inte i det trånga utrymmet. Eller andades jag inte alls? Jag duckade där jag sprang, försökte att undkomma vad som än hotade mig från det skrovliga taket ovan, men nådde aldrig till slutet av den oändliga tunneln.

När jag för några sekunder kastade en blick över axeln hörde jag ett släpande ljud, som om någon ålade sig efter mig. Röda ögon lyste i mörkret bakom mig – lockade mig tillbaka utan ljud.

Min hals snördes samman i en kvävd snyftning. Utan luft ramlade jag ner på knä, jag skrapade min ömtåliga hud mot den skrovliga marken när jag föll.

Någon ropade mitt namn, men jag visste att jag inte fick falla för frestelsen. Vem som än var efter mig ville ha långt mer än bara min tillfälliga uppmärksamhet.

Med pannan mot den kalla marken andades jag snabbt, förvånad över att känna syret åter fylla mina lungor. Jag hävde mig upp från marken, väl medveten om att det rörde sig om sekunder tills bäraren av de röda ögonen skulle komma ifatt mig.

Jag måste springa.

Något hett grep tag om min ena fot och jag skrek högt. Det ekade mellan väggarna i den trånga tunneln och jag fick blodsmak i munnen. Med all kraft jag kunde uppbringa försökte jag slita mig loss. Jag grävde in fingertopparna i den skrovliga stenväggen på båda sidor och drog mig framåt.

Naglarna revs sönder mot den hårda stenen, fingertopparna blödde. Jag kunde inte rubba mig en meter.

Jag började skrika.

"Nova! Du drömmer, vakna!"

Jag slog förvånat upp ögonen och mötte Rebeckas oroliga blick. Hon satt på min sängkant, rufsig i håret och nyvaken. Det var uppenbart att jag hade fått henne att springa in till mitt rum innan hon egentligen hade vaknat själv.

"Åh…" Jag gnuggade mina trötta ögon och försökte skärpa blicken för att fokusera på henne. "Jag måste ha drömt en mardröm."

"Skoja inte. Du skrek som om någon försökte mörda dig", sa Rebecka en aning skärrat.

"Jag tror faktiskt att det var så också", log jag blekt. Jag tittade på mina fingertoppar som om jag förväntade mig att de skulle vara blodiga precis som i drömmen. Huvudvärken började sakta bulta i mitt huvud och jag slöt för några ögonblick mina ögon som om mörkret skulle hjälpa den på flykt.

"Klockan är bara nio, men vi kan äta frukost ändå", suckade Rebecka och tittade på min svarta rullgardin som om hon kunde frammana ljuset bakom den. "Jag ska inte vara i skolan förrän klockan ett och du jobbar väl inte ens idag?"

Jag öppnade ögonen igen och funderade över vilken dag det var. Onsdag... jag var ledig. "Nej, jag är hemma hela dagen", svarade jag torrt.

"Ska du inte åka till din mamma och hälsa på eller något? Det var väl evigheter sedan du var där?" frågade Rebecka och tittade på mig. Det var uppenbart att hon ville ha lägenheten för sig själv. Antagligen någon läcker studentpolare som skulle komma på besök. Antagligen för att studera anatomi...

Även om det var länge sedan jag varit i Månkarbo var ett besök där typ det sista jag kände för idag. Däremot borde jag ringa mamma och prata med henne – det var säkert två veckor sedan sist. Jag ville inte att hon skulle känna sig bortglömd. Jag var trots allt det enda barn hon hade.

"Vill du ha lägenheten för dig själv eller?" log jag anklagande.

Rebecka reste sig ur sängen och lät min rullgardin fara upp med en hemsk smäll.

"Kanske det. Och du behöver ju inte oroa dig för att Johnny ska vara där heller", flinade hon.

Johnny var ungefär den sista personen i den här världen som skulle störa mig. Efter den otippade flykten från lägenheten två veckor tidigare hade han inte ens ringt för att ge mig en förklaring.

34

Jag antog att jag och Johnny var ett avslutat kapitel – ett hastigt avslutat sådant.

"Nej, kära vän, jag tänker inte åka till Månkarbo. Men jag kan ge dig lite kvalitetstid ändå. Jag ska ut och shoppa, så du och din vän får se till att vara effektiva", sade jag retsamt och reste mig upp. Min garderob var ändå i desperat behov av en uppdatering.

"Okej", sa Rebecka glatt och skuttade ut i köket.

Det var fint väder så jag drog ner på stan i en puderrosa sommarklänning och hoppades att vädret skulle hålla i sig. Å andra sidan bodde jag ju fem röda sekunder från centrum så vad spelade det egentligen för roll? – förutom att jag inte ville få en livesändning av Rebeckas äventyr med *mr Student*.

Jag hade lovat Rebecka att vara borta åtminstone en och en halv timme så hon kunde roa sig med honom ostört. Själv tänkte jag roa mig med *H&M* och andra lågpriskedjor.

Efter att ha sådär typiskt kan-inte-lämna-arbetet-bakom-mig-fastän-jag-är-ledig-hälsat-på inne på mitt jobb fortsatte jag längre in i gallerian för att utforska möjligheterna till inköp.

Som vanligt var det många människor på stan – mitt i veckan och allt. Arbetslösa och studenter, samt några alkoholister, – vissa tillhörde flera kategorier samtidigt – förgyllde min omgivning, och den sedvanliga skaran av lateföräldrar.

35

Jag svepte förbi gallerians mitt som bestod av ett stort mat-torg med något för alla smaker. Eftersom klockan inte var mer än tolv fick jag lägga alla arbetande matgäster till min lista av stadsbesökare. Det fanns knappt en ledig plats att tillgå och jag var glad att jag inte var en av dem som slogs om dem.

Efter att ha tagit rulltrappan ner dök jag in i H&M. Tack och lov var det inte så mycket folk som trängdes inne i affären. Jag hoppades kunna hitta några härliga sommarplagg – kanske till och med någon läcker bikini.

Inte för att jag hade någon att visa den för.

Inte för att det skulle spela någon roll.

"Nova?"

Jag hoppade överraskat till och tog en paus i mitt bläddrande bland slarvigt intryckta kläder.

Kapitel sex

Hans ljusa hår vart kortklippt i en trendig frisyr. Det gjorde sig väldigt bra till hans blågröna ögon... och hans nyvunna manlighet. Vad i? Var det verkligen...? "Robin?" utbrast jag överraskat.

"Får jag ingen kram?" log han brett.

Jag kramade honom snabbt samtidigt som jag undrade varför, med tanke på att han hade hatat mig när vi båda bott i Månkarbo.

Jag tittade en aning osäkert på honom, sådär som man gör när man inte riktigt vet vad man ska prata om och man frågar sig om det är för tidigt att dra upp det där med vädret.

"Hur är det med dig?" frågade han och tittade uppskattande på mig. Han verkade till och med glad att se mig. Hur det nu kunde komma sig?

"Eh... jo det är väl bra", svarade jag tveksamt. Jag tittade på honom och insåg att jag faktiskt var tvungen att titta upp på honom.

Satan vad han hade vuxit sedan sist.

Han höll sin hand lite nonchalant på en av klädstängerna - en rad med kjolar som jag nyss rotat igenom.

"Hur är det själv? Vad gör du nu för tiden?" skyndade jag mig att fråga. Jag visste inte riktigt vad jag skulle göra med bikinin jag fortfarande höll i min hand. Komiskt nog upptäckte jag att både jag och Robin tittade på den och jag rodnade.

"Jag bor här i Gävle, jobbar som mäklare", svarade Robin med ett snett leende.

Aha, därav den nya självsäkerheten. Jag nickade medan jag funderade på hur jag skulle avsluta det här samtalet så fort som möjligt – till skillnad från Robin så mindes jag mycket väl hur spänd vår relation varit i Månkarbo.

"Nova... skulle vi kunna ta en fika där uppe?" frågade han plötsligt. "Det var så länge sedan jag såg dig och det känns lite trist att ta igen allt mitt på H&M." Robin tittade stint på mig med en blick som tydligt förmedlade att han inte accepterade ett negativt svar. Och ta igen vad?

Helvetes jävla skit...

"Eh, ja visst", svarade jag sammanbitet och passade på att trycka tillbaka bikinin i raden där jag tagit den. Jag log blekt mot Robin och gjorde en gest att han skulle gå före mig.

Och vad i helvete skulle vi prata om över en fika?

Jag borde ha åkt till Månkarbo istället.

Jag svepte med blicken över hans svarta jeans och vita t-shirt. Japp. Han hade verkligen blivit en man.

Robin tog ett bord i just det mat-torg jag tidigare passerat. De flesta matgäster hade tack och lov försvunnit och han lyckades hitta ett bord så avsides som möjligt. Jag visste inte om detta skulle göra mig glad eller nervös.

"Vad vill du ha?" frågade han och gjorde en svepande rörelse att jag skulle sätta mig ner.

Jag gled obekvämt ner på stolen och lade väskan på stolen bredvid så Robin skulle bli tvungen att sitta mittemot mig. "Bara kaffe, tack", log jag.

Jag studerade honom när han tog sig mellan borden och fram till den lilla kaffebaren längst bort. Rebecka skulle dö när hon fick höra det här. Av skratt antagligen. Vem hade kunnat gissa att Robin skulle dyka upp och bjuda mig på fika?

Tack och lov såg jag ingen jag kände och inte heller min chef eller någon annan från jobbet.

Robin ställde ner en kaffe framför mig och satte sig ner. "Så vi bor i samma stad", konstaterade han med ett leende samtidigt som han tittade utrönande på mig. "Hur har vi missat det?"

Den uppenbara förklaringen var ju möjligtvis att vi aldrig hade intresserat oss för den andre. "Jag har ingen aning", log jag och rörde om i min gröna kopp. Kaffet luktade underbart.

"Berätta vad du gör nu för tiden", sade Robin med värme i rösten. Han studerade mig noga när han tittade på mig, det var nästan obehagligt.

Jag fyllde snabbt i med allt som hänt sedan vi sågs senast: var jag jobbade; bodde; Rebecka och Emily och deras liv. Jag fann att det trots allt var väldigt behagligt att umgås med Robin. Han var till och med väldigt trevlig.

"Har du träffat Johnny något mer?" frågade han och studerade mig sådär noga igen.

Jag tittade ner i min kopp för att undvika den forskande blicken, och med mitt och Johnnys senaste möte färskt i minnet. "Jag träffade honom för två veckor sedan." Mina kinder började hetta. "Han överraskade mig på en fest här. Men förutom det har jag inte träffat honom på år och dag."

Robin nickade eftertänksamt. Han drack sitt kaffe utan att säga något medan han iakttog mig över kanten på sin kopp. "Jag trodde faktiskt att du och Johnny skulle hålla ihop. Att det skulle bli något riktigt hållbart mellan er." Han synade min reaktion med sina utforskande ögon.

Jag blev för några sekunder mållös. Jag frågade mig snabbt om han var lika lojal mot sin vän som tidigare, och om han fortfarande ansåg att jag behandlat Johnny illa på något vis. Jag kunde i sådana fall upplysa Robin om vilket läge Johnny missat när han dumpat mig två veckor tidigare.

"Du gillade inte att jag höll Johnny kort", sade jag lugnt.

"Vad får dig att tro det?"

"Du var ju så arg när du såg mig. Du hälsade inte på mig, du pratade inte med mig. Sista april trodde jag att du skulle kasta mig ner för backen när du såg mig." Jag grimaserade till minnet.

Robin skrattade roat och tittade menande på mig. "Jag tror att du har missat något, Nova."

Jag insåg att han faktiskt var fin när han log. Hela den här tiden hade jag varit upptagen med att ogilla honom för att han ogillat mig. Jag hade helt missat att han faktiskt både var trevlig och tilldragande.

"Vad menar du?"

"Jag var inte arg för att du nobbade Johnny." Han skakade roat på huvudet och tittade på mig med värme i blicken. "Jag var arg för att jag ville ha dig så mycket. Det hade ingenting med Johnny att göra – förutom att han var i vägen vill säga." Han tystnade och jag visste inte vad jag skulle säga. Det här var det sista jag väntat mig.

"Jag vet inte vad jag ska säga", erkände jag. "Jag hade ingen aning." Min mage började fladdra av både nervositet och överraskning. Snacka om att jag hade gjort en feltolkning.

"Jag kunde inte vara trevlig mot dig. Det var så oerhört frustrerande att jag inte kunde närma mig dig då min nära vän visat intresse för dig först. Jag var så svartsjuk att jag inte kunde vara normal i din närhet. Om jag hade sagt något till Johnny hade han blivit både sårad och förbannad. Jag kunde ju inte konkurrera med min egen polare." Robin tittade på mig i väntan på någon respons. Men jag var så överraskad att min enda respons var tystnad. Varför ville han erkänna allt det här nu? Kände han fortfarande samma sak? Den tanken gav mig panikkänslor.

Han suckade och log lätt mot mig. "Men det spelar ingen roll, för sedan började du hänga med Vincent istället."

Det var som om någon hade slagit mig hårt i bröstet – jag tappade all luft och blodet försvann från mitt huvud. Halsen

41

snördes samman av en osynlig hand och världen runt mig krossades som en spegel innan allt började snurra.

Kapitel sju

Mitt huvud höll på att explodera. Jag kunde inte minnas när jag senast haft en sådan attack. Jag lutade mig skräckslaget framåt med pannan mot det kalla bordet och andades koncentrerat medan plåtslagarna i mitt huvud misshandlade mig. Jag bet ihop så hårt att jag gnisslade tänder och för några sekunder glömde jag att Robin var mitt sällskap.

"Nova, vad är det? Kan jag hämta något? Säg vad jag ska göra för att hjälpa dig! Behöver du någon medicin?" Hans röst var nästan panikslagen och jag kände hur han lade sin varma hand på min axel.

Jag försökte kämpa emot min huvudvärk, för jag visste att Robin hade sagt något viktigt. Något jag måste minnas – men inte kunde komma ihåg.

Jag fortsatte att andas koncentrerat, allt för att kunna fråga Robin det jag måste ha svar på. "Vad pratade vi om, Robin?" frågade jag sammanbitet. Mina tänder skar i varandra, ljudet ekade i mitt huvud och jag ansträngde mig för att titta på Robins oroliga ansikte.

"Nova–"

"Säg vad vi pratade om", bad jag desperat. Jag tog hans hand hårt i min och tittade stint på honom i ett försök att förmedla hur viktig min fråga var. Mitt huvud pulserade av värk och jag kisade för att kunna se honom bra med mina plötsligt ljuskänsliga ögon.

43

"Jag vet inte. Nova du skrämmer mig. Kan jag hjälpa dig? Var har du ont?"

"Det är bara huvudvärk", svarade jag med spända käkar.

"Berätta…"

"Jag tror att jag sa att du blev tillsammans med Vincent Weller." Robin tittade oförstående på mig.

Mitt hjärta rusade i bröstet. Jag försökte att andas långsamt – fokuserade på Robins läppar och det namn han precis uttalat. Jag hyperventilerade nästan. Jag kunde inte andas.

Det namnet.

Mina ögon fylldes av tårar samtidigt som mitt huvud vibrerade av en ohygglig smärta. Men jag tänkte inte låta smärtan vinna den här gången. Jag hade redan låtit den göra det i drygt tre år.

Jag torkade tårarna och tittade allvarligt på Robin. Det här var första gången sedan min huvudvärk börjat som de saknade pusselbitarna fanns inom räckhåll. Jag var helt säker på att något var fel i mitt liv och Robin visade sig vara min första biljett till något som liknade räddning.

"Robin… det här är väldigt viktigt… du måste berätta för mig om Vin–"Det skar i mitt bröst och jag kunde inte hindra en förtvivlad snyftning. "Du måste berätta för mig om honom. Jag minns inte." Jag släppte hans hand som jag insåg att jag tryckte med våldsam kraft.

"Vincent och du var ju tillsammans. Vad menar du med att du inte kommer ihåg honom? Du var ju jämt med honom."

Han tittade på mig som om jag vore en galning, och av rädsla för att han skulle lämna mig vid bordet i ovisshet tittade jag åter på honom med allvarstyngd blick. "Berätta bara, snälla. Även om du tycker att det låter konstigt."

Fastän han såg väldigt förvirrad och frågande ut gjorde Robin som jag önskade. "Vincent Weller bodde i Storängen med sin familj. Jag vet inte hur ni träffades, men jag vet att han hämtade dig vid skolan vid något tillfälle. Du var med honom jämt. Du flyttade till och med ihop med honom. Nova, jag förstår inte. Varför du ber mig berätta det här? Testar du mig på något vis?"

Hela världen snurrade. Jag försökte att fokusera på Robins ansikte men huvudvärken tvingade mig att knipa ihop ögonen. "Robin, jag minns inte det här. Jag minns inte någon Vincent. Jag har aldrig bott ihop med någon förutom Rebecka. Och Rebecka och Emily har aldrig nämnt någon Vincent. Inte heller min mamma. Så nu är frågan om det är du eller jag som är galen?"

Jag trotsade huvudvärken och höjde blicken för att syna Robins frågande ansikte.

"Men jag förstår inte det här, Nova. Hur kan du inte minnas? Och hur kan Rebecka ha glömt? Hon var en av de tjejer i Månkarbo som hade givit sin högra hand för en dejt med Vincent."

Jag stirrade bara på Robin utan en aning om vad jag skulle säga. Det är klart att det var han som var fullständigt ute och cyklade. Men trots att jag visste det så fanns

45

någonting djupt begravt i mitt undermedvetna som sände ut höga varningssignaler.

I tre år hade jag vetat att det var något som inte stämde med mig och trots att jag var frestad att bara avfärda detta som den galenskap det var så kunde jag inte. Vincent Weller.

Det var en främlings namn, och samtidigt fick bara tanken på namnet det att blixtra än mer i mitt huvud. Jag samlade mig åter igen tillräckligt för att kunna tala.

"Robin, om vi bara leker vidare i din verklighet – levde jag med den här Vincent fram tills du lämnade Månkarbo?"

"Absolut." Robin tittade på mig med undrande blick och jag ville inte ens gissa vad han tänkte just nu. Det här måste vara det sjukaste han hört på länge. Eller så var det, det sjukaste *jag* hade hört på länge.

"Nova… jag försöker inte att lura dig på något sätt. Det här är sant", sa Robin eftertryckligt. "Jag förstår inte hur Rebecka och Emily kan ha glömt. De var ju fullständigt betuttade i Vincent."

Jag tittade trött på Robins ansikte och försökte att fokusera fastän mitt huvud smärtade mer och mer ju längre vi diskuterade detta. Till råga på allt började jag även att må illa.

"Jag är så ledsen, Robin men jag mår verkligen inte bra. Jag måste gå hem och vila. Mitt huvud håller på att sprängas." Jag reste mig upp på ostadiga ben. "Tack för kaffet."

Han grep hastigt tag om min handled och jag tittade överraskat ner på honom. Ett kort ögonblick inbillade jag mig nästan att hans ögon ändrade färg från gröna till svarta. Min huvudvärk höll på att paja mitt förstånd.

"Nova, får jag träffa dig igen?"

Jag nickade bara och gav honom en snabb kram innan jag hastigt lämnade gallerian.

"Rebecka, kommer du ihåg någon från Månkarbo som heter Vincent Weller?" För några sekunder undrade jag varför jag över huvud taget ställt frågan. Den hemska huvudvärken, som nära på förintat mig tidigare, hade krävt sina timmar i sängen att bli kvitt. Jag kände direkt ett sting av smärta i bakhuvudet och grimaserade av rädsla för att allt skulle börja om från början igen.

Rebecka låg i soffan med en glass i ena handen och tv-dosan i den andra. Hon hade uppenbarligen haft en bra dag med mr Student och hade nyligen strosat in genom dörren efter en givande eftermiddag på högskolan i hans sällskap.

"Nej, borde jag det?" frågade hon fortfarande med blicken fäst på tv:n. "Var han snygg?"

"Vet ej?"

"För då borde jag komma ihåg honom", flinade hon.

"Varför frågar du?"

"Jag fikade med Robin idag och han pratade om en Vincent Weller."

47

Hon flög upp i sittande ställning och stirrade på mig. "*Månkarbo-Robin?*" utropade hon.

Jag nickade roat med tanke på att jag vetat vad hennes reaktion skulle bli. "Ja… the one and only."

"Han avskyr ju dig!" Rebecka tittade klentroget på mig som om hon anade att jag drev med henne.

"Han bjöd mig på fika på stan och erkände att han var galet förälskad i mig när vi bodde i Månkarbo."

"Lägg av!"

Hon tvingade mig självklart att berätta alla smaskiga detaljer om Robin: hur han såg ut; vad han gjorde nu för tiden och vartenda ord han yttrat. "Det var då han började prata om en Vincent Weller." Jag försökte att förtränga den panikångestattack jag drabbats av i samband med detta.

"Han driver med dig, Nova", sa Rebecka indignerat. "Vad han nu vill vinna på det? Men om det hade funnits en Vincent Weller i Månkarbo, som du dessutom ska ha flyttat ihop med, då skulle väl för helvete både jag och Emily känna till det? Och definitivt du själv!" Hon skakade upprört på huvudet. "Ännu värre att han inkluderade en historia om att jag var attraherad av den här killen, som om han ville övertyga dig om att han talar sanning. Det är det sjukaste jag har hört på länge."

"Tror du att han ljuger?" suckade jag.

"Eh… ja", sa Rebecka sarkastiskt. "Nova, allvarligt… vad snackar du om? Hur skulle han *inte* kunna ljuga?"

Jag kröp ihop i vår fåtölj och stirrade in i tv-bilden utan att registrera vad det var för program.

"Jag har alltid sagt att det är något konstigt med Robin. Håll dig ifrån honom. Vad han än har på agendan så kan det inte vara bra. Och läskigt att han bjöd dig på fika bara sådär." Hon himlade med ögonen och zappade upprört mellan kanalerna.

Jag beslutade mig raskt för att inte dra upp ämnet igen. Fastän mitt undermedvetna skrek åt mig att gräva i det här kunde jag inte. Om inte heller Rebecka mindes kanske jag bara fick acceptera att Robin ville jävlas med mig av någon anledning.

Kapitel åtta

Min arbetsdag var minst sagt hektisk. Vi reade ut smycken för att ta in en ny kollektion och tonåringarna kom i drivor. "Har ni de här örhängena i guldfärg också?" frågade en tonårstjej med översprayat hår och lila ögonskugga. Hon höll upp ett par stora örringar och tuggade frenetiskt på sitt tuggummi i väntan på mitt svar.

Jag kastade en snabb blick på klockan. Tio minuter kvar tills den slog fem och jag kunde dunsta. "Nej, om det inte ligger några i korgen så är de slut." Om jag fick pengar för alla gånger jag yttrat den meningen den här dagen. Min ton var mer avmätt än jag avsett men tjejen verkade inte bry sig nämnvärt utan dök ner i korgen igen tillsammans med de andra gamarna.

Tommy svepte förbi med en kartong och gav mig en blinkning i förbifarten. "Jag tror att du har besök", flinade han över axeln innan han försvann genom dörren.

Jag vände mig förvånat om i tron att få se Rebecka. Istället var det Robin som kom in i affären med ett ursäktande leende. "Hej, Nova", sa han med värme i rösten.

Mina kinder hettade och jag noterade att Tommy hade kommit tillbaka in i affären med samma flin på läpparna som tidigare. Han stannade vid en hylla nära oss och började hänga upp örhängen.

Underbart, en evighetssyssla så den nyfikna muppen kunde höra allt vi sade.

"Robin," sade jag förvånat, "vad gör du här?"

"Det verkar som om jag inte kan hålla mig ifrån dig nu när du är tillbaka i mitt liv."

Han var så rakt på sak att jag tappade orden några sekunder och bara tittade på honom. "Okej... eh... det låter intressant", svarade jag tveksamt och sneglade med blossande kinder på min chef.

"Nova, du vet att du slutar nu va?" informerade Tommy roat som om han kände att jag tittade på honom.

Jag loggade ut ur kassan utan att säga något till Tommy. "Jag ska bara hämta min jacka så kommer jag", log jag vänd mot Robin.

"Jag väntar här", sa han med ett leende och lutade sig mot väggen vid öppningen till butiken. Jag anade att butikens tonåringar skulle äta upp honom med sina blickar innan jag återvände.

Vi gick ut ur gallerian tillsammans utan att säga något. Det var som vanligt mycket folk ute. Fortfarande två timmar kvar tills affärerna stängde och folk istället skulle söka sig hem eller till närmsta restaurang.

Solen gömde sig bakom ett enormt moln och det var en aning kyligt ute. Jag knäppte min svarta jacka och drog upp kragen. "Ska vi sätta oss någonstans?"

"Jag tänkte bjuda dig på middag på 'Bocken' om du är intresserad", sa Robin och vilade hoppfulla ögon på mig.

"Absolut", nickade jag. Jag hoppades att det här var en bra idé och inte skulle resultera i en efterhängsen, oönskad, beundrare. Jag misstänkte dock att det var försent för det. Å andra sidan visste jag inte ens om han verkligen var oönskad. Restaurangen *Brända Bocken*, men hos invånarna kallad "Bocken", låg mitt på stora torget, mittemot gallerian där jag jobbade. Den hade fått namn efter Gävles kända julbock i enormt format som blev nedbränd vart och vartannat år. Utanför restaurangen fanns en stor uteservering med både vanliga stolar och stora soffor. Sofforna var självfallet hårdvaluta och för det mesta upptagna. Så var fallet även idag så vi satte oss vid ett bord i mitten av den fullsatta uteserveringen.

Jag beställde kyckling med strips, eftersom det nästan aldrig kunde gå fel, och Robin tog det typiskt manliga: oxfilé och strips. Jag visste att vår väntan på mat skulle bli lång så jag gav Robin tipset att beställa in en fördrink.

"Jag frågade Rebecka om den här Vincent", sade jag allvarligt. "Hon hade ingen aning om vad jag pratade om. Hon tror att du driver med mig." Jag tittade på honom med något jag inbillade mig var en farlig blick.

Robin såg för några sekunder skuldmedveten ut och han tittade på mig som om han inte visste riktigt vad han skulle säga. "Nova... jag är ledsen, men jag måste ha varit totalt förvirrad igår. Det var inte du som var tillsammans med Vincent Weller."

"Va?" utbrast jag och stirrade på honom. Jag märkte att människorna vid de närmsta borden tittade en aning konfunderat på mig innan de återgick till sitt igen. Jag himlade med ögonen åt deras håll och vände sedan mitt tvivlande ansikte mot Robin. "Vad fan snackar du om? Vadå inte jag som var tillsammans med Vincent Weller?" Nu fattade jag förvisso inte varför jag blev så upprörd över detta då jag själv visste att jag inte varit tillsammans med någon Vincent Weller. Men att Robin så uppenbart ljög gjorde mig arg.

"Jag vet inte varför jag trodde det. Jag ber om ursäkt om jag gjorde dig förvirrad. Jag är själv förvirrad. Jag var säker på att det var dig Vincent var tillsammans med, tills jag igår kom på att det faktiskt var Jenny som var tillsammans med honom."

Om jag varit förvirrad efter vårt förra möte fanns det inga ord för vad jag var nu. Jag var så upprörd att jag var på väg att resa mig upp. Rebecka hade haft rätt, han var bara här för att driva med mig.

"Gå inte, Nova", bad han lågt och slöt sin hand om min handled. "Jag menar inte att driva med dig på något sätt alls. Det menade jag inte förra gången vi träffades heller. Men det finns en anledning till att jag lämnade Månkarbo sådär hastigt för drygt tre år sedan."

Jag lutade mig bakåt med armarna i kors och gav honom något jag visste var en iskall blick. "Varsågod att berätta", sade jag vasst.

Vi båda tittade upp när vår mat sådär lägligt anlände mitt i den spända atmosfären. Det verkade som om servitrisen kände spänningen eftersom hon bara snabbt ställde ner tallrikarna och log lätt innan hon försvann på snabba fötter. Jag och Robin bytte tallrikar då hon inte ens besvärat sig med att kolla vem som skulle ha vad.

"Jag missbrukade droger på den tiden", erkände Robin abrupt. "Det här med dig och Vincent är inte det enda jag minns felaktigt."

Jag tittade på honom kritiskt, värderande.

"Det är sant, Nova. Du kan ringa min polare, Markus, när du vill och kolla. Jag ringde honom själv igår och det var han som berättade för mig att det inte var du som var tillsammans med Vincent Weller. Jag var tvungen att kolla eftersom jag började misstänka att jag blivit galen. Du skulle ha sett ditt ansiktsuttryck när jag berättade för dig att du varit tillsammans med en kille du aldrig hört talas om. Det är ju hemskt." Robin drog fingrarna genom sitt ljusa hår och en bekymmersrynka bildades mellan hans ögon. "Jag är så ledsen om jag har sårat dig på något vis, Nova. Det var inte min mening. Jag trodde verkligen att det var du."

Jag tittade tyst in i hans gröna ögon och såg ingenting annat än värme och ärlighet i dem. Men jag kunde ändock inte bli kvitt känslan av att vara förd bakom ljuset. Det Robin hade berättat för mig hade fått hela min kropp att reagera, och fått mitt undermedvetna att leta efter någon länge saknad ledtråd.

Under tre års tid hade jag plågats av en fruktansvärd huvudvärk och jag hade haft en känsla av att något var väldigt fel. Under tre års tid hade jag haft stunder då jag känt så tydligt att jag glömt något viktigt. Men jag hade aldrig kommit närmare ett resultat på min undermedvetna jakt än den korta fikastund jag haft med Robin då jag känt att något väldigt viktigt varit på väg upp till ytan.

Nu kände jag hur detta *något* sakta sjönk till botten igen.

Robin berättade väldigt målande för mig hur han hade provat knark på en fest i Tierp för att sedan fastna helt i ett förödande missbruk som hade fått hela hans familj att flytta från Tierps kommun och hela hans vänskapskrets. Han såg sig idag som helt förbi den mörka tiden i sitt liv och hade ingen som helst längtan tillbaka till festerna eller den destruktiva livsstil han hade anammat. Hans historia lämnade inga som helst tvivel om att det han hade berättat för mig om Vincent Weller, och det misstag Robin hade gjort angående mig, stämde.

"Men du sade ju att Rebecka varit attraherad av honom, liksom Emily. Men Rebecka känner inte ens till någon Vincent Weller."

"Hon kanske inte visste hans namn. Jag vet att hon nämnde vid något tillfälle att han var snygg. Men det var bara i förbifarten och dessutom innan du flyttade till Månkarbo", svarade Robin enkelt.

Jag tog en tugga av den förvånansvärt goda maten medan jag tittade värderande på honom. "Okej", svarade jag bara, och sakta men säkert kände jag att jag började slappna av igen.

När torsdagskvällen var slut hade jag helt ändrat uppfattning om Robin, och det var till det bättre. Jag visste att han var ute efter långt mer än vad jag var men lovade ändå att träffa honom igen. Han var en välkommen glimt av glädje och jag tänkte inte låta mitt mörka sinne förstöra möjligheten att bli en lyckligare människa.

Jag hade självfallet en intressant dialog med Rebecka samma kväll, som, enligt hennes eget uttryck: *höll på att dö av skratt.* Hon sade att jag och Robin var det mest otippade par hon någonsin hade skådat. Att påtala för henne att vi inte var ett par, eller ens på väg att bli något liknande, var att tala för döva öron.

Kapitel nio

"Nova, vad sägs om att följa med till Månkarbo på lördag? Vi kan hälsa på din mamma och träffa gamla vänner."

Helt plötsligt hade det blivit så naturligt för Robin att ringa mig och föreslå små dejter. Det hade även blivit naturligt för mig att säga ja till honom.

Och dessa dejter hade blivit många. Den senaste månaden hade jag träffat Robin nästan två gånger i veckan. Oftast på hans initiativ. Därför föll det sig naturligt att tacka ja till hans erbjudande. Det var länge sedan jag hade besökt Månkarbo, och min mamma skulle bli överlycklig.

Så fort Rebecka fick veta att jag och Robin skulle till Månkarbo beslöt hon sig för att följa med, och hon tog med sig den mystiske *mr Student* – och detta var något värt att notera med tanke på att Rebecka oftast bara lekte och dumpade. Men *mr Student* måste ha gjort ett gott intryck på henne då hon var redo att stå ut med hans sällskap en hel dag – och utanför sängen.

Jag var dock tacksam över det självinbjudna sällskapet då jag slapp vara ensam med Robin vilket hade gjort resan till något överdrivet intimt. Dessutom kändes det bättre att komma hem till mamma med ett gäng istället för med en kille som kunde misstolkas att vara min pojkvän. Och varför i hela friden ville han träffa min mamma?

Vi åkte på söndagen med solen gassande mot plåten och radion på hög volym. Det här var en bra dag.

Jag hade ringt mamma på morgonen för att kolla om hon var hemma. Jag var väl medveten om att hon levde ett hektiskt socialt liv, både i och utanför Månkarbo. Möjligtvis kunde det finnas en ny man i hennes liv, även om hon inte hade sagt något till mig.

Helt plötsligt saknade jag mina och mammas kvällar i huset och en sorgsen tyngd lade sig över mitt bröst. Jag borde åka till henne och sova en hel helg någon gång snart så att vi verkligen kunde umgås. Komma ifatt i varandras liv. Hur hade det blivit så här? Varför hade jag tagit avstånd från mitt tidigare liv?

Det visade sig att *mr Student* hette Samuel Grönhorn och var en brunhårig yngling med blå snälla ögon. Det visade sig även att han var tokig i Rebecka och inte hade givit upp förrän han hade rott hennes fulla uppmärksamhet i hamn.

Jag sneglade mot Robin som körde bilen under tystnad. Vi närmade oss de höga träden som omgärdade den gamla E4-an vid ankomst till Månkarbo och jag noterade med viss förvåning att Robin bet ihop käkarna medan han förde bilen allt längre in i det lilla samhället.

Jag undrade flyktigt om han kanske var spänd över att återkomma till Månkarbo efter att så hastigt ha lämnat sitt hem och sitt gamla liv bakom sig.

Själv kände jag mig konstigt sorgsen att vara tillbaka. Den välbekanta tyngden över bröstet och en annalkande huvudvärk signalerade alla anledningar till varför jag en gång hade lämnat Månkarbo därhän.

Rebeckas ivriga babblande mjukade upp den spända stämning som så plötsligt infunnit sig i bilen då vi rullat in i samhället. Vi fortsatte förbi den lilla välbekanta affären som hälsade oss välkomna med sina *Stängt*-skyltar.

Robin släppte av Rebecka och Samuel vid Rebeckas hus och svängde runt för att åter ta oss ut på Hamrarnevägen för att fortsätta ner till min mamma. Han hade lovat mig lite tid ensam med henne och hade för avsikt att fortsätta till sina kompisar innan han skulle hämta upp alla igen för lite äventyr i det lilla samhället. *Äventyr* i samma mening som Månkarbo gjorde mig alltid skrattfärdig.

Jag klev ur bilen med solen bländande i ögonen. "Hämtar du mig om två timmar?"

Robin log sitt vinnande leende. Det leende som fick köpare att buda på de lägenheter och hus han sålde. Även det leende som fick mina muskler att bli lite mjukare i kroppen och fick mig att åter använda de muskler i ansiktet som drog munnen upp i ett brett leende.

Jag visste inte om de känslor jag hade för Robin var början på något större eller om de enbart handlade om en härlig vänskap. Det enda jag var säker på var att han fick mig att må bra.

"Du är söt idag, Nova", sa han med värme i rösten och svepte med blicken över min vita klänning och mina bara ben som slutade i ett par silvriga sandaler.

"Tack", sade jag generat och log igen innan jag slog igen bildörren. Jag tittade fundersamt efter den blå Audin när den försvann samma väg vi kommit. Ja, Robin var väldigt behaglig att umgås med.

Lukten av fuktig jord och vegetation slog emot mig – hemma. Åter igen grep sorgen tag om mitt hjärta, på samma överrumplande sätt som alltid när jag var här.

Jag tittade upp mot det välbekanta gula huset med den stora trädgården bakom – kronan på den höga björken som kastade sina skuggor över det bruna taket; de enorma åkrar som tog vid bortom vår egendom. Det här var platsen där jag hörde hemma och den känslan tog över mig med sådan obeskrivlig styrka att jag knappt förmådde röra mig.

Så varför fylldes alltid mitt bröst av sådan sorg när jag kom hit? – då jag innerst inne bara ville komma tillbaka.

"Nova!" Mamma slog upp ytterdörren och fick mig att återvända till verkligheten. Hon sprang ut på den grusade gången och mötte mig på vägen med armarna utsträckta för att omfamna mig i en varm kram. Hennes hår var sedvanligt uppsatt i en svans och hon bar en svart träningsoverall i plysch. Hennes välbekanta vaniljdoft fyllde mina näsborrar då jag kramade henne hårt.

"Älskling, varför står du här ute? Jag har satt på kaffe, kom in på en gång!"

Jag tog av mig mina sandaler och ställde dem på deras vanliga plats vid trappan i hallen. Handväskan slängde jag på dess sedvanliga plats på byrån, och innan jag fortsatte in i köket lät jag handen glida över byråns släta yta. Samtidigt såg jag mig omkring i hallen, som var sig lik, och andades in den ljuva aromen av mammas kaffe.

Mamma räckte mig en lila kopp och gled ner på sin stol i väntan på att jag skulle sätta mig. Hon hade bakat en sockerkaka som hon placerat mitt på bordet på ett vitt fat.

"Gud vad trevligt att du kommer och hälsar på, gumman", myste hon. "Jag börjar bli less på att åka till Gävle varje gång jag vill träffa dig när du ändå har världens bästa övernattningsrum här." Hon log sitt typiska mammaleende, som även var kombinerat med jag-mår-bra-leendet. Små skrattrynkor blev synliga runt hennes vackra gröna ögon.

"Jag vet", log jag. "Tyvärr sover jag inte över i natt, men nästa gång kanske. Jag ska upp och jobba imorgon." Jag tittade drömmande ut genom köksfönstret och kände ett litet sting i hjärtat när jag såg Johnnys hus. Hans mamma stod utanför och krattade grusgången. Jag hoppades att hon inte skulle få för sig att komma över på en kaffe just nu. Hon skulle antagligen bombardera mig med frågor om Johnny och när jag träffat honom senast.

Och jag skulle antagligen inte kunna nämna vårt senaste möte utan att rodna vilket skulle leda till de där typiskt utrönande blickarna från både Lisbeth och mamma.

61

"Vad är på gång mellan dig och Robin då?" frågade mamma plötsligt och log lurigt. "Jag såg ju att det var han som lämnade av dig här", förklarade hon och iakttog min förvånade min.

"Så vitt jag vet är det inget speciellt på gång", sa jag snabbt och rörde om i min kopp onödigt lång tid. "Vi träffade på varandra i stan och det sammanträffandet ledde till en middag och på den vägen är det."

Mamma tittade på mig med just den utrönande blick jag hade haft i tankarna för några sekunder sedan och jag himlade med ögonen. "Det är allt, mamma", sade jag understrykande.

Kapitel tio

Efter att ha tagit igen förlorad tid med min mamma gick jag upp till andra våningen för att hälsa på mitt rum.

Det såg precis ut som det alltid gjort med den vita byrån och det vitlaserade skrivbordet beläget vid fönstret och sängen bredvid. Direkt till höger fanns garderoberna som jag ofta fantiserat om i mörkret från min säng. Eller snarare deras innehåll. Usch vilka mardrömmar jag hade haft på det här stället. Jag kastade en blick på de tunga, lila gardinerna som hade tjänat som mitt skydd mot omvärlden. Intressant att de värsta drömmarna försvunnit efter att jag hade flyttat ifrån det här huset. Även om mina drömmar fortfarande kunde vara skrämmande och färgstarka, också i min nuvarande lägenhet, så kom de aldrig upp i samma kaliber som de drömmar jag haft här.

Min teori som jag hade haft från dag ett, att huset var hemsökt, föreföll inte helt osannolik. Den föreföll inte heller omöjlig när jag märkte att garderobsdörren längst mot fönstret stod på glänt. Något den hade en förmåga att fixa av sig själv.

En liten rysning färdades längs min ryggrad när jag gick de få stegen fram till garderoben för att stänga den. Jag stannade dock till med handen på knoppen då en oemotståndlig impuls istället fick mig att öppna dörren.

Jag visste inte varför men bara närheten till garderoben fick alla mina känslor att färdas till min hud och ut i alla de fina hårstrån som täckte den. De vibrerade till det nästan ljudlösa knarrandet när dörren öppnades helt. Jag tittade kvävt på det fåtal kläder som hängde på klädstången. Detta hade inte varit den garderob där jag förvarade de kläder jag *verkligen* använde. På golvet låg en filt, en blå filt, som jag hade slängt in den första dagen jag anlänt till Månkarbo och inte vetat vad jag skulle göra av.

Jag satte mig på huk, fortfarande med hamrande hjärta och hyperkänslig hud, och fattade den mjuka filten i mina händer. Någon sekund senare fann jag mig själv sitta på golvet med filten i min famn och stirra in i den mörka garderoben framför mig. Känslan av att något hade skett i denna garderob, något jag borde minnas, övertog hela mitt väsen och jag fortsatte att stirra medan jag letade i mitt minne efter någon ledtråd till vad. Jag var säker på att det var något viktigt – något som hade skrämt mig och fått mig att somna med skräcken i bröstet varje kväll.

Det blixtrade till i mitt bakhuvud och den obarmhärtiga huvudvärken kröp snabbt fram mot tinningarna. Jag böjde mig ner med en flämtning och begravde ansiktet i filtens mjuka yta. Den luktade instängd garderob.

Jag kände för att gråta men huvudvärken var så grym att jag inte kunde koncentrera mig på något annat än den.

"Nova! Robin, Rebecka och–" mamma tvekade några sekunder, "–Samuel är här!"

64

Jag reste mig på ostadiga ben och kastade in filten i garderoben. Innan jag lämnade rummet med tungt huvud slog jag igen garderobsdörren bakom mig. Den åkte självfallet upp igen innan jag ens hunnit till dörren.

"Vi har en picknickkorg med oss", flinade Rebecka och höjde utmanande på ögonbrynen samtidigt som hon höll upp en klassisk flätad brun picknickkorg framför sig. Jag gissade snabbt att det fanns röd- och vitrutigt tyg på insidan. "Vi tänkte dra ut till Storängen och äta innehållet", log Robin. "Rebeckas mamma har packat ner allt möjligt gott. Vad säger du, Nova?"

Huvudvärken började redan dra sig tillbaka och jag noterade att alla tittade förväntansfullt på mig. Mamma däremot hade en retfull min som sa: *Inbilla mig inte för en sekund att det inte är något mellan dig och Robin. Jag köper inget av det du har sagt.*

Men hon sa: "Det låter väl trevligt, Nova? Det var ju evigheter sedan du luffade omkring i Storängen."

Ja, om jag inte missminde mig så var senaste gången tillsammans med Johnny.

"Samuel tycker det är superspännande. Han har aldrig varit här tidigare", log Rebecka och kramade Samuels hand.

Okej, det här var nästan värt att skriva ner någonstans. Det var första gången jag såg Rebecka kärleksfull mot någon sedan hon hängt med Erik för hundra år sedan.

Robin tittade på mig och väntade på ett svar som ännu inte hade kommit. "Det är klart att vi ska till Storängen", sade jag lugnt och drog på mig mina silversandaler. "Men jag betackar mig gärna från att gå i dynga och tät vegetation, med tanke på kläderna", tillade jag varnande.

"Kära, Nova, jag lovar dig öppna vidder", log Rebecka spralligt och tog tag i min hand. "Nu drar vi. Maria, vi ses snart", lade hon till och log mot min mamma.

"Ha en trevlig eftermiddag", sa mamma glatt och vinkade sedan åt Emilys mamma, Lena, som precis hade klivit ut på bron till sitt hus och som antagligen skulle anlända om två röda sekunder för att dricka kaffe med min mamma.

Robin öppnade bakluckan på bilen så att Rebecka kunde ställa in picknickkorgen. Jag lade märke till att han titt som tätt studerade mig noggrant och mina kinder började blossa.

Robin var uppenbarligen lika kär i mig nu som han hade erkänt att han varit tidigare.

Vi tog oss ganska långt ut i Storängen. Robin sa att han ville visa oss en öppen glänta i skogen där vi kunde sätta oss ner och äta vår picknick i lugn och ro. Bilen parkerade vi nära vägen och tog oss resten av biten till fots. Robin och Samuel turades om att bära den tunga korgen. Jag och Rebecka gick i armkrok och myste i den strålande solen.

Det var nästan fullständigt tyst runt oss: enbart små ljud av vindens svaga bris som retade trädkronorna och något enstaka livstecken från skogens djur; i övrigt var det vi som lät mest. Även om vi var ganska lugna.

Rebecka gick och sjöng på *Old McDonald had a farm.* Nu visste jag förstås inte om låten verkligen hette så, men det var åtminstone den mest återkommande frasen. Helst för Rebecka eftersom hon inte kunde resten av låten. Jag skrattade glatt åt henne och kämpade mig fram med mina nätta sandaler i den smått fuktiga jorden.

Robin kastade små varma blickar åt mitt håll när han trodde att jag inte såg och skrattet bubblade upp i mitt bröst. Hur sjutton hade jag hamnat på en picknick, mitt i Storängen, med honom av alla killar?

"Jag diggar verkligen det här stället", log Samuel och tittade upp på den blå himlen som skymtade mellan täta trädtoppar. "Jag önskar bara att jag inte hade valt just mina *vita* sneakers", tillade han och tittade skeptiskt ner på sina jordiga skor.

"Du har åtminstone inte sandaler", skrattade jag och tittade ner på mina egna fötter som behövde ett bad när vi återkom till civilisationen igen.

"Sant", instämde Samuel. "Det kan alltid bli värre."

"Vi är snart framme", lovade Robin och strök mig lätt över armen när han passerade för att ta ledningen.

Rebecka tryckte min arm och jag behövde inte ens titta på henne för att veta vilken min hon gjorde. Istället tittade jag på Robins häck som var helt okej i de mörkblå jeansen.

Vi hade gått i ytterligare fem minuter när Robin på håll vinkade att vi var framme. Han väntade tills vi andra hade hunnit ifatt och gjorde en stolt gest som om det vore han som skapat den vackra glänta vi skådade.

67

"Wow", sade Rebecka hänfört. "Vad är det här för ställe?"

Solen badade gläntan i ett underbart varmt sken. Den kastade sina vackra strålar på tre gråa, stora stenar som stod på rad på höger sida av gläntan. De höga träden formade en cirkel runt denna tomma underliga plats och jag tittade förvirrat på Robin. "Var är vi?"

Robin gled genom det höga gräset med ett snett leende och slog sig ner på en av stenarna. Han granskade oss med en självsäkerhet jag inte tidigare hade skådat i hans ansikte. Han vände sig mot mig när han började prata. "Det här är en gammal offerplats för häxor. Man brände dem på de här stenarna fastbundna vid en påle."

"Men fy!" utropade Rebecka och kröp in i Samuels famn. Samuel skrattade roat och pussade henne på huvudet.

"Har du varit här tidigare, Nova?" frågade Robin plötsligt och tittade på mig med nyfikenhet i blicken.

Jag hade själv inte en tanke på att jag hade gått fram till en av stenarna och lagt min ena hand på dess släta yta. Jag tittade ner på den och hörde röster viska i mitt huvud: *"Vad är det här för plats? Den ser nästan planerad ut."* *"Här offrade man häxor förr i tiden."*

Jag flämtade till och vände mig snabbt mot Robin som tittade bekymrat på mig. "Nova? Har du varit här förr?" upprepade han.

Huvudvärken smög sig på och gjorde det omöjligt för mig att tänka på något annat. Jag blundade några sekunder

68

innan jag åter tittade på honom. "Nej", viskade jag. "Nej det har jag inte."

"Är du okej?" frågade Rebecka överraskat.

"Nu käkar vi", log jag ansträngt och vände ryggen åt den hemska offerstenen.

Robin lade armen runt mina axlar och drog mig intill sig. "Det låter som en bra idé." Han gick fram till picknickkorgen och drog fram en röd filt från ett sidofack.

Jag och Rebecka plockade fram all mat och Samuel fixade plasttillbehören. Vilket team.

Självklart hade Rebeckas mamma packat ner den obligatoriska kycklingen – i övrigt fanns det både frukt, mackor och Coca-cola.

Vi småpratade och skrattade om vartannat, glömska för att vi satt på en offerplats och omedvetna om att molnen hopade sig på himlen ovanför oss.

Jag hade fullt upp med att skratta åt Robins skämt och att notera hur nära han satt mig på filten. Rebecka och Samuel matade varandra skämtsamt med kycklingen. Jag kände glädje över att de njöt så mycket av varandras sällskap.

Den första som påkallade de övrigas uppmärksamhet angående himlen var Robin – men då var det redan försent.

"Shit!" utropade han och reste sig snabbt. "Vi ligger jävligt risigt till."

Både jag, Rebecka och Samuel tittade upp och undrade förskräckta hur den blå himlen kunnat försvinna så snabbt och lämna plats för det svarta täcke som nu hängde hotfullt över oss. Efter några sekunder så började även vinden ta fart. Den svepte runt oss hotfullt och slickade våra kroppar med en varning om att inte skona oss om vi stannade kvar.

Jag tittade på de övriga som alla började inse vidden av det hot som slog armarna om oss. Alla hårstrån reste sig på min kropp och vi samtliga kastade oss över filten med dess innehåll för att slänga ner allt i korgen.

Vinden tilltog än mer och träden knakade oroväckande runt oss. Jag blev ärligt rädd. En sådan här väderomväxling hörde inte till vanligheterna. Det var som om skogen ville kasta ut oss – som om vi var inkräktare.

Vi kastade ner allt på mindre än en minut och reste oss sedan för att ta samma väg tillbaka genom skogen och mot vår väntande bil. Vi var alla medvetna om att bilen stod nästan tjugo minuter från den plats vi befann oss – något som fick oss att kasta oss ut ur gläntan och börja springa på den smala stig vi tidigare vandrat på.

Det började självfallet regna – ett elakt regn som smattrade som små nålar mot våra halvbara kroppar.

"Vi måste skynda oss!" skrek Robin och kastade små blickar upp mot den svarta himlen samtidigt som vi sprang.

Han såg att mina fötter med de öppna sandalerna åkte ner i den leriga, blöta jorden och slet tag i min hand för att hjälpa mig framåt. Om sandalerna varit en dålig idé inledningsvis, var de verkligen en urusel idé nu.

Rebecka och Samuel kom tätt efter, Rebecka ihopkrupen under Samuels ena arm, kisandes då regnet slog obarmhärtigt mot hennes ansikte.

Jag blinkade frenetiskt bort de elaka regndropparna medan jag försökte hålla jämn takt med Robin. Vinden susade mellan de mörka trädstammarna, den slet i mitt hår, jagade oss genom den täta vegetationen. Robin kastade blickar bakåt som om han verkligen var rädd att någon förföljde oss på riktigt. Jag iakttog honom förvirrat samtidigt som regnet rann nerför mina kinder och nästan förblindade mina ögon. Mina händer värkte av den plötsliga kylan och fötterna gled i de leriga, blöta sandalerna.

Den instinktiva känsla som kom över mig var att någon ville oss riktigt illa och jag ökade takten medan jag sprang som om jag verkligen försökte undkomma den demon som lurade mellan träden.

När vi såg bilen på håll drog jag tacksamt efter andan. Jag hörde Rebecka snyfta bakom mig men orkade inte vända mig om för att se efter hur det var med henne.

Varenda muskel i min kropp värkte, jag var kall och dyblöt och den starka blåsten ilade i mina ansträngda lungor. Häxorna hade uppenbarligen inte uppskattat vårt överraskande besök.

Robin kastade åter en blick på mig och för några sekunder såg jag att hans ögon nästan var svarta. Jag flämtade förskräckt till samtidigt som han fattade min arm och drog mig framåt mot den väntande bilen. Vid det här

71

laget var vi på grusvägen och gruset tog sig obarmhärtigt in i mina sandaler och skavde mot fotsulorna när jag försökte hålla jämn takt med honom.

När vi äntligen stannade vid bilen böjde jag mig framåt av utmattning. Jag var dyngsur. Robin drog bort mitt våta hår från ansiktet och lyfte min haka uppåt. "Hur är det?" frågade han oroligt.

Jag drog djupt efter andan och tittade på honom genom våta ögonfransar. "Dina ögon var svarta", flämtade jag.

"Va?" frågade han oförstående och tittade på mig med ögon som helt klart var gröna. "Vad i hela friden pratar du om?"

"Varför står ni här?" andades Rebecka när hon och Samuel störtade fram mot bilen. "In i bilen!" utropade hon.

Robin öppnade bilen och Rebecka och Samuel gled snabbt in med vattnet rinnande från kläder och hår. Bilen skulle förvandlas till en bassäng tack vare oss.

Robin kastade in picknickkorgen i bakluckan. "Nova, hoppa in på en gång", beordrade han strängt.

"Titta", andades jag chockat.

Han vände blicken åt det håll jag tittade och hans ansikte antog ett förfärat uttryck.

Den svarta himlen var enbart koncentrerad till det lilla område vi just lämnat. Över resten av Månkarbo – runt det mörka hav av moln som släppte ner ett obarmhärtigt regn och med en blåst som fick träden att slå våldsamt mot varandra –

var himlen helt blå och över samhället strålade en varm välkomnande sommarsol.

Kapitel elva

Jag borde ha insett redan den morgonen när jag blickade upp mot den blodröda himlen att den här dagen skulle bli annorlunda. Men det gjorde jag inte, för jag hade hur bråttom som helst till jobbet eftersom jag hade försovit mig.

Min morgon hade bestått av att springa omkring som en galning ackompanjerad av Rebeckas retsamma skratt. Den lilla muppen var ju en avkopplad student och jag påminde henne ilsket om att hennes sötebrödsdagar snart skulle vara över.

"Stressad?" frågade Tommy roat när jag halvsvettig gjorde mitt intåg på Glitter. Jag såg dock hur han kastade en uppskattande blick efter mig innan jag försvann in i personalrummet.

Jag visste väl att min beigea klänning skulle göra mig rättvisa den här dagen.

"Vad tycker du om himlen?" frågade han när jag loggade in i kassan.

"Vad är det med den?" frågade jag sådär halvt intresserad och studerade honom när han rättade till saker i affären som inte behövde rättas till.

"Den är ju röd! Så där som den brukar vara när solen går ner på kvällen. Men nu råkar det ju faktiskt vara mitt på dagen." Han tittade på mig som om jag var en utomjording som kunde missa något så uppenbart avvikande.

"Ja, jag såg det", nickade jag och log lätt. "Men eftersom jag försov mig den här morgonen så fanns det inte riktigt någon tid att njuta av utsikten."

"Hade du en trevlig helg hos din mamma?" frågade han och lutade sig en aning över disken. "Hade du en trevlig helg med din *pojkvän*?" Han höjde retsamt på ögonbrynen.

"Han är inte min pojkvän", sade jag understrykande. "Vi är vänner."

"Om du säger så…"

Jag skakade på huvudet med ett leende. "Det är bra att någon i min omgivning tror mig."

"Den stora frågan är om Robin tror dig?" Han försvann ut i personalrummet och lämnade mig ensam i den tomma butiken.

Folk hade redan börjat passera utanför. Många besökte sminkaffären mittemot eftersom de hade en stor realisation. Besökarna till Glitter var den här dagen få. Jag anade dock att detta kunde ändras så fort skolorna slutat för dagen.

Rebecka och Samuel kom och hälsade på en snabbis innan avfärd till högskolan. De var verkligen supersöta tillsammans. Extra sött blev det bara för att det handlade om Rebecka och det var så ovanligt att se henne kär. Jag fann det svårt att sluta le efter att de hade lämnat butiken.

Då det inte var så mycket folk den här dagen satte Tommy mig på andra sysslor; jag dammade hyllor och hängde upp nya smycken. I lugn och ro nynnade jag på

75

diverse *Rolling Stones* låtar; *Satisfaction* var en favorit och hade en förmåga att hamna på *repetera* i mitt huvud.

När jag i slutet av mitt arbetspass stod och hakade örhängen på en snurrställning fick jag den konstigaste känsla: håret i min nacke reste på sig, musklerna stelnade till i min kropp och en underbar doft fyllde den lilla butiken. Jag stod med ryggen mot butikens öppning, men innan jag ens vänt mig om visste jag att någon hade kommit in.

Jag vände mig på överraskande stela ben och tackade nästa sekund min lyckostjärna för att jag stod nära kassadisken. Mannen som precis kommit in var den vackraste man jag någonsin hade sett och jag insåg snabbt att alla i min omgivning tyckte detsamma.

Utanför, liksom i butiken, hade tiden stannat och kvinnor i alla åldrar iakttog mannen med fascinerad blick. Ja, även gallerians manliga kunder iakttog honom med samma fascination.

Men mannen ifråga iakttog mig.

Jag hade förlorat all kraft i kroppen när han smidigt tog de få stegen fram till kassan där jag stod. Hans kortklippta hår var det svartaste jag någonsin hade sett. Hans ansikte kunde ha tillhört en av 50-talets filmstjärnor och var fasansfullt tilldragande med de manliga käkarna och de fint mejslade kindbenen. Den svarta tröjan stramade över hans muskulösa överkropp och de intensivt silverfärgade ögonen fångade mig i en hypnotiserande blick. Han kunde inte vara verklig.

76

Jag fann mig stirra rakt in i de ovanliga ögonen och samtidigt som mina öron började tjuta snurrade världen runt mig.

Fastän mina muskler inte fungerade lyckades jag hålla mig upprätt – enbart med hjälp av hans intensiva ögon som grävde sig in i mina och höll mig kvar på mina ben.

Han lade en stark hand på disken och lutade sig nonchalant framåt utan att släppa mig med blicken.

Det gjorde nästan ont att andas och i den dimma jag befann mig i frågade jag mig om jag ens gjorde det. Jo, jag andades för jag kunde känna hur hans underbara doft trängde in i mina näsborrar och virvlade vidare upp till min hjärna.

Sov jag fortfarande? – hade jag drömt att jag försov mig?

"Nova... vad är det som händer?" Tommys oroliga röst tog sig någonstans igenom dimman och in i mina öron. Jag kunde dock inte vända min blick åt hans håll då jag fann mig vara fångad av dessa silvergrå ögon som fick vartenda hårstrå att resa sig på min kropp.

Jag kände, mer än var medveten om, att jag lutade mig fram mot det makalösa ansikte jag hade framför mig – hans blick sög in mig i ett tillstånd av hjälplöshet och ljudet av mina egna flämtande andetag fyllde mina öron.

"Nova?"

Silverögonen slets från mig och vände en rovdjursblick mot det störande momentet i form av min chef.

77

Jag ramlade ner i, något nära, verkligheten igen och såg hur mannen stirrade på Tommy under tystnad. Tommy backade några steg med skräckfyllda ögon.

"Nova är upptagen", sade en sammetslen röst – en underbar röst som fick mitt hjärta att värka och ögonen att tåras.

Vad var det som hände här?

"Tommy, du behövs inte här just nu", fortsatte mannen lugnt och log ett hemskt leende när Tommy till min stora förvåning vände ryggen till och försvann ut i personalrummet.

Hur kände mannen till hans namn?

Jag stelnade stumt till när han åter vände sin fängslande blick mot mig och synade mig uppifrån och ner. "Nu, Nova kan vi prata ostört."

Jag fick inte fram ett ljud utan åkte åter in i samma hjälplösa tunnel där mannens doft och magnetiska ögon blev det enda av vikt.

Hans starka händer grep om disken när han lutade sig en aning framåt mot mig.

Hans ansikte var så nära mitt att jag kände hans varma andedräkt omsluta mitt ansikte. Den silvriga blicken verkade nästan tala till mig, mässade att ge efter för vad än bäraren av de makalösa ögonen bad mig om. "Vad skulle du köpa för smycke till den kvinna du älskar mer än allt annat på den här jorden?" Hans underbara röst var som en melodi i mina öron och jag försökte förgäves att förstå vad han sade. "Vad skulle

du köpa till din blivande fru som du ska vara med för evigt?"
fortsatte han.

Jag kunde inte andas och mina ögon fylldes av tårar som hotade att svämma över vilken sekund som helst.

Jag var inte frisk. Det var något fel på mig.

"Broder, jag tror inte att vi hittar det smycket här", kom en röst från butikens öppning. "Du skrämmer ju slag på den unga kvinnan."

Mannen framför mig log ett retsamt snett leende innan han kastade en blick över axeln på den person som tilltalat honom.

Den andra mannen såg lika övernaturligt bra ut som den första och jag tittade fascinerat på honom. Han hade nästan lika svart hår som mannen framför mig, och lysande havsblå ögon. Och med tanke på vad han precis hade sagt var de uppenbarligen bröder.

Hur kunde två bröder bli så makalöst attraktiva?

Marken gungade under mina fötter och den doft som tidigare gjort mig yr var nu så intensiv att jag knappt kunde stå på mina ben. Jag kände mig fullständigt drogad.

Mannen som fortfarande stod framme vid kassan vände åter sin blick mot mig och stirrade på mig några sekunder under tystnad. Han bet samman sina käkar så käkbenen spändes under hans strama hud – precis som om han vore arg över något. Mannen med de blå ögonen lade en stark hand på hans axel.

"Du får ursäkta min bror, han kan te sig skrämmande ibland", log nykomlingen och blottade vita perfekta tänder.

Jag bara nickade, inkapabel att få fram ett endaste ord – något jag insåg att jag inte hade fått sedan den första mannen klivit in i butiken.

"Jag återkommer", sade mannen och lät sin silverblick leta sig in i mina ögon en sista gång innan han lämnade butiken med sin bror tätt efter.

De gick med en hållning och grace som sade att de ägde hela världen, och varenda person i deras omgivning följde dem med blicken tills de var utom synhåll.

Luften gick ur mig och jag sjönk till golvet. Huvudet exploderade av smärta i mina händer och jag snyftade hejdlöst.

"Nova! Hur är det?" Tommys oroliga röst var ovanför mig och han satte sig på huk för att ta mig i sin famn. "Vilka i helvete var det där?"

"Jag får ingen luft… jag behöver luft", kippade jag panikslaget mot hans axel. Panikångesten tog ett kallt grepp om mig och kramade ur allt syre ur min kropp. Det kändes som om jag skulle dö. Tommy fläktade mig med ett papper han hittat under disken och ropade åt en kund att hämta vatten i personalrummet.

Kapitel tolv

Efter mitt överraskande sammanbrott i affären fann jag det omöjligt att släppa tankarna på männen jag träffat. Min koncentrationsnivå låg på minus och jag fick absolut ingenting gjort.

Jag hade försökt att återge vad som hade hänt för Rebecka samma kväll, men det fanns ingen berättarform som kunde göra vare sig männen eller situationen rättvisa. Den påverkan som mannen med de silvergrå ögonen hade haft på mig gick inte att beskriva med ord, man var tvungen att uppleva den själv för att förstå. Knappt jag förstod min reaktion.

Rebecka hade mumlat något om att jag hade varit singel alldeles för lång tid och uppenbarligen var i desperat behov av sex.

Men när jag låg i min säng den natten, vilket var den fjärde sömnlösa natt jag haft sedan männen kommit till affären, så visste jag att min status inte hade något med sex att göra. De här dagarna hade den främmande mannen varit det enda som rört sig i mina tankar och jag såg honom klart och tydligt framför mig så fort jag slöt ögonen. Jag såg honom ärligt talat framför mig även om jag *inte* slöt ögonen – och bilden av honom förde med sig rysningar av spänning.

Att jag praktiskt taget brutit ihop efter att han lämnat affären var tydligen sekundärt. Det enda som fanns kvar var ett desperat behov av att se honom igen.

81

Om jag kunnat hade jag sökt upp honom. Den tanken var faktiskt så lockande att jag funderat på att Googla sönder min dator för att hitta något spår av honom. Men som det var nu hade jag ingen aning om var jag skulle börja. Det gick inte direkt att söka på *svarthåriga män med silverögon* och få en träff som ledde mig till den här mannen.

Det var därför jag inte kunde sova. Frustrationen brann i min kropp och fick mig att längta efter att kasta mig ut genom fönstret och ge mig ut i den kalla natten för att springa av mig den.

Väldigt normalt av mig.

Jag suckade tungt när jag såg att klockan närmade sig två.

Tur att jag inte jobbade imorgon. Istället hade jag gått med på att träffa Robin på kvällen – ett sådant där impulsivt löfte som jag ifrågasatt sedan jag givit det.

Helst sedan jag träffat mannen i affären.

Om en fullständig främling kunde få min värld att vibrera på det där sättet, på det där helt *sjuka* sättet, så blev det genast uppenbart att Robin *inte* fick min värld att vibrera.

Å andra sidan skulle Rebecka sova hos Samuel och jag hade inte heller lust att sitta själv hela kvällen.

En filmkväll med en nära killkompis kunde väl inte skada? Inte ens om han hoppades att det skulle bli något mer. För övrigt gillade jag att umgås med Robin.

Någonstans mitt i alla mina tankar måste jag ha somnat, för jag vaknade av att Rebecka ruskade om mig. Hon stod lutad över min säng med ansiktet obehagligt nära mitt.

Typiskt Rebecka för hon hade inte de vanliga gränserna. Hon hade dessutom blivit värre med åren. Jag rynkade näsan åt parfymångorna som omgärdade henne – en fräsch parfym som jag verkligen gillade när jag inte var nyvaken och hade den hängande över mitt ansikte.

"Nova, du måste ju sova tyngst i hela världen!" Jag mumlade något om att hon skulle ha sett mig vaken hela natten och kisade därefter mot henne genom solstrålarna som föll in genom mitt fönster.

"Var du tvungen att dra isär gardinerna och plåga mig fullständigt?" Hon kastade en förvånad blick på mitt ansikte och jag noterade att hon var helt i ordning gjord. Vad sjutton var klockan egentligen?

"Jag har inte dragit isär några gardiner! Säg inte att du har börjat gå i sömnen, Nova", skrattade hon roat.

Varför inte? Det var bara det som fattades. Jag kastade en förvirrad blick på det blottade fönstret och satte mig sömndrucket upp i sängen. "Är du redan klar?" Lukten av överhettat kaffe letade sig in i mina näsborrar förbi parfymdoften.

"Eh ja? Jag sa ju att Samuel kommer och hämtar mig klockan ett, och det är den om tio minuter typ." Rebeckas svarta hår ven runt hennes ansikte när hon vred sig för att syna min väckarklocka.

"Satan! Jag har ju sovit en hel evighet", muttrade jag.

"Ja, och vad spelar det för roll? Du är ledig hela dagen."
Hon fingrade förstrött på mitt täcke. "Klarar du dig utan mig
nu? Jag kommer tillbaka imorgon kväll."

"Absolut. Robin kommer hit ikväll."

"Åh, potential att bli av med lite frustrationer", flinade
hon och höjde på ögonbrynen.

Dörrklockan skrämde slag på oss båda och Rebecka
praktiskt taget flög ur sängen för att öppna åt sin
efterlängtade pojkvän. Hon ropade ett hejdå åt mig från
hallen och lämnade lägenheten i ödslig tystnad.

Patetisk som jag var kände jag mig övergiven och
gråtfärdig.

Efter att ha spenderat en dag i tristess och självömkan var
det en välsignelse att höra den lätta knackningen på
ytterdörren.

Jag hade svängt ihop en ost- och skinkpaj och dukat fint
i köket. Jag hade med omsorg valt ett rött vin till pajen och
satt på lugn musik att äta till. Vårt kök var utsmyckat med
värmeljus och persiennerna var fördragna för att få till det
perfekta myset.

Även om jag visste att det här kunde skicka helt åt helvete
fel signaler så kände jag verkligen för att mysa med trevligt
sällskap ikväll och inte fundera över rätt och fel.

Jag hade dragit på mig en blå sommarklänning som
varken var för mycket eller för lite. Den gjorde sig perfekt
till min solbrända hud och mitt välborstade hår.

"Mm, luktar gott", log Robin och vädrade i luften när han klev in. Han var så fin – klädd i en röd tröja och mörkblå jeans.

"*Du* luktar gott", log jag retsamt och gav honom en kram.

Han tryckte mig hårt mot sin kropp och mitt hjärta tog ett extra skutt i bröstet. "Jag har köpt lite godis", sa han leende efter att han släppt mig och tagit av sig skorna. Han höll upp en välfylld vit blandgodispåse.

"Du vet hur man gläder en kvinna", skrattade jag och tog påsen ifrån honom. Jag gjorde en gest att han skulle följa mig in i köket där jag hällde upp godiset i en rosa glasskål.

"Så det här är källan till den goda lukten?" Robin lutade sig över pajen som stod på bänken för att svalna. "Jag hoppas den smakar lika gott som den luktar."

"Det hoppas jag med", sade jag roat. "Sätt dig så serverar jag dig."

Robin tittade på mig med sina gröna ögon och skakade på huvudet. "Vad vore jag för man om jag inte serverar vinet först?"

Jag undslapp mig en rysning av välbehag då hans starka händer grep om korkskruven och borrade ner den i flaskans kork.

Okej, jag kanske var sexuellt frustrerad ändå.

Pajen smakade så gott som jag hade hoppats och det var uppenbart att Robin tyckte detsamma. Vi pratade otvunget efter de här veckornas bekantskap. Jag kände inte alls den här stelheten med honom som man kan känna när man äter middag ensam med en kille man precis börjat träffa. Även om jag inte ville sätta något namn på vår relation så gillade jag honom verkligen. Visst kunde man skylla på vinet och värmeljusens förföriska skimrande, men jag insåg att det här antagligen var den trevligaste kväll jag hade haft de senaste åren.

Efter maten flyttade vi oss in till vardagsrummet där jag dukade fram snacks och tände nya ljus. Jag drog för persiennerna och hoppades att inte Robin skulle tro att det betydde något speciellt. Jag var egentligen bara ute efter det härliga mörkret som lät ljusen komma till sin rätt.

Doften från rökelsen jag hade tänt, och borrat ner i en blomkruka, svepte förföriskt in i mina näsborrar. Förhoppningsvis var inte Robin en av dem som fick huvudvärk av lukten.

Han satt och iakttog mig under tystnad, studerade minsta rörelse jag gjorde. Jag blev supernervös.

"Var du en sådan som växte upp med fruktbricka istället för lördagsgodis till myskvällarna?" frågade Robin en aning roat och tittade menande på skålen med morots- och gurkstavar.

Jag skrattade lätt och gled ner bredvid honom i soffan på sådär lagom vänskapligt avstånd. "Ja, faktiskt. Men å andra sidan är det väldigt gott." Jag tog en gurkstav och doppade demonstrativt i dilldippen. Med ens kom jag att tänka på Johnny och alla myskvällar vi hade haft tillsammans.

Det högg till i mitt hjärta.

Robin tog skeptiskt en morotsstav och synade den noggrant innan han doppade den i dippen. Medan han tuggade vände han blicken mot mig. "Gott... men erkänn att du har en chipsskål gömd här någonstans."

"Självklart", log jag och hämtade hastigt en påse i köket. "Försöka kan man ju alltid. Men jag anade att du inte skulle falla för det."

Robin log sitt charmiga leende och tog emot påsen för att hälla upp innehållet i den blåa plastskål jag trollat fram.

Han frågade mig hur det gick med jobbet på Glitter och om jag trivdes med mitt och Rebeckas samboskap. Vi landade senare i ämnen som hans före detta missbruk; vilka vänner han inte kunde umgås med längre och onödig information som att hans syster nu träffat en bättre man än den hon tidigare hade haft. Filmen tittade vi lite halvdant på även om det var en intressant historia baserad på verkliga händelser. Jag fick väl titta på den en gång till sedan när jag var ensam.

"Har jag någon som helst chans att få dig, Nova?"

Kapitel tretton

Frågan kom så plötsligt att jag höll på att sätta en morotsstav i halsen. Jag vände mina uppspärrade ögon mot Robin och var antagligen så nära fågelholk en människa kunde komma.

"Kom igen, Nova, du vet vad jag känner för dig."

"Jag... jag trodde att vi åtminstone skulle hinna kolla klart på filmen innan vi kom in på så allvarliga ämnen." Jag skruvade besvärat på mig och fyrade av ett ursäktande leende. "Jag vill förklara en sak för dig, Robin", fortsatte jag allvarligt. Jag sänkte tv:n en aning och studerade Robins manliga ansikte som antog en varm ton i värmeljusens sken.

"Jag har inte varit mottaglig för någon som helst kärleksaffär de senaste, säkert tre, åren. Jag har haft fullt upp med min huvudvärk och depressionen jag drabbades av innan jag flyttade från Månkarbo. Du har ingen aning om vilka mörka platser mitt undermedvetna har besökt." Jag tystnade några sekunder för att studera hans reaktion. Men han var tyst. Hans gröna ögon vek inte från mitt ansikte så jag fortsatte. "Jag träffade Johnny för ett tag sedan och det var väldigt trevligt. Jag har alltid varit svag för Johnny. Men jag visste att jag inte skulle kunna vara med honom på ett sådant sätt som han önskade. Sedan kom du in i mitt liv – en man jag var säker på avskydde mig. Och det visade sig att det var raka motsatsen. Jag trivs enormt i ditt sällskap, Robin", sade jag plågat. Jag fattade hans hand i min och

88

kramade den hårt. "Du anar inte hur du förgyller mitt liv. Sedan vi träffades har jag verkligen börjat må bättre. Du kommer från samma plats som jag och delar mina minnen. Jag känner mig hemma med dig. Jag trivs i ditt sällskap." Jag suckade och tittade ner på våra förenade händer.

"Men?" Robins blick sökte frågande min.

"Men… jag kan inte känna det för dig som du vill att jag ska känna. Jag vet inte varför, men jag blir bara inte kär."

"Allt du säger till mig tyder på att du trivs i mitt sällskap och inte vill vara utan mig. Vad är det då som hindrar dig från att försöka? Att vänta och se om det kan leda till något mer?" frågade han med ett uns av desperation i rösten.

"Du vet varför det inte är möjligt, Robin." Rösten som talade var mörk och len som siden. Mitt hjärta hoppade till i bröstet och jag noterade skräckslaget att en man blivit synlig i dörrhålet till hallen. Fastän jag bara såg skuggan av honom hade jag känt igen den där sammetslena dödliga rösten var som helst.

Robin for upp ur soffan på mindre än en sekund. Varenda muskel i hans kropp spändes och han höll mig bakom sig när jag reste mig på ostadiga ben.

När mannen klev in i skenet av alla stearinljus stramades huden åt runt hela min kropp som om jag slutits i en kokong. Jag tittade på honom oförmögen att blinka. Det *var* han. Mannen i affären som påverkat mig så starkt. Mannen som jag inte kunnat få ur mina tankar sedan den dagen. Han hade fått hela min värld att skälva, och så var även fallet nu.

89

Men vad sjutton gjorde han i min lägenhet? Och hur hade han kommit in? Hur hade han hittat mig över huvud taget? Och *varför* ville han hitta mig?

Om jag inte hade drabbats av total stumhet hade jag ställt alla dessa frågor till honom, men jag kunde inte. Jag stirrade bara på hela hans makalösa uppenbarelse – det kolsvarta håret och de silverfärgade ögonen som lyste mot mig genom den dunkla belysningen. Han var helt svartklädd i jeans och kortärmad tröja.

Den konstigaste impuls att kasta mig i hans famn for över mig, men Robin stod framför mig med en arm bakom sig som höll mig kvar vid hans sida.

"Släpp henne", sade mannen lugnt. Han tittade från mig till Robin med en blick som sade att det inte fanns något i den här världen som kunde besegra honom.

"Aldrig", sade Robin mörkt.

För några sekunder insåg jag att Robin inte var alltför förvånad att se den här mannen. Det kunde till och med vara så att de kände varandra.

Jag tittade upp på hans ansikte och noterade hur hans käkar spändes medan hans blick var helt fokuserad på främlingen.

"Du vet att du måste, Robin." Mannen tog ett steg framåt och Robin backade ett steg, fortfarande med mig bakom sig.

Jag kände på hans spända kropp hur rädd han var, men såg att han gjorde allt för att inte visa det för den hotfulla uppenbarelse vi hade framför oss.

Jag var så skräckslagen att jag knappt vågade andas. Min blick vilade oavvänt på den svartklädda mannen. Något sade mig att varken jag eller Robin hade en chans att undkomma honom om vi så försökte.

Det eviga babblandet från filmen hånade oss i bakgrunden och något i hela scenariot fick mig att känna mig som en brottsling. Jag fokuserade på avståndet till ytterdörren om det skulle bli aktuellt att fly.

"Nova är *märkt* av mig. Hon är min."

Va?

Jag flämtade till och tittade på mannen och sedan på Robin som såg ut att kunna explodera när som helst. Jag insåg att jag hade missat något grundläggande här. De här två männen visste något som jag inte hade en aning om. Något jag *borde* känna till, och en känsla av svek svepte in mig i sitt brutala hölje.

"Va?" viskade jag med totalt obekant röst. Det var dock ingen som lyssnade på mig. Robin och mannen hade blickarna låsta vid varandra. De synade varandra som två vilddjur inför en kamp. Det enda som skiljde dem åt var vardagsrumsbordet – och jag anade att det inte var något hinder att tala om.

"Varför har inte Kungen upphävt *märkningen* av Nova? Tycker ni inte att det orätt mot henne att sätta henne i en situation där hon aldrig kan få någon annan?" Robins röst darrade av vrede. Hans hand höll mig fortfarande kvar i ett fast grepp bakom honom.

"Kungen vet att Nova är min. Han skulle aldrig häva en *märkning* han tror på", sade mannen. Det fanns en dold underton av hot i hans röst. "Kan du förklara för mig, Robin, varför du tror att väktarpolitik angår dig?" Mannen tog ytterligare ett steg i vår riktning och jag såg hur Robin spände hela sin kropp, beredd på en attack. Det var uppenbart att den här mannen skrämde livet ur honom. Jag undrade om mannen själv var medveten om detta.

"Jag vill ha henne. Jag behöver henne", sade Robin med desperation i rösten. Han kastade en snabb blick på mig och fokuserade sedan åter på mannen.

Ett lågmält skratt kom över mannens läppar och han fäste sin intensiva blick på mig för några sekunder. "Robin… jag trodde att du visste bättre än att försöka ta min *förbundspartner*. Trodde du verkligen att jag skulle låta dig få henne?" Han skrattade igen. "Det finns ingen annan än jag som har rätt till henne och den rätten kommer jag aldrig att häva. Du vet, Robin, vad den rätten innebär. Jag kan döda dig för att du har varit här ikväll. Å andra sidan kan jag döda dig bara för att du är du."

Världen snurrade runt mig. De pratade om mig, men ändå inte eftersom jag inte hade någon aning om på vilket sätt jag var inblandad. Jag fick känslan av att befinna mig i en skräckfilm – eller något så trivialt som *Dolda kameran*. Det enda jag var helt säker på var att de pratade om fel Nova. De måste ha blandat ihop mig med någon annan.

Robin släppte mig abrupt och jag stapplade åt sidan. Hans ögon ändrade plötsligt färg från gröna till svarta – var det ens möjligt? – och med känslan av att en storm var på väg kastade jag en blick på den andra mannen. Hans muskler spändes under den svarta tröjan, påminnandes om en svart puma redo att förinta sitt byte. "Kom igen, Robin, slå mig. Jag skulle älska att se dig försöka." Han blottade sina vita tänder i ett brett leende.

Jag insåg att jag hade alla chanser att fly nu, men istället tittade jag paralyserat på de två männen och undrade vad jag skulle ta mig till. Borde jag ringa polisen? Hur stor fara var jag själv i?

"Du stannar där." Mannens silverögon riktades mot mig och jag fick känslan av att han bokstavligt talat fick min kropp att sluta fungera. Jag sjönk med fasa ner i soffan oförmögen att röra mig någonstans.

Robin tog tillfället i akt att kasta sig över bordet mot mannen som svarade med att snabbt slita tag i Robins arm och kasta honom flera meter tills han slog i väggen som avskilde kök och vardagsrum. Det dånade högt och han gled ner i en orörlig hög på golvet.

Jag flämtade till med en hand över munnen. En sådan styrka var inte mänsklig. Och samtidigt insåg jag att de antagligen inte var mänskliga, någon av dem. Jag hade sett Robins ögon skifta färg tre gånger nu, väl medveten om att ingen människa kunde göra något liknande.

93

Att den svartklädda mannen inte var människa var än mer uppenbart. Det fanns inget mänskligt hos honom förutom hans form.

Och här satt jag fången i min lägenhet mitt i ett bråk mellan skumma varelser – ett bråk som tydligen handlade om mig. Eller åtminstone om någon som liknade mig och råkade ha samma namn. Dessutom var jag inkapabel att röra mig. Underbart.

Kapitel fjorton

Mina fötter vilade i kvicksand och jag såg hur puman rörde sig mot sitt offer på golvet. Han rörde sig sakta, som om han visste att detta offer omöjligt skulle kunna undkomma honom.

Robin flög snabbt upp på fötter och måttade ett kraftigt slag mot mannens kind. Mannen gjorde ingenting för att parera slaget utan log bara ett nöjt och hotfullt leende när Robins näve landade med ett obehagligt ljud i hans ansikte. Det var som om han *ville* att Robin skulle slå honom, och skräcken över det faktumet letade sig uppför mina ben och vidare över min överkropp tills den landade i hjärnan och gjorde mig svimfärdig.

Han rörde sig inte medan Robin lät ytterligare tre kraftiga knytnävar umgås med mannens ansikte. Robins svarta ögon brann av ilska, men mannen flinade bara, helt opåverkad av slagen – och kastade ytterligare en gång iväg Robin så att han for in i den motsatta väggen, mot mitt sovrum.

Han var som en katt som lekte med en liten mus – som njöt av leken innan han bestämde sig för att döda sitt byte.

Med en ofantligt stark hand tog han strypgrepp på Robin och höll upp honom i luften framför sig. Jag flämtade skräckslaget till, tvungen att bita mig i underläppen för att inte skrika högt, livrädd att istället dra mannens uppmärksamhet till mig. Jag hade inte något att besegra honom med. Och även om jag för tillfället inte bestämde över

95

mina egna muskler så planerade jag att fly från lägenheten så fort jag hade minsta möjlighet. Det var inte min tur att dö idag.

"Ni *viatorer* är enbart här för att ställa till oordning. Tro inte för en sekund att du kan lura mig. Jag vet exakt vad du har för känslor för Nova, och jag vet även exakt på vilket sätt du behöver henne." Mannens röst bar på ett dödligt djupt hat. Jag mådde illa av rädsla.

Robins svarta ögon landade på mig och trots att han inte kunde säga något, med tanke på handen runt hans hals, kunde jag läsa nederlag i hans blick. Och vad i helvete var en *viator*?

Med en snabb vridning och ett fruktansvärt knäckande ljud var Robins nacke bruten och hans livlösa kropp segnade ner på golvet.

Jag visste inte ens om jag befann mig i verkligheten längre. Jag var i *min* soffa i *mitt* vardagsrum, men jag hade fortfarande ingen förmåga att röra min kropp och det jag precis hade bevittnat kunde inte vara verklighet. Jag måste ha somnat på soffan och drömde en mardröm. Det kunde inte ha skett ett mord precis framför mina ögon i min lägenhet.

Men det kändes inte speciellt mycket som en dröm när den svartklädde mannen åter vände sin uppmärksamhet mot mig och sakta började närma sig den plats där jag satt.

Paralyserad som jag var kunde jag bara titta på honom och undra om det möjligtvis var min tur att dö nu.

Men mannen satte sig bredvid mig i soffan och lät sina silverögon glida över mig. Jag kippade panikslaget efter luft och började hyperventilera. Om jag varit vid mina sinnes fulla bruk hade jag antagligen frågat mig själv varför mina muskler inte rörde på sig när jag beordrade dem. Nu stirrade jag istället bara skräckfyllt när han lade sin hand över min, och istället för att drabbas av panik och fly därifrån kände jag ett underbart lugn sänka sig över mig. Jag tittade förundrat på hans vackra ansikte. Hans varma hand sände underbara pirrningar in i min kropp och samma hänförande lukt jag känt i affären sökte sig in i mina näsborrar.

Med tårar i ögonen studerade jag honom och förnam en outhärdlig känsla av att vilja krypa in i hans famn. "Vem är du? Varför får du mig att känna så här?" Det var bara en viskning, men det var allt jag kunde uppbringa just nu. Jag var alldeles för chockad över allt som precis hade hänt.

Han lyfte sin hand från min och lät fingrarna glida genom mitt hår. Jag andades ansträngt – makalöst påverkad av hans beröring. Var det kärlek jag såg i hans blick?

"Jag heter Vincent Weller."

"Vincent Weller..." ekade jag. Jag vände sakta blicken mot den livlöse Robin – som jag upptäckte inte låg där längre. Åtminstone inte hans mänskliga form. På golvet fanns istället en hög med sand i en underlig blåskimrande färg. Något som bara adderade ännu mer skräckfilmskänsla till denna hemska kväll. Men det jag ändock reagerade mest på i detta ögonblick var att Robin varit den första att nämna

Vincent Wellers namn för mig. Något han sedan ångrat och velat ta tillbaka.

"Jag ska förklara allt för dig."

Den man jag precis lärt känna som Vincent Weller tittade på mig med sin hypnotiserande blick. "Du måste lita på mig, Nova."

Jag nickade långsamt och insåg att jag verkligen menade det fastän det låg en död man, eller en hög med sand, i mitt vardagsrum. Och fastän det var självaste mördaren som bad mig. Och fastän jag inte hade någon aning om vad själva löftet skulle leda till.

För övrigt var jag mer än säker på att det var den här mannen som styrde allt jag kände just nu – för jag borde vara på väg härifrån.

Han höjde sina händer, och innan jag rört en fena hade han lagt en hand på var sida om mitt huvud. "Titta på mig", viskade han med sin behagliga röst.

Jag gjorde som han sade och lät mina ögon leta sig in i hans silverfärgade djup. Hans händer var otroligt heta mot mitt hår och elektriska stötar sökte sig in i mitt huvud. Yrsel och illamående attackerade mig plötsligt och om jag hade kunnat hade jag bett honom att sluta.

Istället åkte jag längre och längre in i silvertunneln jag hade framför mig och världen snurrade snabbare och snabbare tills jag inte längre kunde avgöra om den verkligen snurrade. Jag kände för att kräkas men istället omfamnades jag av ett gudomligt mörker. Det slöt mig inom sig, fick mig att känna mig trygg tills jag inte kände något alls längre utan bara försvann ut i tomma intet.

Det var som om hela mitt liv passerade revy.

Eller åtminstone mitt liv från det ögonblick som jag hade sett en svart Mercedes passera förbi mig och Emily i Månkarbo.

Jag mindes hur jag börjat spionera på de två bröder som fascinerat mig så mycket. Jag mindes att den oemotståndlige Vincent Weller senare börjat svara på min nyfikenhet. Jag mindes även hur jag skräckslagen skådat när han sög i sig rådjurets livsenergi och hur jag därefter hade flytt genom skogen till mitt hus.

Där hade Vincent senare sökt upp mig och berättat vad han är. En *väktare*.

Jag hade villigt dragits in i hans underbara liv.

Jag mindes en kärlek så stark att den kunde få byggnader att röra sig. Jag mindes hur Vincent *märkt* mig och velat göra mig till väktare. Jag mindes hela familjen Weller med sådan enorm längtan och glädje att jag ville skrika.

Med ens föll hela mitt livspussel på plats igen och jag fick svaret på varför jag hade mått så otroligt dåligt under de här tre åren – varför mitt hjärta hade känts så trasigt i min kropp.

Jag grät till minnet av hur Elias hade kidnappat mig; minnet av min mor som inte var min biologiska mor; och minnet av hur jag hade valt att inte bli väktare när Kungen

99

givit mig det slutgiltiga valet. Hur jag hade tackat nej till Vincent och till det liv jag så gärna velat dela med honom. Hans silverfärgade blick som hade vilat på mig med den djupaste besvikelse. Silver, som han hade fått tack vare den styrka han anammat då han hade inhalerat Elias väktarenergi och blivit en av de starkaste väktarna på jorden.

"Förlåt", snyftade jag och lyfte mina händer mot hans vackra ansikte. "Förlåt mig…"

Jag mötte hans vaksamma blick. "Jag ville ha dig, Vincent. Det ville jag hela tiden. Jag kunde bara inte välja." Tårarna strilade ner för mina kinder och snyftningarna tog vid.

Mitt liv utan Vincent hade varit miserabelt. Varenda dag hade varit en kamp. Den ständiga huvudvärken som hade dykt upp så fort jag närmat mig ett minne av honom. Beviset på att jag inte kunde glömma fastän Kungen tagit bort mitt minne.

"Nova, jag vet det nu", sade Vincent lugnt och drog mig in i hans varma, trygga famn. Den famn jag omedvetet hade saknat i mer än tre år.

Att befinna mig i hans famn var inte nog. Jag ville krypa in *under* hans hud, fylla hela min kropp med hans lukt. Hans underbara berusande lukt som nu påverkade mig extra mycket då jag på sista tiden inte hade exponerats för den alls.

Jag låg fortfarande i soffan och Vincent satt bredvid mig, lutad över mig, och iakttog mitt ansikte. Jag hade ingen aning om hur lång tid som hade förflutit sedan han givit mig minnet tillbaka. Och det spelade egentligen ingen roll så länge det inte var dagen därpå och Rebecka skulle kliva in genom dörren när som helst.

"Vet du hur jag har lidit utan dig? Vet du hur jag har plågats under den här tiden som vi har varit åtskilda?" sa Vincent lågt och studerade mig noggrant. "Du hade nästan tur som fick glömma. Jag skulle inte önska dig lidandet av att minnas."

"Jag kan inte leva utan dig, Vincent." Jag lade min hand mot hans lena kind och följde hans anletsdrag med min blick. "De här tre åren har varit de värsta tre åren i mitt liv. Du är mitt hem, Vincent, mitt allt." Jag insåg att jag nästan lät desperat, men å andra sidan var jag det. Rädslan att han skulle lämna mig var större än alla andra känslor jag möjligtvis kunde uppleva nu.

"Du behöver inte leva utan mig, Nova. För jag kan inte lämna dig igen. Jag *tänker* inte lämna dig." Hans intensiva blick synade mig med den största kärlek. Han fick hela min värld att gunga. "Jag vägrar att förlora dig igen, Vincent. Jag klarar inte av att må så här igen som jag har gjort de här åren. Jag gör vad som helst. Jag vill bli väktare. Jag låter dig förvandla mig. Jag gör allt som krävs. Det är min önskan.", sade jag abrupt och förvånade till och med mig själv med att yttra de orden.

Kapitel femton

Det blev helt tyst.

För första gången någonsin såg jag Vincent samla sig. Han bet ihop käkarna och lade en hand på min kind innan han talade.

"Och jag *ska* göra dig till väktare, Nova", sade han ansträngt. "Men inte här, och inte nu. Jag måste ta dig till vår herrgård. Till din familj."

Han böjde sig över mig och lät sina läppar möta mina i den underbaraste av kyssar. En kyss som bar på så mycket längtan och lidelse att hela min kropp vibrerade under honom. Känslostormen som tog mig i besittning var förödande. Den hade kunnat få hela jorden att skälva. Jag kysste honom hungrigt över munnen, kinderna, ögonen, pannan – för att sedan återvända till munnen igen.

Men Vincent höll mig med en flämtning tillbaka och jag såg hur hans ögon nu hade ändrat färg till den röda *märkta* färgen. Den färg som innebar att jag var hans och att han svarade på den märkningen.

"Det här är inte rätt ställe att vara ute på farlig mark", sade han med darrande röst. "Det var länge sedan jag var så här nära dig. Min självbehärskning kunde vara bättre."

Jag var så glad att hela min kropp bubblade av glädje. Jag kunde ha börjat skratta hysteriskt men ville inte skrämma Vincent med hur knäpp jag hade blivit under hans frånvaro.

"Det vore trevligt att veta hur mycket klockan är, och om det fortfarande är samma dag?"

Vincent log varmt och förde fingrarna genom mitt hår. Hjärtat hamrade hårt i bröstet vid hans beröring. Han flinade nöjt åt min reaktion.

"Det är mitt i natten. Du sov i två timmar efter att jag hade givit dig minnet tillbaka. Klockan är snart tre." Vincent tittade allvarligt på mig.

"Så vad har du gjort under hela den här tiden?" frågade jag förvånat och satte mig upprätt i soffan. "Uppenbarligen har du tänt nya ljus i alla fall", tillade jag och tittade menande på ljusbrickan i mässing som stod på bordet och de röda ljuslyktorna i fönstret.

"Jag plockade undan lite. Jag ville helst inte påminnas om din kväll med Robin", sade Vincent eftertryckligt.

Jag undvek Vincents blick och kände mig skamsen fastän jag visste att jag inte borde känna så. Kungen hade trots allt tagit bort mitt minne. Jag hade inte kunnat veta att jag var gift enligt väktarstandard. Vilket fick mig att tänka på något. "Vincent, varför plågades jag av huvudvärk och konstiga minnesbilder, medan alla andra glömde er helt?"

Vincent tog min hand i sin, han synade den under tystnad några sekunder. Hans svarta hår blänkte i skenet från alla ljus – jag älskade honom så ofattbart mycket. "Jag och Dante har pratat en del om det de senaste dagarna. Borttagandet av ditt minne var inte helt framgångsrikt. Det vi tror att det beror på är att du har en del väktarenergi i dig. Du är en aning starkare än en vanlig människa."

Jag gillade det – att vara starkare än en vanlig människa. Vem ville egentligen vara som alla andra?

I samma veva noterade jag att högen med blå sand var borta. Eller, hm, *Robin* var borta, vilket genast ledde mig in på ett allvarligt ämne. Det var självklart värdelöst att ens komma i närheten av den tråkiga verkligheten när det enda jag ville var att begrava mig i den makalösa kärleksbubbla jag befann mig i tillsammans med Vincent.

"Säg vad som tynger dig, Nova", manade Vincent och synade mig utrönande.

Jag insåg snabbt att jag helst bara ville stanna tiden och sitta i den här soffan, i värmeljusens underbara sken, för evigt med Vincent. Denna vackra väktare som på något konstigt vis hade valt mig att dela sitt liv med.

"Vad var Robin?" frågade jag rakt på sak. Varför ludda in något när både jag och Vincent visste att han inte var mänsklig?

"Du vet alltså att han inte var mänsklig?" frågade Vincent en aning överraskat.

"Eh, han förvandlades till blå sand, Vincent. Oftast brukar inte människor göra det." Jag himlade med ögonen.

Leendet Vincent gav mig fick min kropp att börja smälta, och jag försökte att koncentrera mig på det makalösa han berättade. "Robin var en *viator*."

En vad?

104

"*Viatorerna* hör inte heller hemma på jorden. De har liksom väktarna antagit mänsklig form. Skillnaden är att de fortplantar sig på samma sätt som människor, så de *viatorer* som kom hit först var de starkaste och de var enbart män. De fortplantade sig med mänskliga kvinnor – antagligen genom våldtäkter – och genom tusentals år har de utvecklats till något nära på människoliknande men med omänsklig styrka och andra farliga egenskaper. Men de har försvagats med tiden då de för varje generation spär ut sin energi med den mänskliga energin. Det är bara *viatormän* som fortplantar sig på jorden och det gör de med mänskliga kvinnor."

"Okej… så jag antar att väktarna inte är de enda som smyger omkring på vår jord" sade jag en aning omtumlat. "Men vad gör de här och varför ville Robin träffa mig?"

För en sekund såg jag den blick som önskade att Robin var levande så att Vincent fick nöjet att döda honom en gång till.

"*Viatorerna* har ingen rätt alls att vara på jorden. Det är väktarnas plikt och rättighet att döda dem. De finns lite överallt men har inte en specifik planet där de styr. De försöker att bli majoritet på någon planet. Jorden är en av dem. Men eftersom de är långt svagare än väktarna utgör de inget reellt hot – *än*"

"Än?" frågade jag en aning uppskakat. Bara tanken på att någon kunde skada Vincent skrämde livet ur mig.

"Det finns en anledning till varför Robin var ute efter dig." Vincents ögon mörknade och han bet samman sina käkar innan han började tala igen. "På något vis kände han att du hade en del väktarenergi i dig. Eftersom jag var tillsammans med dig vågade han inte göra något. Men när jag hade försvunnit, och han dessutom märkte att du inte mindes mig, utnyttjade han tillfället."

"Vet du vad han var ute efter?" frågade jag spänt och höll Vincents hand hårt i min.

"Robin insåg att om han skaffade sin avkomma med dig kunde han föda fram en ny mycket starkare ras. Då skulle *viatorerna* ha en verklig chans att utmana väktarna om herraväldet över jorden."

Av någon anledning hade jag väldigt svårt att se mig själv som en avelsko. Jag hade alltid hatat förlossningsfilmer och biologin i skolan hade enbart givit mig avsmak.

"Tänk att människan inte känner till alla kamper som utspelas runt om dem i deras vardag", sade jag häpet. "Allt det här låter som en film. Bara att *du* finns är som en film."

"Vi får bara hoppas att det inte finns fler som du, Nova", sa Vincent allvarligt. "Om *viatorerna* lyckas befrukta en sådan människa kommer det att leda till kaos. Inte nu, men om tjugo år kanske, och tjugo år är ingenting."

Ja, detta berodde ju självklart på hur lång tid man hade levt – men för Vincent kunde jag tänka mig att tjugo år inte var något. Jag ville dock inte fundera över problem som eventuellt kunde dyka upp om tjugo år. Istället kröp jag upp i min älskades knä och tittade in i hans underbara ögon. "Vincent, kan du ta mig hem?"

106

Kapitel sexton

Att min *man* plötsligt hade dykt upp i mitt liv igen innebar behovet av smärre förändringar. Vi var för det första tvungna att vänta tills Rebecka kom hem dagen efter, eller ja, egentligen samma dag med tanke på att det varit mitt i natten. Hennes blick hade varit smått begeistrad vid åsynen av Vincent och innan hon hunnit ställa de vanliga frågorna: "vem?", "vad?", "hur?", hade Vincent fått henne att minnas honom som den han var men inte den historia jag och Vincent delat. Dessa minnesmanipulationer visade sig vara riktigt användbara – även om jag inte gillade dem alls.

För henne var Vincent en snygg kille från Månkarbo som jag träffat i hemlighet (sen när började jag träffa killar utan att berätta för Rebecka?) tills jag valt att släppa bomben för henne nu att vi skulle flytta ihop. Jag berättade dock inte för henne att jag praktiskt taget redan var på väg att lämna lägenheten. Fy sablans vilken urusel vän jag var.

Innan jag och Vincent begav oss mot Månkarbo gjorde Rebecka telefontecknet åt mig och hon såg väldigt allvarlig ut, vilket innebar att det var bäst för mig att jag hörde av mig inom en väldigt snar framtid.

Hur bra jag än mådde där jag satt bredvid Vincent i bilen på väg till Månkarbo gnagde det dåliga samvetet över Rebecka i mitt undermedvetna. Hur skulle jag kunna flytta ifrån henne så här hastigt utan att hon undrade vad i hela friden som hade tagit åt mig? Skulle hon klara hyran själv?

107

Jag skulle absolut se till att betala så många hyror som möjligt, tills hon hade en ny vän att bo ihop med. Och hur skulle jag hålla reda på alla dessa historier?

När skulle jag hämta mina saker? Skulle hon bli ledsen? Skulle hon ifrågasätta min psykiska hälsa då jag flyttade ihop med en man som jag, i hennes ögon, nyss hade träffat? Hade jag lämnat blöt tvätt i tvättmaskinen? Låg min nya vita blus där? Skulle jag ringa till henne och be henne hänga upp den så att den inte möglade?

Jag kastade förstulna blickar på min man som nonchalant vilade sina starka händer på ratten. Jag anade att bilkörning inte var speciellt ansträngande efter sådär 120 år. Bilens motor spann mjukt fastän Vincent körde en aning för fort. Lädersätena luktade som jag mindes, en blandning av läder och impregnering, tillsammans med Vincents underbara väktardoft.

Jag befann mig verkligen i himmelriket. Kunde man känna sådan här glädje utan att något hemskt var i antågande?

"Nova, tänk inte ihjäl dig", log Vincent utan att titta på mig.

Jag tog ett djupt andetag och lät glädjen fylla mitt bröst igen. Träden for förbi utanför. Ju närmare Månkarbo vi kom desto fler blev dem.

Satan… Vad skulle jag säga till min mamma? Jag insåg även snabbt att vårt sista möte, innan jag hade blivit av med minnet, hade handlat om just det faktum att hon inte var min riktiga mamma. Något jag inte ville förmörka stämningen genom att tänka på nu.

"Du vet att det här är rätt va? Att det är hos mig du hör hemma?" sa Vincent mjukt. Han hade uppenbarligen känt min stegrande oro och undrade om jag hade kommit på andra tankar.

"Det vet jag utan tvivel", försäkrade jag. "Det är inte det jag tänker på. Jag undrar bara vad vi ska säga till mamma?"

"Christian och Dante har redan använt sitt inflytande över Månkarbo. Jag gav dem klartecken omedelbart efter att jag hade givit dig ditt minne tillbaka. Invånarna i Månkarbo tror samma sak som Rebecka – de minns oss men inte vårt förhållande." Vincent vände sina silverögon mot mig och skickade underbara rysningar genom min kropp. "Men de kommer snart att bli varse", lovade han.

Bara tanken på vad jag stod i färd med att göra fick hela min kropp att vibrera av nervositet. Bara så där tänkte jag lägga min mänsklighet åt sidan. Enbart åsynen av Vincent, och vetskapen om hur olycklig jag hade varit utan honom, hade fått mig att välja den enda logiska vägen. Jag var tvungen att bli en väktare så att jag fick dela mitt liv med honom.

Illamåendet fyllde min kropp och huvudet började snurra. Det kändes som om jag var på väg mot min egen undergång. Vilket jag förvisso också var.

Jag sneglade nervöst på Vincent – och insåg snabbt att hela den här saken skrämde livet ur mig. Jag var verkligen beredd att låta min kropp tas över av något helt okänt, beredd att låta min kropp dö och ersättas av något utomjordiskt, för den här mannens skull. Var inte det här en sådan sak som äldre sa att unga människor gjorde när de var förblindade av kärlek? Ja, kanske inte blev väktare – men att de tog förhastade beslut.

Jag andades djupt och försökte att slappna av. Ja, jag var beredd att göra det. Att leva utan Vincent var inte ett alternativ, och jag kunde inte leva med honom som människa.

"Det ordnar sig, Nova. Jag lovar att jag ska göra allt för dig under den här övergången." Vincent lade en het hand på min och använde sitt inflytande för att lugna mig, något som nästan skrämde mig mer än allt annat. Oron existerade inte mer än någon sekund i min kropp och snart sänkte sig hela min uppenbarelse i ett fejkat lugn som fick mig att må bäst i världen.

"Kommer de andra att vara hemma?" frågade jag när vi svängt in på den underbart bekanta vägen till Storängen. Av någon anledning gjorde det mig lite nervös. Det kändes konstigt att bara passera mammas hus utan att stanna och hälsa på. Men att döma av de mörka fönstren som livlöst stirrade på oss från den färgflagnande huskroppen så verkade hon ändock inte vara hemma.

"Det tror jag", svarade Vincent allvarligt. "De har trots allt sett fram emot din ankomst."

"Så de visste?" frågade jag en aning överraskat.

"Att jag skulle hämta hem dig? Ja."

Av någon anledning gjorde även denna vetskap mig nervös och jag studerade under tystnad hur de vackra ängarna och skogsdungarna for förbi utanför. Jag mindes roat hur rädd jag hade varit de kvällar jag spenderat på mitt rum innan Vincent hade kommit in i mitt liv. Hur jag tyckt att Storängen varit en skrämmande plats, och hur rädd jag hade varit för den hund som Vincent hade använt för att iaktta mig.

Alla stod redan på bron när vi anlände: Dante, Victoria, Christian och Joline.

Mina ögon fylldes av glädjetårar som jag generat torkade bort. Ett smärtande tomrum började läka i min kropp.

"Du *får* vara rörd över att se dem igen", sade Vincent mjukt och stannade bilen på den grusade gårdsplanen. "De har saknat dig enormt de här tre åren."

Jag grät när jag kramade min familj. Jag trodde inte att jag skulle göra det, men lättnaden över att se dem, och vetskapen om hur mycket jag undermedvetet hade saknat dem, var överväldigande.

De såg precis likadana ut som vanligt. Det var antagligen bara jag som hade förändrats – blivit äldre. Vad nu tre år kunde ställa till med egentligen?

Jag undrade flyktigt om jag någonsin hade kramat Dante tidigare. Oavsett vilket föll det sig naturligt den här dagen och han höll mig hårt i sin starka famn och viskade att jag

111

var *så* välkommen hem. En mening som fick mina ögon att tåras och mitt hjärta att ta ett lyckligt skutt i bröstet.

Joline sträckte ut sina armar mot mig och tog mig hårt i sin famn. Hon var som vanligt oklanderligt klädd i en vit blus och svart pennkjol. Hennes ljusa vackra hår var uppsatt i en stram hästsvans. Hon var så vacker att det var halva anledningen att jag grät.

Sedan var det Christian – min bror – han kändes åtminstone som en bror för mig. Han tog mig i sin trygga famn och kramade mig med en överväldigande värme. "Det är här hos oss du hör hemma, Nova", sade han lent. "Välkommen hem."

Jag nickade bara, oförmögen att säga något. För jag *hade* kommit hem. Och de senaste tre åren hade jag varit helt vilse utan min familj.

"Du är en viktig del av vår familj, Nova." Victoria kramade mig hårt. "Vi går in. Vi har så mycket tid att ta igen." Hennes kolafärgade hår böljade fortfarande lika glänsande vackert nerför hennes axlar och de violetta ögonen glittrade i hennes vackra ansikte.

112

Kapitel sjutton

Victoria och Joline hade förutseende nog dukat fram mat åt mig, Kinamat, såklart, i form av nudlar och kyckling. Deras omtanke värmde mitt hjärta.

Vincent lade en varm arm runt mina axlar och ledsagade mig fram till den svarta köksön. Samtliga satte sig ner runt mig och iakttog mig medan jag åt – allt var med andra ord precis som vanligt. Och självklart försvårade det mitt intag rejält. Vincent kunde inte sluta att titta på mig och tog varje tillfälle i akt att röra vid min arm, mitt hår eller min kind. Jag hade inga invändningar.

"Du ska bli en av oss, Nova", sade Joline lyriskt. "Vem hade anat att den här treåriga tragedin skulle sluta så lyckligt?" Hon log brett och kramade Christians arm. Christian tittade allvarligt på mig som om han ville utröna om detta verkligen var min önskan.

Dante såg mer bestämd ut, som om det här var den enda riktning jag kunde gå och därför var det inget att orda mer om.

"Du fattar rätt beslut, älskling", lovade Victoria och såg så mycket ut som en ängel som en varelse kunde göra. Vem vet, änglar fanns kanske också på riktigt?

"Det vet jag att jag gör", intygade jag, utan att låta så säker som jag hade avsett att göra. "Det finns ingen annan väg", tillade jag och tittade på Vincent med ögon jag visste förmedlade all kärlek den här världen kunde uppbringa.

113

"När?" frågade Christian och riktade sina havsblå ögon mot mig och Vincent. "Jag antar att Nova har saker att ordna först?"

Victoria snodde åt sig min tomma tallrik och sköljde den under den silverfärgade kranen innan hon ställde ner den i diskhon. "Jag ska träffa min mamma imorgon och sedan ringa till Rebecka och säga att jag flyttar hem till Månkarbo igen. Jag måste ringa mitt jobb också." När jag tänkte närmare på saken fanns det hur mycket som helst jag borde göra innan jag avslutade mitt mänskliga liv. Men nu råkade jag vara en nybörjare på området så jag hade inget facit till hands.

Vincent lekte med en av mina hårlockar medan hans silverfärgade ögon studerade mitt ansikte. Jag uppskattade så mycket att han inte kunde låta mig vara, och en del av mig önskade att vi var själva så att jag kunde ge mig hän åt de känslor som uppfyllde min kropp.

"Jag har redan pratat med din chef. Han vet att du inte kommer tillbaka. Han tror att du sade upp dig för en månad sedan och att den senaste dagen du var på ditt jobb var den sista." Vincent log snett. "Han tror till och med att han har fått tårta av dig."

Det var uppenbart att Vincent var mycket stolt över sitt verk. Men det var inte jag. Jag fick fruktansvärt dåligt samvete, både gentemot min väldigt omtyckta chef och alla andra som berördes av den här farsen. Det här sättet på vilket väktarna kunde leka med människor, som det behagade dem,

114

var skrämmande. Att människan enbart var en marionett för dem att dra i som det passade. Men när jag tittade på hans vackra ansikte – ett ansikte som lyste av kärlek till just mig, kunde jag inte låta bli att le. Det var så typiskt Vincent att ligga steget före alla andra. Jag lutade mitt huvud mot hans axel med en suck och mötte Christians vaksamma blick.

"Väldigt förutseende av dig, broder", sade han kort.

"Bara Nova verkligen vet vad hon gör så är jag nöjd."

"Klart att hon gör, för det finns inga alternativ", sade Dante bestämt. "Om ni ursäktar så måste jag meddela Kungen när förvandlingen ska ske. Om han får veta att saker har skett bakom hans rygg kommer inte straffet att bli så lindrigt den här gången. Så när?"

Vincent vände en utforskande blick mot mig. Mitt hjärta stegrade sin rytm och illamåendet bildade en nervös klump i min hals. Det var nu det gällde.

"Imorgon", hörde jag mig själv viska.

Vincent nickade sakta och kramade min hand.

Joline reste sig lyckligt upp och tog sig runt bordet för att pussa mig på kinden. "Det här gör mig så lycklig", kvittrade hon.

Dante lade armarna i kors och gav mig just den auktoritära blick som injagade respekt i omgivningen. "Imorgon, Nova är du gift på riktigt. Då kommer *märkningen* av dig att följa lagarna fullständigt. Ditt namn kommer att skrivas in i Kungens bok som nyfödd väktare, och ditt och Vincents namn kommer tillsammans att ristas in i väggen i

Kungens residens." Mitt huvud snurrade. Det här var bara för mycket att ta in på en gång.

"Du kommer att bli en äkta medlem av familjen Weller", sa Victoria mjukt.

"Och det måste vi fira när du är färdig", tillade Joline uppspelt.

Färdig. Bara det ordet skrämde livet ur mig. Av alla galna saker man kunde hitta på i livet så tog den här verkligen priset.

Medan Vincent och Christian gav sig ut för att jaga (jag frågade aldrig om bytet var människor eller djur) drog Joline upp mig i tv-rummet på övervåningen.

Allt såg ut som det hade gjort när jag hade lämnat detta rum drygt tre år tidigare. De tunna vita gardinerna täckte de stora fönstren; plasma-tv:n hängde kvar på den svartvita fondväggen; röda ljusstakar och prydnadskuddar; och mina favoriter: de indiska röda tofflorna på mässingsbrickan vid tv:n. På den röda mattan stod samma blanka träbord och på bordet fanns en, passande nog, röd bricka med dessertostar och kex. Två vinglas var framtagna och en uppkorkad flaska stod på sidan om. Joline var så omtänksam och gullig, och med den här dagens alla känslostormar hade jag kunnat börja gråta enbart av den anledningen.

Joline stylade genom att slå på tv:n utan dosan och log sedan retsamt mot mig när jag oförberett hoppade till. Jag tittade anklagande på henne när jag satte mig i soffan och hon ryckte ursäktande på axlarna. "Dosan låg så långt bort", flinade hon. Nästa sekund tände hon samtliga ljus i rummet och drog ner svarta rullgardiner bakom de vita gardinerna. Självklart utan att lämna soffan.

Jag log sådär som man gör när man trivs och tycker att allt känns perfekt i livet – som när man precis har kommit hem efter en lång resa och äntligen får sjunka ner i sin egen soffa.

Joline parkerade tv:n på MTV och hällde upp rött vin i våra glas. Jag tog emot mitt glas och smuttade på det goda vinet. Alltid ett dyrt vin hemma hos familjen Weller.

"Hur kan det komma sig att ni kan dricka vin men inte äta mat?" frågade jag plötsligt. Jag sneglade på ostbrickan och funderade över hur många sekunder jag behövde vänta innan det var passande att kasta sig över den.

Hon drog upp fötterna i soffan och satte sig lite snett på ena höften en aning värd mot mig. Den enda personen i den här världen som såg elegant ut dygnet runt. Jag kastade en blick på mina svarta strumpbyxor och den vita klänning jag bar. Nåja, jag såg inte så pjåkig ut själv – för att vara människa.

"Vi kan visst äta mat", intygade Joline. "Men vi känner ingen hunger efter mat och är inte smakmässigt sugna på det, så därför struntar vi bara i att äta. Vin däremot…" hon blinkade snabbt och tog en sipp.

"Påverkas väktare av alkohol som människor gör?"

Joline undslapp sig ett hjärtligt skratt. "Tack och lov inte. Ni människor är ju inte kloka när ni dricker. Rumlar omkring som ett gäng tre-åringar på ostadiga ben. Nej, vi påverkas av alkohol på det viset att vi blir avslappnade och *väldigt* intresserade av att vara nära vår förbundspartner." Hon blinkade menande och jag skrattade kort.

Jag var hemma igen.

Jag suckade förnöjt och sträckte mig efter brieosten och ett salt kex. "Ni är verkligen underbara. Tack för att ni åter igen tog emot mig med sådan värme, och för att du har ordnat den här underbara brickan." Mina ögon började svida och jag svalde. Varför jag skulle dölja hur rörd jag var visste jag inte, med tanke på att Joline garanterat redan var medveten om det.

"Nova, vi är så glada att ha dig tillbaka. De här tre åren…" Joline ruskade lätt på huvudet och lät ögonen vandra iväg, runt i rummet, som om hon själv försökte att samla sig. "Det har varit fruktansvärt. Vincent… ja vi alla, men främst Vincent, har lidit *så* mycket. Vet du hur mycket han har använt sina nyvunna krafter? Du vet sedan han raderade Elias."

Jag nickade stumt. "Men hur menar du?"

"Vincent blev galen när du försvann. Han gav sig den på att bli den mest effektiva väktaren som finns. Du anar inte hur han har jobbat." Joline suckade djupt. "Han har till och med extraknäckt i Japan. Vem tror du låg bakom den stora flodvågen?" Joline skrattade kort. "Matchade hans sinnesstämning perfekt."

"Oj…" Det hade varit en av de största katastroferna i år. *Och* en hemsk sådan med många dödsoffer. "Men varför?"

"Han bestämde sig för att använda all sin makt och styrka för att få en speciell position hos Kungen – så att Kungen skulle lägga märke till honom och värdesätta honom. Han lyckades", sa hon en aning avmätt. Hon drack sakta ur sitt glas och studerade mig med blanka ögon. "Det har varit en hemsk tid för oss alla."

"Varför? Ville han få en plats i *Rådet*?" frågade jag förvirrat.

Joline skakade sakta på huvudet och tittade allvarligt på mig. "Han gjorde allt för att få dig tillbaka. Han ville vinna så mycket respekt hos Kungen att han skulle få till stånd en *orering* för att få hämta dig."

Jag flämtade till, oförmögen att säga något. Jag hade aldrig anat att jag hade ställt till det så kopiöst – det dåliga samvetet grävde in sina klor i mitt hjärta.

"Han hade aldrig kunnat söka upp Kungen för att fråga eftersom ni redan hade fått ert erbjudande, ett väldigt frikostigt sådant dessutom. Det skulle ha varit en förolämpning mot Kungen och den makt han besitter. Men Vincent utförde sådana stordåd under de här tre åren att Kungen fick upp ögonen för honom ändå och anade att han var ute efter något. Kungen bjöd själv in honom för att ställa frågan och då bad Vincent om en *orering*.

Överenskommelsen blev att Vincent skulle få hämta dig tillbaka och erbjuda dig att bli väktare. Om du tackade nej skulle han istället ansluta sig till Kungens närmsta krets för att om cirka hundra år ta en plats i *Rådet.*

"Herregud", viskade jag. "Det är ju hemskt."

"Inte alls", försäkrade Joline. "För om han inte hade fått dig tillbaka skulle han med glädje ha anslutit sig till Kungen."

Och här hade jag kastat bort Vincent, till synes lättvindigt, för tre år sedan, medan han hade fortsatt att kämpa för mig och vår kärlek. Jag kände mig som en fruktansvärd människa – inte värd honom eller familjen Weller.

"Det valet jag gjorde den dagen, Joline, det var inte överlagt. Jag menade inte att såra er på det viset. Idag skulle jag inte ens fundera på att välja något annat än Vincent och er." Även om hon innerst inne visste att hon för alltid skulle fundera över vilket val som var rätt.

Joline tog min hand i sin och kramade den. "Jag vet, Nova. Det vet vi allihop. Även Vincent."

"Jag är ändå glad över att Kungen tog bort mitt minne. För om jag hade kommit ihåg er de här tre åren, och samtidigt inte fått vara med Vincent, så hade det förintat mig."

"Är du nervös inför imorgon?" frågade Joline och tittade på mig sådär intensivt som bara väktarna kan – så att mottagaren vet att denne inte kan ljuga vad som än händer.

120

"Så nervös man bara kan bli", försäkrade jag. "Jag är livrädd."

Joline skrattade förnöjt. "Du kommer att bli perfekt som väktare, Nova. Oroa dig inte."

"Ja, det hoppas jag. Men just nu är det mer det här med att faktiskt ta livet av mig själv som skrämmer mig mest." Nu när jag satte ord på min rädsla så blev jag än mer skräckslagen.

Joline himlade retsamt med ögonen. "Ledsen, älskling, men jag kan inte påstå att ett människoliv har speciellt stort värde för mig", skrattade hon lätt. Men *du* har det, Nova", tillade hon allvarligt, "och därför vill jag att du ska sluta att vara människa och vara med oss för alltid."

Jag nickade med en irriterande klump i halsen – för förutom allt Vincent hade sagt till mig så var de här orden bland de finaste jag hade hört i mitt liv.

Kapitel arton

Vincent sov inte hemma den här natten. Det fanns tydligen en väktarregel som sade att man inte fick sova med den kvinna man skulle förvandla natten innan förvandlingen skulle ske. Dante förklarade för mig att varenda gång Vincent var nära mig och kysste mig – jag höll på att dö av skam när Dante sade de orden – så gav han mig lite väktarenergi. Det innebar även att han blev av med lite energi själv, även om det var väldigt lite, och Kungen ville att väktarna skulle vara optimalt starka när de förvandlade en människa. Förvandlingen ansågs bli mer framgångsrik då. Självklart var det bara en skröna, men om det var en av väktarnas seder så var det lika bra att respektera den. Jag skulle bli tvungen att respektera långt fler seder än så i framtiden.

Så det blev inget mys med min man den här natten. Istället låg jag ensam i Vincents mjuka säng och studerade det stora modellskeppet som dunkelt urskildes i det mörka rummet. Masten med tillhörande segel såg ofantligt hög ut därifrån jag låg.

Jag mindes skeppet min morfar hade haft på sin vind när jag var liten – en vacker, men sliten, svart historia med snirkliga gulddetaljer och nött segel. Jag brukade rota omkring där när vi hälsade på. Det fanns hur mycket bråte som helst som morfar ansett att man inte skulle kasta bort. För mig hade det varit ett äventyr varje gång jag var där.

122

Trots att det luktade gammal garderob och trots att dammet yrde kring mig så gav jag mig med iver hän åt varje låda och vrå. Skeppet hade stått bakom en brun gammal koffert – jag mindes det så väl eftersom kofferten varit låst och jag så gärna hade velat veta vad som var inuti den. Det var som om någon av misstag hade råkat välta omkull det vackra skeppet och inte orkat ställa upp det på kofferten igen. Jag räddade det från sitt öde på golvet och ställde det på koffertens lock. Jag hittade på en saga om en prinsessa som blivit uppfiskad ur vattnet av sjörövare och sedan valt att stanna kvar hos dem istället för att återvända hem. Hon hade självfallet gift sig med skeppets värsta sjörövare. Lite som min egen livshistoria.

Jag undrade om skeppet var lika stort som jag mindes det. Allt verkade ju stort när man var liten; som mammas cykel som hade verkat stor som en häst; eller ladugården nära min fasters hus som varit enorm, men inte varit särskilt imponerande längre när jag hade sett den som stor.

Undrar vad som hade hänt med morfars saker efter hans död? Jag hade något svagt minne av att mamma hade åkt dit med min moster och röjt. Jag hade varit typ femton och inte det minsta intresserad av att följa med. Det var synd. Om det hade varit idag hade jag följt med. Och jag hade till att börja med låst upp den där kofferten för att se vad som fanns inuti, och sedan hade jag tagit skeppet med mig hem.

Jag låg och tänkte på min mamma, Rebecka och morgondagen tills jag inte kunde hålla ögonen öppna längre.

Precis innan jag somnade inbillade jag mig att Vincents mamma klev ur porträttet som stod på spiselkransen och böjde sig över min säng. Hon smekte mig över pannan med en iskall hand och förmedlade med sitt blotta ansiktsuttryck hur glad hon var över att jag hade kommit tillbaka till hennes son. Hon nickade sedan långsamt, en nöjd nickning, för att ge mig sin välsignelse att dela Vincents liv, och försvann sedan.

Jag sov väldigt gott den natten.

Jag vaknade av att Vincent smekte min kind. Hans unika väktarlukt fyllde min näsa och små stötar färdades in i min kind som fick det att pirra ända ner i mina tåspetsar.

Han var klädd i en kolsvart kortärmad skjorta och mörkblåa jeans. Hans svarta hår glänste nyduschat på hjässan och de silverfärgade ögonen lyste intensivt. Han såg långt mer fräsch ut än vad jag kände mig och jag satte mig sakta upp och drog generat fingrarna genom mitt trassliga hår.

"Jag kan inte fatta att du är tillbaka i vårt hem", sade han mjukt och drog mig hårt intill sig. Han strök mitt hår och placerade åtskilliga pussar på mitt huvud. "Jag är så glad, Nova. Vet du hur mycket jag älskar dig? Bara den här natten utan dig, när jag ändock visste att du var i mitt hem, höll på att förinta mig. Jag svär på att jag inte skulle klara av att släppa dig nu om det så vore din önskan." Han tog mitt ansikte mellan sina varma starka händer och tittade mig djupt in i ögonen.

124

"Du behöver inte oroa dig, min älskling. Det finns ingen annanstans jag hellre skulle vilja vara än här hos dig – för alltid. Jag älskar dig, Vincent", mumlade jag innan hans läppar tystade mig. Jag var säker på att han skulle ha ätit upp mig om han kunnat, och mitt gensvar var totalt. Jag kollapsade i hans armar och lät hans varma läppar äga mina.

Efter att ha tagit en snabb dusch övertalade jag Vincent att köra mig hem till min mamma. Och med att övertala menade jag att lämna mig ensam där. Vincent hade inte några bra minnen från den senaste gången han lämnat mig, men efter en del välformulerade argument gick han med på det. Han ville dock först bli presenterad för henne – med tanke på att de i mammas värld aldrig hade träffats förut – och samtidigt passa på att kolla igenom huset så att inget hot ruvade där.

När jag färdigklädd, och lagom uppiffad, gick ut ur Vincents rum för att bege mig till min mamma, upptäckte jag i förbifarten att porträttet av Vincents mor hade ramlat ner från spiselkransen. Något som fick alla hårstrån på min kropp att resa sig upp. För visst hade väl mitt möte med Vincents mamma den här natten bara varit en dröm?

Jag böjde mig stelt ner och ställde tillbaka fotografiet på sin rätta plats. Jag strök sakta fingrarna över det kalla tjocka glaset som tack och lov hade klarat sig. "Jag ska ta väl hand om honom", viskade jag innan jag lämnade rummet.

"Nova! Vad gör du här?" utropade mamma förvånat när jag knackade på. Hon fastnade sedan med en mållös och fascinerad blick på Vincent som stod bakom mig. Jag vet att hon kände igen honom – men enbart till namn. Vilken charad med tanke på alla dagar han hade spenderat hemma hos oss tre år tidigare.

"Mamma, det här är Vincent Weller." Jag kände mig fruktansvärt generad som presenterade min egen man, sen flera år tillbaka, för min ovetande mamma och tänkte på alla förklaringar jag nu måste komma med. Helst den att jag redan hade flyttat in hos familjen Weller.

"Trevligt att träffas, fru Sommelius", sade Vincent med sin sedvanliga charm och sträckte fram sin hand.

Mamma blev fullständigt förtrollad – inte speciellt överraskande men lite obehagligt att se. Jag påminde mig snabbt om alla tidigare gånger hon hade träffat Vincent och de färgstarka reaktioner som då hade följt.

Jag log brett när hon med blossande kinder gjorde en gest att vi skulle gå in i hallen.

"Nova! Är du och hälsar på?" hojtade Lisbeth från sin trädgård. Jag visste att hon ansträngde sig extra mycket eftersom hon hade sett Vincents blänkande bil och nu skådade honom på vår bro. Hon fick till och med tant Jonsson, som bodde i huset bredvid mammas, att stanna till i sitt krattande och titta på oss över häcken. Johnnys pappa vinkade lite sådär diskret från solstolen han häckade i – han var ju tvungen nu när hans fru hade fått allas uppmärksamhet att vändas mot deras trädgård.

126

Jag hade glömt den lilla detaljen att familjen Weller fortfarande var den mest mystiska familj som någonsin hade flyttat till Månkarbo, och det faktum att Vincent Weller helt plötsligt dök upp på min mammas bro var inte en liten nyhet i det nyhetstörstande lilla samhället. Super verkligen att allt skvaller nu började om från början.

"Ja, jag tänkte kika in en sväng bara", ropade jag lite halvhjärtat. "Vi kanske hinner ses innan vi åker."

"Det vore trevligt. Du vet att du och din mamma alltid är välkomna på en fika", strålade Lisbeth och passade på att gå halvvägs ut på vägen så att hon kunde få en bättre titt på Vincent. "Du får självklart ta med ditt sällskap också."

"Hrm, ja, tack då", log jag och smet snabbt in i hallen efter Vincent. Jag vinkade en gång till, för att hon inte skulle tycka att jag snoppade av henne för tvärt, och låste sedan dörren efter mig.

"Okej?" sade mamma tveksamt och tittade från mig till Vincent. Jag såg roat hur hennes ögon dock gärna ville dröja kvar vid mitt makalösa sällskap. "Vill ni ha en kopp kaffe?" frågade hon med ett litet leende.

"Jag tar bara vatten tack. Nova kanske vill ha något."

"Eh, ja, jag tar gärna en kaffe", log jag stelt. Det här skulle bli intressant.

"Damerna först", sade Vincent lugnt och gjorde en gest mot köket.

Mammas skyndade sig fram till kaffebryggaren – antagligen för att ha något att göra medan hon samlade sig.

127

Jag gled ner på min vanliga stol och Vincent satte sig bredvid mig. Det var så tyst att klockan på väggen verkade dåna fram sitt tickande. Jag svalde nervöst och undrade hur jag skulle förklara allt för mamma.

Allt såg ut som vanligt i vårt kök: de vita skåpluckorna; mammas kryddor fint uppradade på spishyllan; lukten av kaffe blandad med den söta doften av vanilj; min plats vid det vita bordet.

Jag insåg snabbt att jag inte hade känt mig hemma i det här underbara köket de senaste tre åren. Jag hade över huvud taget inte känt mig hemma i huset utan hade bara velat ta mig härifrån – bort från huset och bort från Månkarbo. Allt på grund av att mitt undermedvetna smärtsamt mindes Vincent och sörjde honom djupt.

Jag mindes den senaste gången jag hade varit här, med Rebecka, Samuel och Robin.

Bara, minnet av honom gav mig hemska rysningar. Gudarna vet vad han hade haft på sin agenda. Jag mindes även stormen vi råkat ut för då vi hade varit på picknick i skogen.

Jag sneglade på Vincent och skrev upp den givna frågan: *"Hade du något med det att göra?"* i mitt huvud – att ställa vid tillfälle.

Mamma hade lyckats få igång kaffebryggaren och ställde fram två beigea koppar och ett vattenglas. Hon hade på sig svarta mysbyxor och ett vitt linne. Hennes ljusa hår var som vanligt uppsatt i en stram svans och hon såg sådär härligt hemtrevlig ut. Hon såg ut som min mamma.

"Så du jobbar inte idag, Nova?" frågade hon och gav Vincent glaset med vatten. Han nickade till tack och tog emot det. "Är du säker på att du inte vill ha något annat?" frågade hon lite blygt.

"Nej, det är bra så här tack", log han och vilade sina silverögon på henne.

Jag kunde nästan känna hur han påverkade henne och drog min kaffekopp mot mig så att jag fick något att syssla med. Skapligt skum situation vi hade hamnat i allihop.

Mamma satte sig på sin stol och höll kaffekoppen mellan händerna som för att värma dem trots att det var sommar utanför. "Är du ledig idag?" frågade hon mig igen, och jag insåg att jag inte hade svarat när hon frågat tidigare.

"Ja. Jag har slutat på mitt jobb."

Mamma ställde ner koppen och stirrade på mig. "Va?" Jag var självfallet medveten om att mamma aldrig skulle kunna förstå något så dumdristigt som att göra sig av med ett jobb – och hon hade antagligen på dessa få sekunder redan hunnit fundera över de självklara frågorna: Vad sjutton ska du ta dig till nu? Och hur ska du kunna betala din hyra?

"Det var trevligt att träffa dig, fru Sommelius", passade Vincent på att inflika och reste sig upp. "Jag vet att du och Nova behöver prata själva ett tag. Jag måste ändå dra vidare." Han lade en varm hand på min axel. Hans silverögon gled över mitt ansikte – jag ryste av välbehag.

129

"Gå du", sa jag lugnt och tryckte hans hand.

"Jag kommer och hämtar Nova om någon timme", sade han vänd mot min mamma. "Ha en trevlig förmiddag."

Mamma nickade överraskat och studerade Vincent när han lämnade huset. Fastän han tog bilen visste jag att han skulle återvända fysiskt inom någon sekund och kolla så att huset var säkert.

Kapitel nitton

"Skulle du vilja vara vänlig och förklara för mig exakt vad som pågår, Nova?" frågade hon sedan strängt.

Och där släppte förtrollningen. Nu återstod frågan hur jag skulle kunna få tre år att låta vettiga och genomtänkta på en enda dag.

Mamma riktade den där kända frågande blicken mot mig. Samma blick som hon riktat mot mig när jag som liten hade spillt ut flingor över hela golvet; eller när jag som tioåring hade hällt ut sanden ur skorna i hallen; och senare när jag som trettonåring velat sova över hos en kille. För att inte tala om de otaliga tillfällen jag hade kommit hem en aning för berusad.

"Vincent Weller?" frågade hon, som om hon var tvungen att bekräfta för sig själv att det verkligen stämde. "Hur i hela friden har ni snubblat över varandra?"

Jag skruvade kaffekoppen mellan mina händer och undrade hur jag skulle börja. En sådan här gång hade det verkligen varit skönt om hon hade vetat allt. "Vi lärde känna varandra för tre år sedan", började jag fullständigt sanningsenligt. Jag log lätt åt hennes förvånade blick.

"Är inte det något som du i vanliga fall skulle ha berättat för mig?"

"Jo… men det var liksom ingenting att berätta. Vi har bara känt till varandra och bytt ord vid några tillfällen, men inget mer. Förrän nu."

"Och vad exakt har hänt nu, Nova?" Mamma tittade skeptiskt på mig. Jag var verkligen en urusel lögnare och min mamma kände igen en sådan på flera mils avstånd.

Jag försökte på ett sanningsenligt sätt berätta hur jag och Vincent hade hörts allt mer och att han tillslut hade kommit till Gävle för att träffa mig. Det var ju trots allt nästan sant – förutom att jag sköt bak det mötet ett halvår i tiden så att inte min mor skulle tycka att jag var helt åt skogen ute och cyklade. Sedan klämde jag till med att vi hade upptäckt att vi inte kunde hålla oss ifrån varandra – vilket också var sant. Det skulle dock aldrig bli någon skådespelerska av mig. Jag gjorde sammantaget ett uruselt framträdande och mamma tittade skeptiskt på mig. "Så nu ska jag flytta in med dem", skyndade jag mig att säga.

Hon borde ha ifrågasatt min trovärdighet av följande anledningar: jag skulle aldrig träffa en kille i sex månader utan att berätta det för henne; jag skulle *absolut* ha ringt och berättat för henne att jag träffade Vincent Weller av alla människor – helst med familjen Wellers status som *mystiska* i Månkarbo; jag hade därtill släpat hem Robin för bara någon vecka sedan och då svarat väldigt undvikande på frågan om han var min pojkvän eller inte – kom min mamma över huvud taget ihåg Robin? – något som torde ha givit mig tillfälle att upplysa henne om Vincent Weller ytterligare en gång. I vilket fall som helst så kom min mamma av sig helt när jag presenterade mina framtidsplaner för henne. Hon blev fullständigt vit i ansiktet och det var uppenbart att hon inte visste vad hon skulle säga först. "Okej... men.. Nova, tycker du inte att det är lite tidigt för er att flytta ihop? Och vad säger Rebecka? Ska någon annan flytta in med henne istället för dig? Och varför har du inte berättat något om det här för mig tidigare? – jag trodde att vi hade ett bättre förhållande än så." Hon reste sig omtumlat upp och fyllde på våra kaffekoppar. Jag anade att hon egentligen hade velat ha något starkare just nu. "Han är ju otroligt fin att titta på", sade hon när hon satte sig vid bordet igen. "Jag förstår självklart *varför* du har fallit för honom."

Åh, kära mamma, situationen var långt mer komplicerad än så. Hon skulle bara veta vad jag stod inför för livsavgörande beslut. Jag hade knappt förstått själv att jag var på väg att avsluta mitt eget liv. Eller så kanske jag bara skulle se det hela som en uppgradering, från Nova 1.0 till Nova 2.0. Av alla idiotiska tankar. Jag borde sluta tänka – helt.

Jag gallrade omsorgsfullt bland mammas alla frågor. "Jag har inte pratat med Rebecka än – ordentligt. Jag ska göra det senare idag. Men det ordnar sig, jag har pengar och kan betala henne två eller tre hyror så att hon får tid på sig att tänka över hur hon ska göra", sade jag snabbt. Jag hatade att ha dåligt samvete men insåg att jag förtjänade det.

"Men vad ska du jobba med? Och varför sade du egentligen upp dig?" envisades mamma.

"Jag vill inte pendla", ljög jag och kände mig fånigt skamsen. "Vincent kommer att försörja mig. De har hur mycket pengar som helst." Det här lät för dumt.

Jag kunde nästan höra hur varningsklockorna gick av i mammas huvud. En kvinna som blev försörjd av en man. Livsfarligt. Men vad hon än ansåg så sade hon ingenting mer. Hon visste att jag var en vuxen kvinna och måste få göra mina egna misstag. Men som jag skämdes. Både jag och mamma visste att jag ljög. Nova Sommelius skulle aldrig fatta sådana här livsavgörande beslut utan att inviga sin mamma i planen – förutom uppenbarligen att avsluta mitt liv helt. Jag tyckte inte om att såra henne.

Vi flöt snart över till andra samtalsämnen, som hur ofta man ska vattna en hyacint och om man måste olja altanen varje år. Mamma berättade att hon hade en ny man i sitt liv som hon verkligen uppskattade. De hade träffats i någon månad nu och hon skulle åka med honom till Paris en weekend. Det högg till i mitt hjärta vid tanken på att hon skulle ersätta min älskade pappa med en annan man.

Men om pappa själv hade varit här just nu hade han tittat på mig med sina ljusa ögon och sett sådär klok ut som bara han kunde göra. Han hade sagt åt mig att han älskade mamma så mycket, att hon var den enda kvinna som kunde göra en sockerkaka, stryka kläder och ha ett telefonmöte på samma gång, och att allt han ville var att se henne lycklig. Och jag kunde inte begära att hon skulle vara ensam resten av sitt liv.

Det var inte rätt – helst med tanke på det livsval jag själv var på väg att göra.

Ett livsval som skulle utesluta min egen mamma ur mitt liv. Var jag helt galen?

Den här dagen avslutade jag stegvis mitt mänskliga liv.

Jag ringde telefonsamtal på telefonsamtal för att sakta men säkert kväva den Nova Sommelius som jag och alla andra hade känt.

Den här natten skulle jag förvandlas till Nova Weller.

Kapitel tjugo

"Var är alla?" frågade jag förvånat när vi anlände till den mörka herrgården samma kväll.

Vincent drog igen de vita dubbeldörrarna och kastade min svarta kofta över en av de skinnklädda barockstolarna. Hans ögon lyste i den dunkla hallen och håret reste sig på min kropp. "De kommer inte att sova hemma i natt. De kommer imorgon när allt är över."

Jag nickade nervöst och följde Vincent genom hallen och vidare in i köket. Det var en sak att planera något sådant här, men att verkligen genomföra det var en helt annan.

Det spelade ingen roll hur säker jag trodde mig vara på min sak, för min kropp var inte redo. Akuta känslor i form av rädsla, nervositet och ren skräck for genom den och fick hela min värld att snurra. Jag gled stelt ner på en av barstolarna och knäppte händerna framför mig.

"Victoria har ordnat mat till dig, Nova. Vill du att jag dukar fram och gör dig sällskap?"

Jag nickade lätt och studerade min underbara man när han dukade fram spaghetti och köttfärssås. Den var inte lagad i herrgården utan köpt från någon restaurang. "Det är väldigt omtänksamt av dem", log jag blekt, "men jag är inte säker på att jag kommer att få ner något."

"Försök", sade Vincent lugnt och satte sig mittemot mig. Hans ögon gled över min nervösa uppenbarelse medan jag snurrade upp spaghetti på gaffeln.

Han slog på en osynlig musikanordning från där han satt och klassisk musik flödade mjukt ut ur högtalarna. Den fick mig att må bättre och jag frågade mig även om Vincent själv hade något med det att göra.

"Hur mår du?"

"Jag vet inte", svarade jag fortfarande skakigt. "Jag ska dö i natt." Jag andades djupt. "Det känns väldigt skrämmande."

Han böjde sig långsamt fram och smekte mig över håret. Hans fingrar lekte med en glänsande hårslinga som han med en varm smekning placerade bakom mitt ena öra. "Men du kommer att födas igen till något mycket bättre."

"Jag vet. Och jag kommer att få vara med dig, Vincent. Det är det enda jag önskar." Jag åt en stund under tystnad. Det gick ganska bra ändå trots att Vincent studerade mig så där utrönande som bara väktare kan göra.

"Mamma kommer att undra varför jag aldrig vill stanna på middag eller äta blandgodis med henne", sade jag efter ett tag. Det värkte i mitt hjärta och mina ögon blev blanka.

"Du kan fortfarande göra det, du kommer bara inte att känna behovet. *Ditt* största problem som väktare, Nova, kommer att bli den dagen du måste skiljas från alla du älskar för att du inte åldras. Främst din mor kommer du finna det svårt att ta farväl av."

Jag nickade och reste mig för att diska tallriken. Jag ville inte tänka på det nu. Att tänka drev mig till vansinne. "Jag älskar dig, Vincent", sade jag allvarligt och underströk därmed att det var det viktigaste – allt annat fick jag ta den dagen det blev aktuellt.

Helt plötsligt var Vincent bakom mig. Han lade armarna runt min midja bakifrån och kysste mig lätt bakom ena örat. Min kropp exploderade av känslor och jag lutade huvudet en aning bakåt mot hans hårda överkropp, samtidigt som jag släppte den blöta tallriken och stängde av vattnet.

"Följ mig", viskade han nära mitt öra och tog min våta hand i sin.

Jag följde honom ut ur köket, genom hallen och vidare upp för trappan till hans rum. Vartenda steg kändes som att kliva rakt ut i tomma intet. Jag var så nervös att jag inte kunde andas. Min hand i hans kändes kallsvettig trots att hans hud höll så hög temperatur. Jag försökte att andas genom näsan för att undvika illamående. Det var dock praktiskt taget omöjligt.

Vincent öppnade dörren till sitt rum och lät mig gå före. Doften av utbrunnen rökelse fyllde mina näsborrar. Om jag inte hade varit så nervös så hade jag frågat honom vad för slags rökelse det var så att jag kunde köpa sådan längre fram. Ett blockljus brann i det stora fönstret och kastade små skuggor på skeppet nedanför. Rummet var höljt i ett behagligt dunkel som på sätt och vis lugnade mig trots det jag stod i begrepp att göra.

Jag stannade mitt på golvet och vände mig tafatt åt hans håll. Trots att jag hade varit här så många gånger tidigare med Vincent, och på natten omsluten av hans armar, kändes

138

detta tillfälle som det första tillfälle jag någonsin äntrat utrymmet.

Han stängde långsamt dörren efter sig och tittade på mig med silverögon som lyste i mörkret. Luften stockades i min hals av den förväntan och åtrå jag kunde läsa i hans blick och känna i min egen kropp.

Han tillryggalade de få stegen fram till den plats där jag stod och kupade mitt ansikte i sin ena hand. "Du är så vacker, Nova", viskade han. "Jag måste få dig."

Jag andades in djupt och tittade upp i hans ansikte. "Du får mig", svarade jag lugnt. Mina armar hängde kraftlöst ner längs sidorna och fötterna hade vuxit fast i golvet. Hans blick etsade sig fast i mina ögon och fick hela min värld att snurra.

"Du vet, Nova, att om vi påbörjar det här kan jag inte sluta. Det kommer att vara helt omöjligt. Så om du har det minsta tvivel måste du säga det nu så att vi kan avbryta. Sen kommer det vara för sent." Han tittade allvarligt på mig och mitt hjärta hamrade smärtsamt i bröstet.

"Det här är vad jag vill, Vincent. Jag älskar dig så mycket", viskade jag och ställde mig på tå för att understryka mina ord med mina läppar mot hans. De var så varma och mjuka mot mina att jag flämtade till enbart av den lilla närheten. "Jag vill vara din på riktigt, för alltid." Ruset av hans doft och närhet drogade mig. Drogen ersatte min hjärna med en ren besatthet av mannen jag hade framför mig.

Vincent kysste mig häftigt innan han släppte mig för att dra av sig sin svarta skjorta och slänga den på golvet bredvid oss. Hans kropp var makalös. De svällande musklerna och den dödliga manlighet han utstrålade fick hela min värld att gunga. Jag drog efter andan och sträckte ut mina fingertoppar mot hans överkropp för att låta dem glida över de hårda konturerna. Han var den mest tilldragande man jag någonsin hade skådat.

"Jag vill se din kropp, Nova", sa Vincent mörkt. Han lät sina starka händer spela över min bara hud och åstadkom elektriska pirrningar som studsade behagligt genom hela min kropp. Jag brann av längtan att få känna honom mot mig, inom mig. Enbart väntan att stå där på golvet medan han drog av mig min klänning och mina underkläder kändes övermäktig. Han slängde det sista plagget på golvet och studerade mig noggrant.

"Du är underbart vacker", viskade han och lät silverblicken glida över hela min uppenbarelse. Trots att jag normalt var en blyg människa så påverkade hans doft och värmen i rummet mig så mycket att jag inte kände något annat än ett rent begär efter mannen jag hade framför mig.

Vincent lade en hand i min svank och drog mig mot honom. Den andra handen gled ner längs svanskotan och vidare ner till min ena skinka. Jag drog häftigt efter andan när hans fingertoppar cirkulerade på den mjuka rundningen. "Jag ska ta väl hand om dig, Nova Weller." Han tog min hand och förde mig bort till den mjuka sängen där jag lade mig ner medan han tog av sig resterande kläder. Mitt hjärta dunkade så fort och min kropp brann av längtan. Den här gången var

140

jag tillåten att ge efter för åtrån som så obarmhärtigt fyllde min kropp när jag var med Vincent. Vi behövde inte längre vara försiktiga. Efter alla år skulle jag få vara med honom fullständigt. Jag skulle äntligen få smaka på den frukt som tidigare hade varit strängt förbjuden.

Han lade sig över mig, lutandes på armarna. Min nakna kropp mötte hans heta hud och den tunga doft han utsöndrade svepte in mig som i en kokong, och sensationen var omedelbar. Märkningen på min rygg började hetta och hans ögon ändrade färg från den svala silverfärgen till den röda *märkta* färgen. Mitt huvud snurrade än fortare och jag slöt ögonen medan hans händer och läppar ägde min kropp tills jag inte hade något förnuft kvar – det han gjorde med mig var magiskt. Jag kvävde ett skrik när han trängde djupt in i min kropp och jag tryckte mig mot honom med djurisk besatthet. Mina fingrar grep hårt om hans skuldror och grävde sig in i hans hårda muskler. Han var makalös, och min besatthet av att ha honom i mig skulle ha skrämt slag på mig om jag inte hade varit så drogad av hans närhet och lukt.

Det var som att smaka på världens bästa drog och veta att du fick missbruka den hur mycket du än önskade.

Jag förlorade greppet om allt; tid; rum; verkligheten; mig själv. Det enda som blev viktigt var att inte släppa taget om denna underbara varelse som gav mig den högsta njutning jag någonsin hade upplevt.

Hans röda ögon dansade ovanför mig medan han tog min kropp i besittning. Jag skadade hans rygg med mina naglar i

ett desperat försök att pressa honom än närmare mig –
samtidigt som han rörde sig snabbt inuti min kropp. Jag var
så förlorad i vår kärleksakt att jag inte kunde se klart – och i
dimman ovanför mig hörde jag ett djuriskt vrål. De röda
ögonen lyste så starkt att *märkningen* på min rygg började
glöda smärtsamt. Något varmt fyllde min kropp och jag
klamrade mig panikslaget fast vid Vincents axlar. Tusen
knivar högg i min kropp samtidigt. Det som innan varit en
euforisk upplevelse förvandlades nu till ren smärta. Jag skrek
högt och försökte att fokusera på de röda ögonen ovanför
mitt ansikte. Men där fanns ingen hjälp att hämta.

I panik såg jag att de började försvinna i dimman. Jag
kämpade mot hettan på min rygg och den brutala smärta som
högg i min kropp men världen slocknade sakta runt mig, tills
den och jag var helt borta.

Kapitel tjugoett

Vincent

När morgonen grydde klev Vincent ur sängen. Han hade legat hela natten och tittat på Nova – det hade praktiskt taget varit omöjligt för honom att slita sig. Hennes vackra, bruna hår bildade en gloria runt hennes huvud som fick henne att se änglalik ut. Hon var så vacker.

Och hon var hans.

Han drog åt sig ett par rena underkläder från garderoben och tog en snabb dusch – fastän det nästan var smärtsamt att lämna hennes livlösa kropp kvar i sängen. Den här natten hade varit makalös. Att äntligen äga hennes kropp fullt ut och därefter ta hennes livsenergi var det mest njutningsfulla han hade gjort i hela sitt liv. Han sörjde inte Nova Sommelius – det hade varit omöjligt för honom att dela sitt liv med henne. Nova Weller var hans.

Den kärlek han kände för henne var obeskrivlig. Från första dagen han sett henne i familjen Wellers skog hade han blivit tagen av henne och hennes skönhet. Hela hennes väsen hade lockat honom till sig – hennes doft; hennes sätt att röra sig; sättet hon skrattade på; ljudet av hennes röst och hur hon snurrade håret runt sina fingrar när hon var nervös – det hade varit omöjligt för honom att hålla sig undan henne. Han hade tidigt bestämt, mot bättre vetande, att hon skulle bli hans – och han hade jobbat hårt för att fullborda sin önskan.

143

Åter i rummet lutade sig Vincent över Novas kalla kropp och placerade en kyss på hennes läppar. Hon såg ut som en vaxdocka, alldeles stel och blek. Men inom två veckor skulle hon sjuda av nytt liv. Han lade sin hand på hennes mage där en pulserande hetta visade att förvandlingen hade påbörjats.

Denna hetta skulle sakta fortsätta att spridas genom hela hennes kropp under de här dagarna tills hon åter vaknade upp.

Och Vincent planerade inte att lämna hennes sida mer än absolut nödvändigt under den här tiden. Han skulle bli den första hon såg när hon vaknade igen.

Han rättade kärleksfullt till hennes hår när han hörde en lätt knackning på dörren.

Christian klev in. Han lutade sig mot dörrkarmen och tittade oavvänt på Vincent.

"Är det klart?" frågade han och kastade en blick på Novas livlösa kropp.

Vincent nickade allvarligt och drog på sig en vit t-shirt och ett par svarta jeans. Han drog en kam genom sitt blöta hår – hela tiden med Christians blick vilande på sig.

"Hur känns det?" frågade Christian lugnt.

"Som den bästa dagen i mitt liv."

"Du visste att det skulle bli så här", fortsatte Christian en aning anklagande. "Du visste hela tiden, käre broder. Det spelade ingen roll vad Nova sa. Du bestämde redan från början, när du såg henne, att hon skulle bli väktare."

Vincent log lätt och tittade allvarsamt på sin bror. "Christian, jag älskar Nova mer än allt annat på den här jorden – och utanför den. Det var oundvikligt."

Christian nickade eftertryckligt och tog ett steg in i rummet. "Vincent… hade du tvingat henne om hon nekat? Hade du gjort henne till väktare ändå och fått henne att glömma att det inte var hennes beslut?"

Vincent log – ett leende som dolde allt som rörde sig inne i hans huvud. "Det får vi aldrig veta. Eller hur?"

Christian log lätt. "Nej det får vi inte." Han kastade en snabb blick på Nova, och Vincent noterade att Christians blå ögon gnistrade till vid åsynen av henne. "Jag är väldigt glad för er skull, Vincent. Nova är en underbar kvinna och hon kommer att bli en underbar väktare. Hela familjen älskar henne. Vi ses senare där nere, broder." Han vände sig om för att lämna rummet.

"Du älskar henne också, Christian. Visst är det så?" Christian stelnade till och hans ryggmuskler spändes under den tunna tröjan. Han vände sig sakta om mot Vincent och deras lysande ögon möttes.

"Jag älskar Joline mycket mer."

"Jag vet… men det förklarar ändå en hel del."

Christian nickade och studerade Vincent under tystnad.

"Du vet att jag kommer att döda dig om du någonsin närmar dig henne?"

"Jag vet."

Vincent andades djupt. "Bra."

145

Efter att Christian hade lämnat rummet tog sig Vincent de få stegen fram till sängen. Han kysste lätt Novas kalla panna och andades in doften av hennes hår.

De här dagarna skulle bli de längsta i hans liv.

Del två

Nova Weller

Kapitel tjugotvå

Det var som om någon hade slagit en knytnäve i bröstet på mig. Mitt hjärta hostade i gång med en elektrisk stöt men slog inte som det hade gjort tidigare – och min överkropp hävdes upp ur sängen där jag låg för att sedan falla tillbaka hårt mot den mjuka madrassen. Chockat försökte jag att dra ett andetag, men mina lungor svarade stumt utan att fyllas med luft. Jag insåg snart att jag på något konstigt sätt ändå andades – eller så inbillade jag mig det eftersom jag inte kvävdes. Lukter av alla sorter färdades in i min näsa. Jag kände lukten av havet, trots att det var mil bort. Jag kände lukten av skogens alla träd och kunde till och med särskilja gran och tall från sängen där jag låg.

Jag kände lukten av Vincent.

Jag visste utan att öppna ögonen att han var nära och jag hörde hur han rörde sig mot sängen där jag låg. Jag hörde tydligt hur resterande delen av familjen Weller började röra sig på nedervåningen. De talade i mitt i huvud. Först Joline: *"Välkommen, Nova Weller."* Dante: *"Grattis, Nova. Välkommen hem. En ny väktare är född."* *"Nova, vi är så lyckliga. Jag har sett fram emot att du ska bli en del av familjen."* Det var Victoria. *"Nova... underbart att du är här."* Christian.

Men den röst som berörde mig mest, som fick hela min kropp att brinna och en känslovåg att färdas från huvud till fötter, var Vincents röst. *"Min, Nova. Min, älskling."* Han lade handen på min kind, och istället för de elektriska stötar jag tidigare erfarit försatte hans mjuka fingertoppar min hud i en behaglig hetta som fick min mage att dra ihop sig i erotiska impulser. Trots att jag ännu inte hade öppnat ögonen visste jag redan innan att han böjde sig ner för att kyssa mig. Jag flämtade till och hettan färdades från min mun genom hela min kropp. Hans lukt fyllde hela mitt väsen, jag kände den så tydligt nu. Den drogade mig fortfarande, men nu på ett helt nytt sätt – jag försattes inte i ett hjälplöst tillstånd, oförmögen att tänka klart. Istället ville jag kasta mig över honom och smaka på varje bit av hans hud och läppar.

"Jag älskar dig", viskade Vincent mot mitt ena öra. Hans röst var makalös. Jag hörde små nyanser i den som jag aldrig tidigare hade uppfattat och hela mitt bröst exploderade av kärlek till denna man – väktare – min själsfrände.

Sakta öppnade jag ögonen bara för att snabbt sluta dem igen då jag upptäckte att taket var farligt nära. Jag gjorde åter ett försök och kände hur Vincent grep tag om min ena hand med sin stora. Nej, taket var inte närmare, jag såg det bara mycket bättre varenda liten millimeter utan minsta ansträngning. Jag kunde se målarfärgens små porer och minimala sprickor som inget mänskligt öga kunde uppfatta.

Vincent flämtade till bredvid mig. "Dina ögon är underbara, Nova. De lyser i violett och silver. Så vackra."

Hans röst fyllde mig åter med den starkaste kärlek, och jag vände en aning omtumlat blicken mot honom – den mest tilldragande varelse jag skådat i hela mitt liv. Med min nya syn upptäckte jag att hans ljusa hud nästan skimrade i guld. Han var så vacker. Mannen jag älskade mest i den här världen. Den varelse jag hade offrat mitt liv för.

Min för evigt.

Kapitel tjugotre

Jag sträckte upp händerna mot den klarblå himmeln som vilade ovanför mig. Den heta energin färdades från min kropps center och svepte vidare ut i armarna och upp längs mina fingertoppar. Jag andades djupt och gjorde mitt yttersta för att få den mäktiga energi jag besatt, men ännu inte lärt mig att bemästra, att lämna min mage och kulminera i mina fingerspetsar.

Det gjorde den inte.

"Koncentrera dig, Nova, du har kraften inom dig." Vincent smög upp bakom mig. Jag kunde känna hans underbara värme innan han ens snuddat vid mig. Jag blev även ytterst medveten om att energin istället började koncentrera sig på Vincent. Den spreds ut i hela min kropp och fick den att hetta okontrollerat.

"Det där hjälper inte", anklagade jag roat och vände mig mot min förbundspartner. Jag lade armarna runt hans hals och sträckte mig upp för att låta våra läppar mötas. Och min reaktion lät inte vänta på sig. Han försatte hela min kropp i en underbar elektrisk gungning. Hans händer vandrade över min rygg och upp mot min nacke när han pressade mig tätt intill sig.

Vi var inte längre i Weller-skogen utan i vår egen värld, min och Vincents värld. Och den var fullkomligt underbar att vistas i.

"Du har bara varit väktare i en knapp månad, min älskling. Du har gott om tid på dig att visa vad du går för", viskade Vincent mot mitt öra, innan han med en snabb rörelse fällde mig till marken.

Om jag inte hade varit väktare hade det antagligen smärtat att ramla mot stenar och kvistar som utgjorde marken under mig. Nu kände jag dem knappt. Mina skarpa ögon hade inte missat en enda detalj av marken under och bredvid mig på den bråkdels sekund det hade tagit för mig att ramla bakåt.

Vincent stod fortfarande upp. Han hade en fot på var sida om mina höfter och studerade mig innerligt med sina silverögon. Jag saknade fortfarande den isblå färgen. Men efter att Vincent hade inhalerat Elias väktarenergi och blivit en av de starkaste väktarna på vår jord hade hans ögon ändrat färg. Under min ofrivilliga frånvaro på tre år hade han dessutom arbetat extra hårt för att vinna Kungens gunst och blivit belönad med några ytterligare förmåner.

Inte ens jag visste hur stor kraft Vincent var i besittning av.

"Jag kommer aldrig att ångra att jag gjorde dig till väktare, Nova Weller", sade han med mörk röst. "Om inte du frivilligt hade tackat ja till mitt erbjudande är jag rädd för vilka vägar jag skulle ha vandrat för att få dig."

Jag tittade upp på Vincent med svällande hjärta. Min vackra Vincent. Som jag älskade honom. Jag sträckte upp armarna mot honom och kysste hungrigt hans läppar när han lade sin tunga kropp över min.

Märkningen på min rygg hettade intensivt – en hetta jag som människa ansett smärtat medan jag som väktare fann den erotisk. Jag visste utan att ens se på Vincents ansikte att hans ögon hade blivit röda. Han nafsade sin väg från min mun och vidare ner mot den känsliga kurvan på sidan av min hals.

"Jag kommer aldrig att bli en stark väktare om du fortsätter att distrahera mig på det här viset när jag tränar", flämtade jag.

Vincent stannade till och tittade ner på mitt ansikte. Han dröjde med blicken i mina violetta ögon. Jag visste att han älskade dem. "Varför är du så besatt av att bli en stark väktare?" frågade han allvarligt. "Kungen kräver inte att du ska styra världen efter att ha varit väktare i en månad. Slappna av, Nova, och njut av ditt nya liv."

"Jag vill bara inte att Kungen ska tycka att det var ett misstag att låta dig göra mig till väktare." Det var en känsla jag hade brottats med ända sedan jag vant mig vid min nya kropp. Jag ville göra nytta och var djupt medveten om de slitningar som fanns mellan familjerna i väktarnas värld. Jag ville inte riskera en *misstroendeomröstning*. Som det var nu hade jag inte ens lärt mig att tyda signalerna på obalans. Än mindre att känna av vilka människor jag borde "ta hand" om.

Ena sekunden var Vincent ovanpå mig och nästa sekund försvann han i tomma intet. Jag flög snabbt upp på fötter när jag hörde den hårda dunsen av en man som flög in i ett träd

153

och naglades fast av Vincent som hade underarmen mot mannens strupe.

"Vem fan är du och vad gör du i vår skog oanmäld?" Hans röst fick träden runtomkring att vibrera. Jag insåg snabbt att mannen som Vincent hade upptryckt mot trädet var en väktarman.

"Jag har ansökt om *vistelsetid* här", väste mannen argt.

"Som fan att du har", morrade Vincent och höll mannen orubbligt mot trädstammen.

"Nova… du ser ut som en klok kvinna. Säg åt din förbundspartner att släppa mig."

"Hur i helvete känner du till hennes namn?" fräste Vincent och synade väktarmannen uppifrån och ner, fortfarande med armen mot hans hals. "Vad heter du och vad har du för ärende i vårt land?"

"Didrik Rauch, och jag är väntad. Kungen har givit mig vistelsetid i Sverige. Ta in mig till herrgården så får du se att jag talar sanning." Gröna ögon mötte silverfärgade och jag anade att vi inte skulle komma någon vart om jag inte lade mig i.

"Gör som han önskar, Vincent", bad jag lugnt. "Han har i alla fall ingen chans mot hela vår familj."

"Hälsa Vincent att lugna ner sig och ta in vår gäst." Dante talade bestämt i våra huvuden.

"Och Dante bekräftar det hela", lade jag till.

Vincent tittade på mig och nickade långsamt. "Okej", muttrade han motvilligt och släppte vår besökare. "Du går först, Nova. Jag vill ha koll på den här lilla överraskningen."

Långt innan vi nått herrgården kunde jag höra hur familjens medlemmar förflyttade sig till salongen. Jag gissade att Victoria och Dante satte sig ner i den röda soffan då jag hörde hur tyget i deras kläder frasade mot den mjuka sammeten.

Joline och Christian frågade vad som pågick och fick ordern att sätta sig ner – vilket de gissningsvis gjorde i den vitmålade rokokosoffan. Spänd tystnad sänkte sig över herrgården och jag kastade en blick bak mot Vincent och vår besökare innan jag satte foten på brons första trappsteg.

Det luktade rökelse när vi klev in. En underbar doft som jag hade infört i huset och som Victoria och Joline mer än gärna underhöll.

Vaksamhet och ilska strålade ur Vincent när vi gick genom förhallen och därefter stora hallen. Hans känslor fyllde mina lungor och fick mig att känna dessa känslor som vore de mina egna. Och jag kunde inte klandra honom. Han var starkast och därför den som ytterst beskyddade familjen – även om Dante officiellt var familjens överhuvud. En okänd väktare som kom utan förvarning innebar sällan en god nyhet.

Jag kunde personligen skriva under på det.

"Vincent, slappna av", sade Dante bestämt när vi äntrade salongen.

155

"Varsågod att sitta ner, Didrik", fortsatte han och gjorde en gest mot en senbarockansk stol vid den vita kaminen.

Didrik kastade en snabb blick på Vincent innan han slog sig ner på utpekad stol. Jag satte mig i en vit soffa med Vincent vid min sida.

"Jag är idel öra", sa Vincent kort och riktade sin blick mot vår gäst. Jag kramade Vincents hand i ett försök att lugna hans fientlighet. Han avskydde verkligen när regler inte följdes. Ja, åtminstone när det drabbade honom.

"Det stämmer att Didrik har ansökt om vistelsetid i Sverige, Vincent", informerade Dante kort och slog sig ner bredvid Victoria. "Han kontaktade Kungen och erhöll vistelsetiden direkt. Av vad jag har förstått, efter mitt brådskande samtal med Kungen, fanns inte tid att kontakta oss för att göra förfrågan direkt. Didrik, förklara för oss vad som har hänt och vad du gör här."

Didrik bet ihop käkarna som om han förberedde sig för att meddela något väldigt smärtsamt. Han lutade sig en aning framåt och vilade händerna mot sina muskulösa lår. En bekymmersrynka blev synlig mellan hans ögon och jag själv drog, av ren vana, efter andan i förberedelse, trots att jag inte längre kunde andas in det syre som omgärdade oss.

Didriks ögon mötte mina och jag kände hur Vincents raseri växte.

"Jag kommer från den tyska väktarfamiljen. För tre dagar sedan dödades min förbundspartner av en viator."

Kapitel tjugofyra

Det blev dödligt tyst i rummet. Vincent slöt min hand hårt i sin och min blick mötte Jolines chockade tvärs över rummet. Dante kastade en snabb blick på Victoria innan han åter vände sin uppmärksamhet mot vår gäst. "Dödad av en viator? Sen när började viatorer besegra väktare?" Jag hade en stor klump i halsen och chocken var gemensam för rummets alla invånare.

"Det är inte ens möjligt", sa Christian mörkt. "Jag och Fiona var ute i skogen och jagade. Vi kom ifrån varandra tillfälligt–" Didrik bet samman käkarna och andades djupt. "–och när jag såg henne nästa gång var hon bytet. Han var starkare än hon, han övermannade henne och... jag är inte ens säker på vad jag såg." suckade han uppgivet. "Sen försvann han bara i tomma intet."

"En viator kan omöjligt bli starkare än en väktare", sa Vincent vredgat. "Genom alla tider har de varit oss underlägsna. Är du säker på att det var en viator du såg, så att det inte var en annan väktare?"

Didrik mötte Vincents blick och tittade på honom en stund under tystnad. Jag skruvade på mig i soffan där vi satt och noterade att alla i rummet var dödligt tysta. Victoria rörde sig inte ur fläcken och Christian och Joline satt som två spöken sida vid sida.

Samtliga hoppades att Didrik hade sett fel. Motsatsen skulle vara förödande.

"Jag är säker. För så länge jag lever kommer jag aldrig att glömma de ord han sade till henne innan han tog hennes liv." Didrik tittade ner på sina händer – fingrarna var hårt sammanflätade och knogarna vita.

Jag kunde ta på hans sorg. Den fyllde rummet. Och vi samtliga andades den med våra obrukbara lungor. Hans smärta trängde in i våra kroppar och gjorde dem tunga. Väktarnas förhållningseko var mil från människornas. Vi kunde läsa av människor som öppna böcker, men vi *andades* andra väktares känslor – precis som vi andades för att väktarenergin skulle cirkulera i kroppen. Väktarna drog inte in något livsnödvändigt utifrån. Det blod jag en gång hade haft i min kropp var helt ersatt med, enligt uppgift, en gulglittrande vätska. Det var den vätskan som innehöll vår väktarenergi, vilken formades från den livsenergi vi tog från djur och människor. Jag hade själv inte skådat denna vätska då det praktiskt taget var omöjligt att ta hål på väktarhud. Men Dante hade berättat för mig när han undervisat mig om min nya form.

Didrik fortsatte smärtsamt: *"Innan jag avslutar ditt väktarliv vill jag att du ska se mig i ögonen och minnas mig som viatorn som tog din väktarenergi ifrån dig."*

"Herregud…"

Jag insåg snabbt att det var jag som hade flämtat till.

Jag tittade på Didrik och empatin för honom svällde i min kropp. Han hade förlorat sin förbundspartner och desperat tagit sig till oss för att söka hjälp. Istället hade han mötts av fientlighet och ifrågasättande. Främst från *min* förbundspartner.

"Han inhalerade hennes väktarenergi precis som en väktare." Didriks röst var inte mer än en viskning och både Joline och Victoria såg lika tagna ut som jag.

Dante tittade på Didrik med hårt hopbitna käkar och ögon som lyste av vrede.

"Och Kungen är informerad om detta?"

Didrik nickade lamt. "Han sade att han kommer att informera alla väktarfamiljer om detta idag. Förutom er familj eftersom jag är här."

Dante reste sig upp och började gå omkring i rummet. Som familjens överhuvud var det han som fattade alla beslut.

Han stannade en bit från Didrik och tittade allvarligt på honom. "Jag förstår att du är bortom hämndlysten just nu. Men jag kommer inte att släppa in dig i den här herrgården, eller i den här familjen, om du ska äventyra vår säkerhet för att utkräva din hämnd. Om du flyttar in hos oss är det mina regler som gäller. Annars har du ingen plats här och får söka dig någon annanstans. Kungen kommer att förstå mitt resonemang."

"Självklart", sade Didrik lugnt.

"Vem har pratat om att flytta in?" opponerade sig Vincent och kastade en ifrågasättande blick mot Dante. "Det var väl vistelsetid han ansökte om, inte *uppehållsrätt*?"

"Didrik har ingenstans att bo. Det är klart att vi måste hjälpa honom. Kungen tar för givet att vi ska ta in honom i familjen. En gång i tiden hade vi nära kontakt med familjen Rauch, Vincent. Vi kan inte svika dem nu. Dessutom kommer de med all sannolikhet att förstärka sin familj med ytterligare en medlem nu när de har förlorat två."

"Jag klarade inte av att vara kvar i Tyskland längre... inte utan Fiona", sade Didrik kvävt. "Om jag är där kommer jag inte att kunna tänka klart. Precis allt påminner mig om henne. Jag blev tipsad av Kungen att flytta in hos er eftersom ni är en av de starkaste väktarfamiljer som finns."

Jag växte av stolthet där jag satt men blev sekunden därpå förlägen av just den anledningen. Vi pratade om långt viktigare saker än vilken väktarfamilj som var starkast.

"Du är självfallet välkommen", sa Christian och nickade mot Didrik.

"Innebär det här att vi är i krig mot viatorerna?" frågade Joline rakt på sak. Hon snurrade sitt tjocka hår runt fingrarna och tittade spänt på Dante. Christians hand, vilande på hennes ben, hårdnade till hennes fråga.

"Vi är *alltid* i krig mot viatorerna", konstaterade Dante allvarligt.

"Självklart. Men är det nu meningen att vi ska ut och *leta* efter dem?" Jag log diskret när jag anade en viss iver hos Joline. Livet kunde antagligen bli en aning långrandigt när man var så där 240 år gammal.

"Det kan jag inte svara på", svarade Dante sammanbitet. "Kungen kommer antagligen att kalla alla väktarfamiljers överhuvuden till ett stort möte. Vi har inget annat val än att avvakta."

Dante hade gissat rätt. Det dröjde enbart någor timme tills Kungen samlade alla väktarfamiljer till samtal. Platsen för dessa möten var hemlig. Enbart ledarna i varje väktarfamilj kände till lokaliseringen och detta var av rena säkerhetsskäl. Victoria slog sig till ro i biblioteket med en bok. Jag anade att hon även ringde till Irma Rauch för att ge våra kondoleanser och gräva lite mer i vad som egentligen hade hänt.

Vincent, Joline och Christian hade åkt tillsammans till okänd plats i Sverige för att ta livet av någon i kampen för balans. Eller vad de nu valde. Själv hade jag valt att stanna hemma. Jag behövde min ensamhet ibland precis som alla andra – vare sig väktare eller människa. Sen kände jag mig en aning överflödig då jag själv inte hade tämjt min kraft tillräckligt för att kunna använda den på ett effektivt sätt. Jag var tvungen att träna mera.

Jag hade visat Didrik till Vincents gamla rum och sedan lämnat honom ifred då jag anade att han behövde lite utrymme. Jag talade snabbt om var tv-rummet var beläget, om han var intresserad, och tog mig sedan upp till min och Vincents vindsvåning.

Vi hade inrett halva vinden som vår bostad, den andra halvan var fortfarande bebodd av diverse outforskat bråte. Vi

161

hade dock avskärmat den delen med en ny vägg och en låst dörr eftersom jag fortfarande inneboddes av min mänskliga skräck för spöken.

Vincents mässingskors stod lutat mot väggen på en mörkbrun kista. Fotot av hans mamma hade vi placerat på en ny antikbetsad byrå och mitt favoritskepp, som Vincents pappa hade byggt i mitten av 1700-talet, stod på sitt sedvanliga bord i mörkt trä. Vi hade flyttat upp både Vincents säng och rokokostolen. Vindsvåningen var enbart inredd i varma färger. Persiska mattor klädde det gamla trägolvet och på sidorna om de två små fönstren hängde röda tunna gardiner. Jag älskade vår våning.

Ännu mer när Vincent var där med mig.

Den månad jag hade levt med honom i herrgården, som väktare, var den absolut lyckligaste månaden i hela mitt liv. Jag dyrkade honom. Och han dyrkade mig.

Den kärlek som fyllde min kropp när jag såg honom var inte mänsklig. Jag hade många gånger frågat mig hur jag tidigare hade kunnat tveka. Hur jag hade kunnat välja bort det jag nu hade? Hur jag hade kunnat välja bort den lycka som fyllde mitt liv? – ett liv som dessutom kunde vara för evigt.

Jag lyfte upp Vincents svarta kortärmade tröja från sänggaveln för att ta den till vår enorma garderob i ek som täckte hela ena kortsidan av vinden. Dörren knarrade behagligt när jag öppnade hans vänstra sida (jag hade en långt bättre relation till garderober nu för tiden). Jag förde sakta den mjuka bomullen till min näsa innan jag lade in tröjan prydligt vikt över de andra. Hans lukt fick hela min kropp att vibrera. Jag var som besatt av honom, och samtidigt som det var underbart var det även skrämmande. Både Joline och Victoria hade dock förklarat för mig att det var fullt normalt. Det var så en väktare kände för sin förbundspartner, och det var även nödvändigt för att ett väktarpar skulle vilja dela evigheten tillsammans. Jag hade förvisso varit besatt av Vincent redan innan jag blivit väktare. Eller snarare förtrollad.

Det hängde en spegel på insidan av garderobsdörren och jag synade noggrant min reflektion. Jag hade ännu inte vant mig vid den förvandling jag genomgått. Visst, jag var fortfarande Nova Sommelius. Men den nuvarande versionen av Nova Sommelius var så väldigt vacker.

Ja, det kunde jag faktiskt erkänna för mig själv.

Till att börja med var ögonen underbara, även om min mamma ständigt frågade varför jag envisades med att bära linser då mina bruna ögon var så vackra. Men den silvervioletta färg jag hade nu var så cool. Den reflekterades i mörkret mot min porslinsvita hud och det glänsande bruna håret. Jag var som en retuscherad bild av mig själv – som ett Instagram.-filter. Och jag var mer än nöjd.

På riktigt. Vem hade inte varit det?

Jag tog mig sakta fram till rokokostolen och satte mig på den mjuka dynan. Jag vinklade den en aning mot fönstret så att jag kunde titta ut. I burspråket stod två röda värmeljus

163

som matchade gardinerna perfekt. Bredvid låg en rökelsehållare i guld. Jag fiskade fram en rökelse från asken bredvid och tittade koncentrerat på den. *Du kan, Nova. Kämpa. Bestäm dig.* Jag andades djupt och slöt ögonen.

Kraften började i magen. Den snurrade runt fortare och fortare tills den exploderade ut i resten av min kropp. Christian hade sagt att kraften måste fylla hela min kropp, ända ut i fingertopparna, för att den sedan skulle kunna lämna min kropp. De fick det att se så lätt ut, men det var skitsvårt. Jag andades lugnt, fortfarande med slutna ögon, och ledde den ut mot mina fingertoppar. Sakta, sakta öppnade jag ögonen och höll rökelsen framför mig. Jag stirrade på rökelsens topp. Kraften började sakta dra sig tillbaka från mina händer, men jag bet ihop och tvingade den att komma åter. Jag höll upp min ena hand en bit från rökelsen och manade kraften att dra sig utåt, ut från mina fingrar. Jag såg antagligen ut som en tönt, och var även fullt medveten om att väktarna aldrig använde sina fingrar som trollspön, men jag var tvungen att fokusera på något. Det pirrade i mina fingertoppar och jag koncentrerade mig på min mage som Vincent hade lärt mig: *"Låt kraften ta över din kropp. Tänk inte. Låt* den *lära* dig*"* Rotationen i magen tog till med ny kraft och jag manade den åter ut i mina lemmar för att förstärka den lilla kraft som redan fanns i fingertopparna. Jag höll mina fingertoppar, som nu skakade, framför rökelsen och gav allt jag hade… tills jag insåg att jag

164

inte kunde förmå kraften att lämna mig. Den var fängslad i min kropp. Jag lutade mig bakåt med en resignerad suck.

Rökelsen tändes.

Jag flög upp på fötter, precis som om jag bränt mig. Jag höll rökelsen framför mig och såg hur den brann och glödde. Sen skrek jag av glädje. "Jaaa!" Jag dansade lyckligt runt som en galen person samtidigt som jag blåste ut lågan och placerade rökelsen i sin hållare.

Kapitel tjugofem

Dregos skred självsäkert in i rummet och fäste sin kalla blick på Regon som log nöjt mot honom och nickade – något som enbart skedde då han var väldigt tillfreds.

Det var inte ofta.

"Dregos, du är ovärderlig. Sätt dig ner."

Regon gjorde en gest mot den röda fåtöljen på andra sidan av hans svarta skrivbord och studerade Dregos ingående när denne slog sig ner.

Rummet bar den tunga doften av Regons cigarrer, direkt importerade från Kuba. Han nöjde sig inte med mindre.

Dregos själv avskydde dem. Det var dock ingenting han vågade visa för sin Härskare. Han mötte Regons kalla blick när denne slätade till sin svarta skräddarsydda kostymkavaj så att den låg perfekt mot hans stora kroppshydda. En guldklocka under en glaskupa gav ifrån sig det enda ljud som hördes. Utanför var det helt stilla, vilket inte var så underligt med tanke på deras lokalisering.

Inte heller så underligt om man tog i beaktande att Regons män, viatorerna, fruktade honom så pass att de sällan i onödan utgjorde några störande moment.

"Du gör framsteg, Dregos, och du blir starkare för var gång." Regon tände en av de vidriga cigarrerna och inhalerade lätt. Röken svepte i snirklar upp mot det gulnande taket. Dregos nickade utan att säga något. Han gjorde sitt bästa för att inte andas in den söta doften.

166

"Jag är sjuklig: less på att gömma mig i det här råtthålet. Kungen och väktarna har ingen aning om vad som pågår. Jag vill att vi slår till med all kraft medan de fortfarande är relativt oförberedda." Han snurrade en svart penna mellan fingrarna medan han studerade Dregos. "Du blev bättre än vad vi någonsin vågade hoppas. Hur känner du dig? Känner du dig starkare?"

Dregos log snett och nickade överlägset. "För var gång jag dödar en av de där jävlarna."

"Perfekt. Gå ut och döda så många väktare du kan. När det här kriget är slut och vi har erövrat jorden från väktarna kommer du att bli riktigt belönad."

"Det må hända. Men ditt löfte till mig är det absolut viktigaste."

Regon studerade allvarligt Dregos som reste sig ur stolen. Han var ett gediget paket av styrka och muskler. En normal person skulle gå till andra sidan gatan vid blotta åsynen av honom. Än så länge hade inte Regon någon aning om Dregos begränsningar. *Om* det fanns några.

Kunde han bli lika stark som en renrasig väktare? – som en äldre väktare?

Om så var fallet var viatorernas framtid säkrad.

"Jag har alla avsikter att hålla mitt löfte till dig", sade Regon kort. Dregos nickade och vände på klacken.

"Ett råd innan du går–" Dregos stannade till och tittade med sina kalla ögon på Regon. Regon kunde ge sig den på att de lyste mer nu än de någonsin hade gjort tidigare. Det här var

167

mer än lovande. "–ge dig inte på de starkaste väktarna. Det klarar du inte än, och jag tillåter det inte. Du är mitt trumfkort, Dregos. Om jag förlorar dig förlorar viatorerna hela kriget. Fortsätt att plocka småpotatis och samla på dig styrka."

Dregos svarade med en kort nickning och gick med tunga steg fram till kontorets slitna dörr. Han stannade till med handen på dörrhandtaget. "Jag klarar dem kanske inte nu, men en dag kommer jag att besegra även de äldsta väktarna." Hans blick lyste av beslutsamhet och med de orden lämnade han rummet.

Regon lutade sig bakåt i fåtöljen med en bekymmersrynka mellan ögonen. Projektet var fortfarande på experimentstadiet. Men om det visade sig lyckas, om Dregos blev ofattbart stark, var det här bara början. Det fanns fler.

Michelle slängde in varorna i bilen och satte sig. Ja, det var dags att byta ut skrothögen. Men när skulle hon hinna allt då hon jobbade heltid och tog hand om sin pappa på sidan om? Ännu roligare att hon faktiskt utmanade skrothögen när hon enbart levde trettio meter från affären. Skrothögen var en vit Saab 900 som definitivt hade sett sina glansdagar för sådär tjugo år sedan.

Och vad gällde Michelles pappa så var han inte sjuk eller något, utan enbart ett livlöst vrak efter skilsmässan från sin fru och Michelles mamma.

En mamma som för övrigt bodde två hus bort med en granne och gemensam vän till dem. En vän som Michelles mamma hade haft en affär med i sådär tio år innan hon bestämde sig för att leva med vännen på heltid.

Michelle hoppade ur bilen på den grusade uppfarten och tog ut de två välfyllda kassarna. Hon ställde dem på stenplattorna nedanför trätrappen till husets ytterdörr innan hon gick fem raska steg tillbaka och stängde de svarta järngrindarna. Med tanke på det höga gnisslandet från de gamla gångjärnen behövde de verkligen smörjas.

Michelles pappa bodde i ett stort gult hus som även var det hus som Michelle vuxit upp i. Huset var tre våningar varav en, en källarvåning. Källarvåningen hade varit beboelig den också om den inte hade varit fylld med skrot. Något hennes pappa hade samlat på sig extra mycket av sedan Gunilla, Michelles mamma, lämnat honom.

Väl inne slängde hon av sig skorna i den rymliga hallen och tog sig vidare in till köket som låg direkt till vänster. Hon ställde kassarna på köksbordet och började lasta in varor i kylskåp och skafferi. Köket var en mardröm från 70-talet med gula skåpluckor och brunt kakel. Golvet hade någon sorts blandfärg mellan brunt och senap. Vitvarorna var tack och lov nya, det sista Gunilla hade bytt ut innan hon lämnat sin make.

Föremålet för Michelles alla bekymmer låg i sin säng i ett angränsande rum till köket och läste senaste utgåvan av *Illustrerad Vetenskap*. Han hette Axel men existerade enbart i Michelles medvetande som "pappa". Gunilla skiftade mellan att vara Gunilla och "mamma" beroende på vilket humör Michelle var på för dagen.

"Michelle, köpte du lövbiff?" frågade Axel lugnt och kikade på sin dotter över tidningen.

"Ja, och det var extrapris på den", svarade Michelle torrt och höll upp gladpacket i luften så att han kunde se innan hon kastade in det i kylen.

Axel nickade bara och återgick till sin läsning. Det var lika bra – han och Michelle umgicks så mycket att de knappast hade något speciellt att tala om. Axel själv rörde sig inte utanför dörren förutom i nödfall medan Michelle ständigt rörde sig mellan jobbet, sitt hem och sitt barndomshem. Det hände inte alltför mycket i hennes liv just nu. Hon trivdes förvisso på jobbet som hårfrisör i Uppsala och älskade den korta frihet hon fick från sin trista hemmavaro.

Michelles pappa var förtidspensionär, även om han ändå var sextiofyra och inte hade långt kvar till den riktiga pensionsåldern. Gunilla var femton år yngre och betydligt mer pigg och äventyrslysten. Mannen som en gång i tiden hade varit en attraktiv äldre man för henne var idag en gamling som hon gärna hade bytt ut mot ett yngre exemplar. Istället var det nu Michelle som fick sitta och lyssna på hans eviga klagande om hur han skulle kunna leva utan sin fru. Eller en fru över huvud taget.

De dagar Michelle inte var på bra humör brukade hon påminna honom om att han inte skulle hitta någon fru alls om han fortsatte att gömma sig i hemmet dygnet runt. Hon underströk att Hugh Hefner var ett levande bevis på att man kunde hitta kvinnor efter sextio – till och med efter åttio.

Michelle visste att hon inte behövde spendera så mycket tid som hon gjorde i sitt barndomshem med sin far. Hon visste även att hon kunde ha påbörjat den flygvärdinneutbildning hon hade varit intresserad av för något år sedan. Men det var inte så hennes föräldrar hade uppfostrat henne. Hon visste inte hur många år hennes pappa hade kvar i livet. Och om det gjorde honom lycklig så var hon beredd att spendera en stor del av sin fritid med honom till den dagen han gick bort.

De flesta dagar i veckan åkte hon hem till sin far istället för till lägenheten i Uppsala. Åtminstone lördagarna försökte hon att spendera med sina vänner i Uppsala istället. Och *egentligen* hindrade inte hennes pappa henne från att göra det hon ville i livet. Bara indirekt. Om hon någon dag träffade någon som betydde något för henne var det fritt fram att hoppa på det tåget också.

Frågan var väl snarare när hon skulle ha möjlighet att göra det?

Michelle lämnade sin pappa med det magasin han drömde sig bort i och tog sig ut ur köket och vidare upp för den knarrande trappan. På övervåningen låg ett badrum, ett tv-rum och två sovrum – varav ett var Michelles. Det andra sovrummet stod tomt och var för tillfället ett kombinerat avstjälpnings- och träningsrum. Michelle kombinerade sin tid i Månkarbo i tv-rummet och i sitt gamla flickrum. Dessa rum låg passande nog dörr i dörr vilket gjorde att övervåningen praktiskt taget var Michelles domän. Hennes pappa hade ändock ett eget tv-rum på nedervåningen, även om det gick under benämningen musik-/läsrum. Ironiskt nog var det inte ens så att hon och hennes far umgicks mycket då hon var i Månkarbo. Han gillade bara att ha henne där.

Michelles rum var en ljus uppenbarelse med två dubbelfönster som gav maximalt med ljus. Hon hade inrett det med vita möbler och en och annan färgklick i form av textilier. Hon hade dock inte ansträngt sig till det yttersta för att inreda rummet då det skulle vara som att erkänna att hon vistades i sitt flickrum mer än i sitt eget hem. Det var inte alltför smickrande att fortfarande ha ett "flickrum" då man var tjugosex år fyllda. Det var patetiskt.

Tv-rummet, som Michelle oftast hängde i, var inrett av hennes mamma en gång i tiden. Möblerna var typiska 70-talsmöbler i form av bruna tygsoffor med ett skumt blommönster. Bordet var ett enkelt träbord i mahogny. Tv:n stod på en svart tv-bänk från 90-talet och bortom denna i ett hörn fanns en gammal kolspis med järnplattor som måste ha varit kvar från den tiden när två familjer bodde i huset. Det var inte modernt men däremot hemtrevligt.

Michelle som skulle upp och jobba tidigt dagen därpå lade sig i sin stora favoritfåtölj med fötterna över ena

172

armstödet och zappade planlöst mellan kanalerna. Hon varvade zappandet med funderingar över om hon orkade sätta igång en maskin med kulörtvätt och att chatta med diverse vänner på sin laptop. Det var ett helt gäng med vänner som skulle ut den kommande lördagen och de hoppades att Michelle ville följa med. Michelle själv hade inte bestämt sig än. Det var inte det att det var tråkigt att gå ut med vännerna, snarare att det alltid slutade med att hela gänget splittrades åt olika håll under kvällens gång och Michelle, som varken drack tillräckligt mycket eller gillade att dansa hela kvällen lång, blev själv.

Vilken gammal nucka hon var. Hon *borde* verkligen gå ut och dricka för mycket någon kväll och dansa hela natten lång.

Gunilla ringde under kvällens gång och frågade om Michelle ville komma över till henne och Ove på kvällsmat. Michelle avböjde hövligt och kände att hon ville skona sig själv från sin mammas och Oves "match-making" med hans son Mikael. Både Michelle och Mikael var singlar och Gunilla hade någon sorts romantisk idé om att hennes och Oves två förtappade barn kunde finna kärleken i varandra.

Detta var dock något Michelle såg som en omöjlighet och hon anade att Mikael kände detsamma. Han hade åtminstone inte givit henne något tecken på att han kände något för henne. Han hälsade oftast på sin pappa i all hast och hade alltid bråttom någon annanstans.

173

Och vem hade för den delen sagt att man borde ha träffat någon bara för att man var närmare trettio än tjugo? Det handlade väl mer om att träffa rätt än att träffa *någon?*

Michelle visste att hon åtminstone såg skapligt bra ut. Hon hade honungsfärgat hår, sådär strax nedanför axlarna, stora mandelformade ögon och en fullt lagom näsa som hon gillade vissa dagar och andra dagar inte. Henne läppar kunde ha varit fylligare men de var ändock inte tunna, hon led inte av övervikt utan var fullt normalbyggd. I det stora hela var hon någon att vila ögonen på om man ville se något lagom upphetsande. Lite mer som Jennifer Aniston än någon het Angelina Jolie. Hon hade inte varit utan pojkvänner under sin tonårstid, inte heller under sitt vuxna liv. Däremot hade hon inte träffat *honom* – mannen med stort M, som svepte henne med sig, fyllde hennes kropp med heta känslor och fick henne att vilja stanna med honom för all framtid.

Ja, hon visste att det var fånigt, men hon trodde verkligen att sådana män existerade. Att mannen med stort M bara väntade på att korsa hennes väg.

Till dess fick hon vänta.

Kapitel tjugosex

Dante hade samlat hela familjen i salongen. Hela familjen inklusive Didrik.

Dante själv stod mitt på golvet med samtligas ögon på sig. Vid sådana här tillfällen var det strikt förbjudet att tala på väktarnas stumma vis. Sådana här konfidentiella möten fick inte ha några lyssnare. Information som delades efter ett stormöte, som det Kungen samlat alla länders ledare till, fick inte sippra ut till efterlysta väktare och andra avhoppare som kunde använda den emot dem.

Jag satt som vanligt bredvid Vincent i den vita soffan. Victoria satt och blickade oroligt på Dantes spända uppenbarelse och Christian och Joline satt tätt intill varandra, Joline en aning lutad mot Christian.

Vincent hade ögonen fästa på Didrik som allt för ofta kastade blickar mot mig. Upphovet till dessa blickar hade jag ingen aning om, och jag försökte istället att vända all uppmärksamhet till det Dante pratade om. Dante hade varit på stormötet i två dagar och han hade kommit hem med en aura av beslutsamhet kring sig. Han vilade blicken några sekunder på Victoria innan han tog till orda. Hans panna var fundersamt hoprynkad, hans ögon lyste starkt blå och musklerna stod ut som hårda bucklor på hans korsade armar.

"Det är just nu tolv väktare som har fallit offer för viatorer", sade han rakt på sak. Hans röst avslöjade den vrede han bar på och han svepte med sina lysande ögon över oss alla som för att se om vi förstod allvaret i den här situationen.

Inte ett ljud hördes i vår luxuösa salong, alla satt tysta och väntade på vad Dante skulle säga härnäst. Det var så tyst att vi kunde höra människor som klev ut ur sina bilar för att tanka långt borta vid macken i Månkarbo – hur de diskuterade vad de behövde på sin färd till andra delar av Sverige. Vissa diskuterade om de skulle ta en matbit på Sibylla som låg längre upp längs vägen; andra undrade varför kortautomaten på bensinpumpen krånglade. Lite närmare oss tog sig skogens invånare smidigt fram över kvistar och tuvor; någon red en häst längs den grusade vägen några hundra meter bort. Hovarna slog rytmiskt över det grovkorniga gruset tills hästen bromsades in för en passerande bil.

Människornas liv fortlöpte precis som vanligt. Vetskap saknades fullständigt om det krig som utspelade sig runt dem på den planet de trodde att de härskade över.

”Tolv väktare enbart i Europa. Det finns ingen anledning att tro att dödandet kommer att sluta efter detta. Och Kungen har bekräftat att det är viatorer som har dödat väktarna. Det är inte direkt något de har försökt att dölja. Tvärtom. Vi vet alla att viatorer inte är starka nog att döda väktare varför det inte är ett dugg förvånande att det verkar vara en och samma viator som har dödat samtliga väktare. Samma signalement har uppgetts vid alla tillfällen. Han är mörkhårig, som i mörkt brun, har en kropp som en muskelbyggare och ett grovhugget ansikte. Han är cirka 1,78 centimeter lång.”

Jag insåg med förvåning att jag kunde bita mig hur hårt som helst i underläppen utan att känna blodsmak. Jag insåg även att jag fortfarande hade den mänskliga förmågan att tas över helt av skräck.

"Kungen har beordrat alla väktarfamiljer att dra ut i fullskaligt krig. Varenda viator som vi ser ska vi döda och samtliga väktare har order att söka efter denna speciella viator."

"Men om inte viatorer kan döda väktare, hur kan då denna viator döda väktare?" frågade Christian sammanbitet. "Har Kungen någon teori?"

"Jo då, det har han", muttrade Dante. Han vände sakta sin intensiva blick mot mig. Jag hajade till och mötte frågande det blå djupet av 300 års visdom. Det tog några sekunder innan jag förstod. "Åh nej…" flämtade jag och konfirmerade därmed för Dante att jag förstod exakt vad han menade. "Du menar?"

Dante nickade stelt och fick samtligas blickar att studera mig med fasa.

"Kan någon vara så vänlig att informera mig om vad alla andra verkar förstå men inte jag?" frågade Didrik otåligt. Han tittade uppfordrande på mig men det var Victoria som tog till orda.

"Novas mamma var tillsammans med en väktare när hon väntade Nova. Nova skapades därför i sin mammas kropp med en del väktarenergi i sig. Hon var som människa mycket mottaglig för våran energi. En viator som Vincent utplånade

177

hade bestämt sig för att förleda henne och skaffa barn med henne. Planenligt skulle det barnet bli starkare än en vanlig viator, födas med oanade talanger. En blandning mellan viator, väktare och människa. Tack och lov fick Vincent tag på Nova först och idag kan ingen avla ett sådant barn med henne." Victoria vände en kärleksfull blick mot mig och min kropp fylldes av värme.

Didrik iakttog mig några sekunder under tystnad innan han suckade djupt. "Så ni menar att viatorerna har fått tag på en annan sådan människa och fortplantat sig med henne?"

Dante nickade, djupt försjunken i tankar.

"Och det här har självfallet skett för flera decennier sedan med tanke på att den här viatorn är vuxen", sade Vincent sammanbitet. "Vi kan med andra ord befara att det finns fler sådana här avarter av viatorer. Möjligtvis i vuxen ålder. Det finns en risk att den här kvinnan har fött fler barn. Det finns även en risk att det existerar fler sådana som Nova än vi någonsin har insett. Frågan är hur många av dem som viatorerna har fått tag på?"

Salongen försjönk i tystnad. Dante vandrade tankfullt omkring på mitten av golvet iakttagen av samtliga i rummet – förutom Didrik som åter igen kastade blickar åt mitt håll. Något som gjorde mig omåttligt nervös. Det var uppenbart att han inte visste sitt eget bästa. Eller att han inte var medveten om exakt hur stark Vincent var, och hur hänsynslös han kunde vara.

"Vi har ju ärligt talat ingen aning om hur många till väktar-viatorer som kan ha avlats under de här åren", sade Joline uppskakat. Hon snodde sin beigea sidenscarf mellan fingrarna och tittade koncentrerat på Dante. "Vi vet inte om vi inom en snar framtid kommer att gå från *en* farlig fiende till ett tiotal."

Dante stannade till mitt på golvet med en suck. "Det senaste offret var Didriks förbundspartner. Vi har ingen aning om vilket land den här viatorn rör sig mot härnäst eller vilken strategi han möjligtvis har. Vi kan inte veta om han blir starkare av att inhalera dessa väktare. Men logiskt sett torde hans människoenergi utplånas mer och mer för varje inhalation. Viatorenergin förblir intakt. Han kan aldrig bli lika stark som en väktare. Åtminstone inte lika stark som en äldre väktare. Om vi går på de erfarenheter vi har så är det enbart nya väktare, max tjugo år gamla, som har fallit offer för viatorn. Deras kraft är ännu inte fulländad och de har inte heller fått några extra förmåner av Kungen. De nya väktarna måste skyddas.

Alla ögonpar i rummet vändes mot den enda nya väktaren. Mig.

"Nova måste skyddas till varje pris. Det är den enda väktare som han kan besegra i den här familjen", sade Dante bestämt.

Ännu en gång tog nervositeten över min kropp och mina lungor drogs spasmiskt ihop i ett försök att cirkulera den mäktiga väktarenergin i min kropp.

"Det finns inte en risk att han kommer åt Nova. Då måste han gå genom mig och jag kommer att förgöra honom innan han hinner försöka." Vincents röst var kylig och hans starka känslor fick temperaturen att sjunka betydligt i salongen. "Vi får inte glömma att den här speciella viatorn är stark. Även om han inte kan mäta sig med en äldre väktare utgör han en verklig fara. Han kan fortfarande skada oss. Han är inte en enkel match för någon av oss–" Dante riktade en varnande blick mot samtliga i rummet. "–vilket innebär att ingen av er ska göra något dumt om ni träffar honom ensam. I grupp kan vi ta honom enkelt. Men det är inte så han har jobbat än så länge. Han har givit sig på de unga väktarna då de har varit ensamma och sårbara. Min gissning är att han enbart velat samla på sig ytterligare kraft. Vi har ingen aning om hur stark han kommer att vara då hans människoenergi är fullständigt utplånad. Vi har ingen som helst erfarenhet av kombinationen viator och väktare. Jag vill inte att någon av er på egen hand tar reda på hur stark han är. Nova får från och med nu inte röra sig ensam ute."

Även om jag hade velat opponera mig en sådan gång så hade jag inte den mänskliga rätten att göra det längre. Som väktare var jag tvungen att lyda familjens ledare. Och ännu en gång befann jag mig i positionen av den svagaste. Lite less jag började bli på det.

Senare på natten då jag låg i Vincents varma famn funderade jag på de utmaningar som låg framför mig. Till att börja med den självklara utmaningen att lära mig att använda min kraft – att göra kraften så fulländad att jag kunde frammana den när helst jag önskade och på det sätt jag önskade. Jag och Vincent skulle ut i skogen dagen därpå och träna, och jag såg verkligen fram emot att visa honom vad jag lärt mig de senaste dagarna.

Sen var det såklart oron runt den här viatorn som dödade väktare. Och slutligen den största utmaningen: min mamma. Kungen hade givit mig tre år att ta farväl av min mamma. Lika många år som jag smärtsamt varit åtskild från Vincent. Den korta ordern hade meddelats genom Dante som var den enda i familjen som hade återkommande kontakt med Kungen. Jag fick bestämma själv hur avskedet skulle gå till. I övrigt hade jag ingen talan alls. Jag var skyldig att utesluta alla nära ur mitt liv eftersom det rubbade min neutralitet och därav kunde rubba den naturliga balansen. Den klara regeln löd att en väktare inte fick rädda en människa av personliga skäl. Och en väktare som involverade sig känslomässigt med människor skulle få väldigt svårt att följa den regeln.

Jag visste bara inte hur jag skulle bära mig åt utan att krossa både mitt och mammas hjärta. Min glädje låg i att hon hade manligt sällskap nu för tiden och åtminstone inte behövde vara helt ensam den dagen jag försvann. Men det var en liten tröst. Den kunde inte släta över den enorma smärta jag hade framför mig, en dubbelsidig smärta som bestod i både min egen, genom att åtskiljas från min mor, samt den smärta som det medförde att jag skulle åsamka *henne* samma smärta.

Jag hade ännu inte vant mig vid att en Kung dikterade villkoren i mitt liv – att jag inte hade något annat val än att följa Kungens order, annars skulle jag förlora min rätt att finnas till.

De här destruktiva tankarna var så långt från ett sömnpiller man kunde komma. Jag låg en stund och tittade upp i taket med gråten i halsen och insåg snart att jag var tvungen att gå upp och göra något annat. Allt för att avleda tankarna från min mor och viatorer som dödade väktare.

Vincent hade somnat direkt och med tanke på väktarnas måttliga behov av sömn kunde han vakna inom två timmar och vara redo att påbörja kommande dag. Jag smög ut så tyst jag kunde, mest av mänsklig vana med tanke på att väktare kunde höra ett dammkorn falla till golvet. Om Vincent var det minsta vaken skulle han höra mig ändå.

Innan jag drog igen dörren till vår våning kastade jag en sista kärleksfull blick åt hans håll. Hans svarta hår vilade rufsigt mot kudden och muskulösa armar kramade det beigea täcket. Han var underbart vacker att titta på.

Kapitel tjugosju

Då jag såg alldeles utmärkt i mörker behövde jag inte tända en enda lampa på min färd genom herrgården. Det var otroligt enkelt att vänja sig vid alla nya attribut. Tillexempel att inte frysa, vilket var förklaringen till att jag inte hade dragit på mig mer kläder då jag lämnat sovrummet. Jag var klädd i trosor och en svart nattskjorta som precis täckte min rumpa. Å andra sidan förväntade jag mig inte att träffa någon heller.

Jag smet ut genom dubbeldörrarna och stannade till på bron. Herrgården vilade i ett sagolikt skimmer; enbart omgärdad av de naturliga ljuden från skogen och dess invånare. Längre in i skogen hördes det frenetiska hackandet från en hackspett. Himlens mörka slöjor vilade som ett genomskinligt täcke över byggnaden. Luften utanför var underbart frisk och jag lät mina nattögon leta sig in i skogen mellan de mörka skrovliga trädstammarna. Trots mörkret kunde jag se varenda liten kvist som låg på marken och jag log brett i min ensamhet. I mitt gamla liv hade jag varit vettskrämd att stå på den här bron själv i mörkret. Jag hade sett faror och spöken lura över allt. Nu såg jag så pass bra, trots den dunkla natten, att det bara kändes som en mulen dag.

Med en liten förnöjd suck lät jag den kalla stenbron möta min bara stuss. Jag kände att det var kallt, som en ren förnimmelse, men jag frös inte. Jag fick inte ens gåshud. Den

183

svala luften fyllde mina näsborrar, den förde med sig lukten av barr, blöt jord, djur och bensin från motorvägen någon kilometer bort. Jag slöt mina ögon och njöt av ensamheten. Borde jag stanna uppe hela natten och inte försöka att sova de få timmar jag behövde? Jag hade aldrig utforskat hur en väktare med sömnbrist tedde sig. Å andra sidan kanske det inte var lönt att prova det när jag hade funderingar på att hälsa på min mamma kommande dag. Tänk om jag tog hennes livskraft på grund av sömnbrist? Usch. Den tanken gav mig rysningar.

"Kan inte du heller sova?"

En bråkdels sekund var det enda som krävdes för att jag skulle vara på fötter och redo att eventuellt kasta mig över vem det än var som störde. Det var Didrik, och hans vackra ansikte sprack upp i ett leende. De gröna ögonen lyste i mörkret och påminde om färgen på vattnet på sådana där idylliska små ställen i varma länder. Till skillnad från mig var han välklädd i ett par beigea linnebyxor och en svart t-shirt. Det var uppenbart att min minimala klädsel inte passerade obemärkt, för de gröna ögonen svepte med illa dold uppskattning över min kropp.

"Jag gissar att du hade gått till sängs innan du bestämde dig för att gå på din nattliga promenad."

Jag nickade lamt och sneglade en aning nervöst på den stängda ytterdörren. Jag hoppades innerligt att Vincent sov djupt. Han skulle inte gilla det här.

"Får jag göra dig sällskap?" frågade han mjukt och gjorde en gest mot platsen där jag suttit. Samtidigt som jag undrade om detta var en bra idé sjönk jag långsamt ner på bron med en liten nickning.

"Är du orolig för att din andra hälft ska dyka upp och missuppfatta situationen?" frågade han roat och satte sig bredvid mig. Jag såg till att det var minst trettio centimeter mellan oss. Till och med trettiotvå om jag utgick från mitt förbättrade ögonmått.

"Ja, är inte du?" Jag tittade allvarligt upp på hans tilldragande ansikte. Gudarna ska veta att de flesta väktare jag träffat var ögongodis.

Didrik vilade sina starka underarmar på de hårda lårmusklerna och spanade in i skogen. "Litar inte Vincent på dig?"

Jag log brett och lät svaret på den frågan vara osagd. Ärligt talat så hade jag heller ingen aning. "Varför kan inte du sova?" frågade jag istället.

"Jag tänker på Fiona", sade han sammanbitet, "och det öde hon gick till mötes." Hans starka händer formades till knytnävar och varenda sena på dem buktade ut. "Jag finner det väldigt svårt att acceptera att jag förlorade henne på det här viset, till en viator som helt plötsligt har fått oanade krafter och kan besegra väktare. Sen finner jag det väldigt svårt att acceptera att jag enbart fick ha henne hos mig som väktare i ett år."

185

Jag kunde känna hans oerhörda sorg i min kropp och var tvungen att förhindra impulsen att lägga en tröstande hand på hans ben. Det hade inte varit passande. "Hade ni varit tillsammans lång tid innan du gjorde henne till väktare?"

"Ett år ungefär."

"Oj! Hon bestämde sig snabbt för att offra sitt mänskliga liv", sa jag förvånat. "Jag behövde långt mer tid för att bli säker på att jag ville leva som väktare för all framtid." "Fiona var impulsiv av sig", sade Didrik avmätt. Nästan obemärkt bet han ihop käkarna och fixerade sin blick på skogen framför oss. Något som fick mig att undra över hur Fionas förvandling egentligen hade gått till. "Jag vet inte hur någon, någon gång ska kunna ta hennes plats", fortsatte han kvävt. "Hur går man vidare i livet om man redan har träffat den rätta och sedan förlorat henne?"

Mina lungor svällde och jag satt tyst några sekunder av respekt för hans sorg. "Didrik… det är inte meningen att någon ska ta hennes plats. Den kommer alltid att vara hennes. Det bästa du kan göra är att hitta någon som kan få en ny plats i ditt liv, någon som fyller den platsen så bra att Fionas plats enbart kommer att bli ett vackert minne."

Han vände sakta blicken mot mig och studerade mitt ansikte fundersamt. Han såg för några sekunder en aning bekymrad ut. Sedan rätades de fina linjerna i hans ansikte ut och han log lätt mot mig. "Det var ett fint sätt att se på det hela, Nova."

"Av någon anledning uppskattar jag inte vad jag ser."
Vincents hårda röst skar genom nattens tystnad och både jag
och Didrik var snabbt på fötter. Varför hade jag inte hört
Vincent gå genom huset? Eller dörren öppnas? Hade jag varit
så inne i samtalet att jag tillfälligt tappat mina förmågor?

"Och jag uppskattar än mindre att min förbundspartner inte
har några kläder på sig", fortsatte han och svepte sin
silverblick över min kropp.

"Varken jag eller Nova kunde sova. Hon hade ingen
aning om att hon skulle träffa på mig här", sa Didrik snabbt
och tittade på Vincent. Spänningen i luften gick nästan att ta
på och jag lade en hand på Vincents arm för att påkalla hans
uppmärksamhet.

"Vincent, vi går in. Jag pratade bara med Didrik om
Fiona. Han lider väldigt mycket."

Vincent vek inte med blicken från Didrik. Hans
armmuskler var spända i den svarta tröjan och käkarna
sammanpressade i det vackra ansiktet. "Bra, då har ni haft
det samtalet. Då antar jag att vi har uttömt anledningar till
nattliga möten?" Han tog min överarm i sin varma hand för
att föra mig in i hallen igen.

Jag kastade en ursäktande blick bak mot Didrik, men han
hade redan försvunnit ut i natten.

Nu återstod ett samtal med min förbundspartner om tillit.

Jag var fullständigt ovetandes om den blandade
vegetation mina bara fotsulor snuddade vid, jag var

187

ovetandes om små regndroppar som föll från den mulnande himmeln ovanför, liksom jag var ovetandes om blåsten som rev i mitt långa hår. Inte heller ägnade jag Vincent en tanke trots att han med sin magnetiska dragningskraft vandrade ljudlöst bakom mig.

För framför mig stod det rådjur som skulle skänka mig sin livskraft. Mina silvervioletta ögon synade rådjurets blanka orange-bruna päls och de seniga musklerna under dess tjocka hud. Dess svarta ögon blänkte och hon flackade oroligt med blicken precis som om hon kände på sig att det som komma skulle var dåliga nyheter. Jag fångade in hennes ögon med mina precis som Vincent hade lärt mig att göra. Det här var inte min första jakt. Rådjuret trampade oroligt sina klövar i det fuktiga gräset men kunde inte slita sin blick från min när jag väl fångat den.

Jag lät min alltmer lätthanterliga kraft sprida sig från magen och upp till min hjärna. Där lät jag den snurra tills den var så koncentrerad att jag kunde sända över mina krafter till rådjurets hjärna och ta över dess sinne. Jag såg mig själv genom rådjurets oroliga ögon, en varelse som rådjuret borde se som ett hot men inte kunde nu när dess kropp styrdes av mig. Hon vandrade över gräset och stannade när hon ståtligt stod öga mot öga med mig. Den svarta blanka nosen undslapp sig en varm frustning. En gång i tiden hade jag kunnat känna empati för det jag stod i begrepp att göra. Jag fann rådjur väldigt vackra och hade aldrig trott att jag skulle kunna förmå mig att döda ett – eller ett djur över huvud taget.

Samtidigt som jag såklart hade levt i passande förnekelse inför det faktum att jag vid hunger vräkt i mig diverse djurdelar från djur som *andra* hade bragt om livet.

Nova Weller var någonstans ett rovdjur och begäret efter livsenergi hade till stor del tagit över den eventuella empati som kunnat uppstå. Visst, om rådjuret hade haft rådjurskid hade jag avstått, så pass mycket "människa" var jag i alla fall. Men som väktare hade jag anammat det enkla tankesättet: *"den starkaste överlever"*. Vilket med enkelhet fick mig att greppa rådjuret om dess varma hals och stirra in i dess ögon, samtidigt som jag från rådjuret stirrade tillbaka på mina egna lysande ögon. Enbart med tankens kraft fick jag rådjuret att öppna munnen och skänka sin kraft till mig. Med något som enbart kunde beskrivas som en kraftfull inhalation sög jag in rådjurets livskraft i min egen kropp. Dess energi sprutade ut i alla mina lemmar, fyllde hela min kropp och pulserade i mina lungor. Styrkan exploderade i mina muskler och gav en snabbt övergående känsla av enorm berusning.

"Hur känns det?" frågade Vincent lent precis intill mitt öra. Jag vände mig med ett brett leende mot hans röst och lade armarna runt hans starka hals.

"Fantastiskt" mumlade jag euforiskt mot hans heta läppar. Vi försvann så ett tag, uppslukade av varandra, smakandes på läppar, hals och kroppar. Att ha sex med Vincent i skogen, omgivna av naturen som vi skapats av, omslutna av varandras varma kroppar och berusande dofter – det var som om jag hade nått himlen. Och i motsats till allt jag hade blivit lärd under min uppväxt, så fanns himlen på jorden.

Jag låg på den fuktiga skogsmarken i Vincents famn. Doften av barr, torv och svamp fyllde min näsa. Den grå färg som tidigare täckt himlen hade lämnat plats för underbara molnformationer och jag studerade en stund hur de vandrade över skyn. Ja, mitt liv var fullkomligt underbart, och jag var fullkomligt lycklig. Jag vred mig i Vincents famn så att våra blickar möttes. Jag studerade hans omänskligt vackra guldskimrande ansikte, som skulpterat av gudar, och min kropp fylldes av den obeskrivliga kärlek jag kände för honom.

"Vad händer egentligen om en väktare inte får i sig någon livsenergi? Svälter vi ihjäl då precis som människor?"

Han log brett och drog fingrarna genom mitt hår medan han studerade solens reflektioner i den bruna färgen. Idag skiftade den i koppar och Vincent förde en hårtest till sin näsa och drog in doften. "Om jag ska vara helt ärlig så vet jag inte. Det finns inte någon som har varit tillräckligt stark på den här jorden för att utsätta en väktare för något liknande."

Jag skrattade lätt. "Då hoppas jag att det fortsätter så."

Jag ägnade eftermiddagen åt att visa Vincent hur mina krafter hade utvecklats och det var underbart att se hur stolt han var över mig. Han påtalade vikten av att släppa allt och låta kraften ta över min kropp så att jag kunde flyta med och känna av obalans.

"Men om du verkligen vill bli stark, min älskling, så ska du ta livskraften av en människa", viskade Vincent retsamt, "då kommer du att bli fantastisk."

Jag var fullt medveten om att det inte var ett rent skämt. Jag visste självfallet att det fanns många väktare som levde på människor, men från ett människoperspektiv var det inte etiskt, och jag hade *precis* slutat att vara människa. Det fanns många väktare som enbart livnärde sig på alternativ kost – Christian var ett exempel. Åtminstone i dagsläget. Jag hade ingen aning om hur han hade levt tidigare. Och inte var jag intresserad av att få veta det heller.

Kapitel tjugoåtta

De närmaste tre veckorna föll ytterligare två väktare offer för viatorn. Då han alltid slog till med överraskning, och utan minsta förvarning om när och i vilket land han befann sig i, skedde samtliga attacker utan några större möjligheter att spåra viatorn. Kungen började bli desperat och kallade till ytterligare möten med väktarfamiljernas överhuvuden. På hemmaplan gjorde vi allt för att hålla ögonen öppna och jag hade inte tillåtelse att röra mig någonstans utan sällskap.

Tillbaka på ruta ett. Alltid den svaga länken.

Min väktarfamilj såg hot överallt så inte ens när jag hälsade på hos mamma var jag obevakad. Jag var fullt på det klara med att det här skulle driva mig till vansinne tillslut. Med andra ord: mitt liv hade än så länge inte förändrats nämnvärt sedan jag blivit väktare. Nej, självklart var en viator-väktare tvungen att uppstå för första gången *någonsin* precis när jag var för ung för att kunna besegra den. Ödets ironi. Verkligen.

Vincent hade inte nämnt något mer om min och Didriks nattliga sejour och han och Didrik behandlade varandra med tillgjord hövlighet. All förstärkning i vår väktarfamilj var för tillfället av godo och även Vincent var medveten om det. Själv ansåg jag att Didrik var svår att få grepp om. Han var trevlig att umgås med och jag gillade att spendera tid med honom. Det var uppenbart att han sörjde sin flickvän och inte skulle nöja sig förrän han hade hämnats på det mest våldsamma sätt. Samtidigt tyckte jag att det var något konstigt med honom. Många gånger när jag minst anade det kände jag hans blickar på mig och inte ens när jag ertappade honom med att stirra så vände han bort blicken. Didrik var äldre än Dante, nästan 320 år gammal, och kände sig därför inte speciellt hotad av övriga väktare i familjen. Men det var otroligt pinsamt för mig att han studerade mig så ingående då resten av familjen ständigt lade märke till detta. Samtidigt var det ett faktum att den tidigare drygt 220 år gamla Vincent nyligen hade inhalerat över 1000 år väktarenergi från Elias, och jag var inte helt säker på att Vincent själv visste exakt hur stark han var. Jag visste inte ens om han själv var medveten om att han ibland betedde sig mer aggressivt än han någonsin hade gjort tidigare. Han var som en bomb redo att explodera på order av Kungen, eller med risk att detonera av sig själv. Jag var obeskrivligt rädd för att Didrik skulle säga eller göra något som ledde till just en sådan detonation.

Jag undrade om Didriks intresse för mig kunde ha något att göra med att jag hade fötts delvis som väktare och att den viatorn som dödat Fiona hade varit skapad av en sådan människo-väktare som jag varit. Långsökt, men ärligt så fattade jag annars inte vad det kunde handla om. Det här ledde mig osökt in på tankar om Rebecka och Emily och hur mycket jag saknade dem. Jag saknade dem mycket mer än vad jag saknade de kompisar jag hade vuxit upp med i Stockholm. Ni vet, de kompisar som hade lovat att höra av sig till mig varje vecka, och som jag hade lovat att höra av mig till, och inte hade gjort det mer än vid något enstaka tillfälle sedan min flytt. Rebecka och Emily däremot, de hade inte givit upp om mig – fastän jag aldrig hörde av mig. Jag kände mig som världens uslaste vän. Inte nog med att jag dumpat Rebecka ensam i lägenheten, där för övrigt mr Student hade flyttat in, så gjorde jag heller inte något för att underhålla vår vänskap. Ibland ogillade jag Kungen starkt. Hur kunde en enda varelse ha rätt att styra över alla väktare på hela jorden? Hur var det med demokrati? – som förvisso var ett mänskligt påfund, men ändå. Det innebar att människan hade kommit längre i utvecklingen än väktarna. Och nu var jag uppenbarligen i skitpositionen att ha gjort mig av med demokrati och var tvungen att istället följa en enda "mans" nycker. Mardrömmen för vilken kvinna som helst.

I vilket fall hade inte Rebecka nöjt sig med att bara tigande se på när jag försjönk djupare och djupare i mitt förhållande med Vincent. Hon var inte Emily som ödmjukt ringde då och då för att med sitt goa sätt ifrågasätta mina väninnetalanger. Nej, Rebecka hade plötsligt en dag stått på bron till herrgården och krävt att få spendera tid med sin vän. *Vännen*, påpekade hon, som inte förtjänade mer än ett *litet* v nu för tiden.

Stämningen från min väktarfamiljs sida hade varit minst sagt spänd. Jag hade typ känt mig som en brottsling fastän jag inte hade gjort något fel. Och jag älskade ju Rebecka! Det fanns ingen logik i att jag inte kunde hänga med henne längre; möta upp henne på stan och ta en kaffe; hänga i

194

hennes lägenhet; gå ut och shoppa. Nej, ingen logik alls. Åtminstone inte någon mänsklig sådan. Men om jag ägnade mig åt lite väktarlogik så fattade jag grejen.

Dante, som jag var tvungen att lyda, försökte inte ens förstå människodelen i det här utan beordrade mig att klippa med människorna i min omgivning omgående. Förutom med min mamma som jag trots allt hade fått tid på mig att avsluta med.

Bara för att *deras* vänner och anhöriga hade dött för hundratals år sedan.

Han, och resten av familjen, pratade i munnen på varandra i mitt huvud medan jag stod och log mot Rebecka och försökte att förmedla till henne hur roligt det var att ses. *Om du umgås med människor, Nova, kommer Kungen att straffa dig hårt.* Den sista meningen var Dantes och den fyllde mig med skräck.

Jag och Rebecka hade i alla fall avnjutit en underbar skogspromenad tillsammans och jag hade försökt övertyga henne om att jag inte var någon toffel (jag vet inte varför det var så viktigt) men att jag hade varit grymt upptagen med ingenting på sista tiden. Jag hade lovat henne att komma och hälsa på. Och jag hade alla avsikter att faktiskt hålla det löftet – någon gång.

Kung eller inte.

Någon liten dejt i framtiden skulle knappast komma till hans vetskap. Jag *kunde* bara inte vara en så dålig kompis.

Jag ville att Rebecka skulle vara lycklig, trots mitt svek när jag dumpat henne och vårt samboskap helt utan förvarning.

Jag skulle så gärna vilja besöka dem alla och kolla hur de hade det idag, kolla om det gick bra för Rebecka och *mr Student;* se om Emily fortfarande hade det bra med Robert, och om min chef hade hittat en bra ersättare för mig. Men det var meningen att jag skulle klippa med min mänskliga omgivning, inte återupprätta förlorade kontakter. Så min förhoppning i dagsläget stod till att träffa på dem helt spontant och då ha ursäkten att ägna mig åt lite kallprat. Jag kunde ju inte direkt ignorera dem om jag väl träffade på dem.

De senaste dagarna hade jag för övrigt kommit att tänka på några saker som Vincent hade berättat för mig när jag fortfarande varit människa och som jag ville att han nu skulle förklara för mig. Vid ett tillfälle hade han berättat för mig att väktarna hade funnits lika länge som människan, i cirka sex till sju miljoner år. I all förvirring som jag befunnit mig i då så hade jag inte reagerat över den uppgiften nämnvärt. Men nu undrade jag över det. Mig veterligen hade människan bara funnits i cirka 250 000 år. Eller vad menade han? Fanns människan tidigare? Eller syftade han på de vi räknade som våra förfäder, alla sorts "människo"-typer? Inte bara *Homo sapiens sapiens*? Och hade då väktarna styrt över jorden redan under neandertalarnas tid, och långt innan det? Jag fattade ingenting. Och hade inte Vincent sagt att Kungen plockades från rådet? Rådet bestod ju av väktare som levde i människokroppar. Hur kunde Kungen då vara utan människokropp? Eller hade inte just den här Kungen plockats från rådet? Det här var det dryga med att inte kunna glömma saker. Allt kom tillbaka till mig. Och nyfikenheten hade inte minskat.

Jag fick dock inte möjlighet att ställa alla dessa frågor då ytterligare väktare föll offer för viatorn. Nu var Europa sexton väktare kort och en otrevlig bieffekt hade uppmärksammats: även om viatorns offer fortfarande var unga så var den senaste dryga trettio väktarår gammal, och även den väktaren hade gått ner utan större kamp. Dante hade kommit hem från det senaste mötet med Kungen uppenbart upprörd och hade sammanbitet delat med sig av de oroväckande nyheterna. Det kunde antas att viator-väktaren nu nästan hade ersatt sin människoenergi helt med väktarenergi. Kungen hade även lyft fram vikten av att inviga nya väktare för att täcka upp för dem vi förlorat och lägga till extra medlemmar i de befintliga väktarfamiljerna för att motverka sårbarheten. Risken att det fanns fler viator-väktare var överhängande och Kungen ville att väktarna nästan skulle fördubblas i antal. Faran var att de potentiella nya medlemmarna var lätt villebråd för viatorn om de påträffades på egen hand. Unga väktare hade nu stående order att ständigt hålla sig i sällskap av äldre väktare. För min del fungerade det ändock ganska väl – den starkaste väktaren i vår familj råkade vara min egen förbundspartner. Jag fick dock inte följa med när Vincent, Christian, Joline och Dante gav sig ut för att utrota alla viatorer de kunde hitta i Sverige.

197

Didrik fick inte heller följa med då han behövdes för att skydda mig vid eventuell fara. Och Victoria fick inte följa med eftersom Vincent vägrade att lämna mig ensam med Didrik.

Efter dessa små tripper berättade Joline väldigt målande för mig om hur de dräpte det fåtal viatorer de fann på de mest uppfinningsrika vis. Tyvärr mötte de aldrig viatorn som alla väktare verkligen ville hitta.

Näst att drabbas var väktarfamiljen i Portugal vilket resulterade i att Kungen kallade de allra starkaste väktarna till möte tillsammans med väktarfamiljernas överhuvuden. Vincent var såklart en av dem och jag var omåttligt nervös när han reste. Jag kunde inte skaka av mig förebådelsen att det här var början på en mycket mörk tid.

För en gång skull förbannade jag väktarnas föga behov av sömn och önskade att jag hade kunnat sova bort halva dagarna när Vincent var borta. Det här var första gången vi var ifrån varandra sedan jag blivit väktare och fastän jag visste att det var fånigt, det handlade trots allt bara om några dagar, kändes det som om någon slitit hjärtat ur kroppen på mig.

När han och Dante återvände slängde jag mig i hans famn och borrade in ansiktet i hans tröja för att insupa lukten av honom. Vincent lyfte mig med en snabb rörelse och bar mig uppför trapporna till vår vindsvåning. Vi älskade i timmar innan jag frågade honom om hur det hade gått hos Kungen.

Det var inga goda nyheter. Kungen var rasande och hade mer eller mindre beordrat att alla väktarsinglar skulle inviga nya väktare. Vincent, som en av Europas absolut starkaste väktare, hade order att infinna sig hos Kungen när än han behövdes. Från och med nu var min förbundspartner en viktig del av Kungens väktararmé och även en av de utvalda att kriga i fullskaligt krig mot viatorerna. Det hade kommit till Kungens kännedom att viatorernas Härskare Regon hade lämnat Merkel och nu befann sig någonstans på jorden. Det var med all sannolikhet han som höll i trådarna i denna slakt av väktare.

Och jag visste för jädrans lite om allt som jag fick höra om nu. Olika blandraser till höger och vänster och väktarpolitik som jag inte kände till ett endaste dugg om – och viator-politik som jag inte ens hade nosat på.

Kapitel tjugonio

Michelle frågade sig för säkert hundrade gången om varför hon hade gått med på att hämta ägg hos en bonde i Storängen. *"Men, Michelle, färska ägg är så mycket godare än de du köper på affären"*. Axels röst ringde i Michelles öron. Hon grimaserade argt och kastade en ilsken blick på äggen som vilade på en naturfärgad äggplatta i passagerarsätet bredvid henne. Ja, hennes far var degraderad till "Axel" idag – "pappa" fick vänta till imorgon.

Vem sjutton reflekterade över huvud taget över smaken på ägg? *Det här ägget är nog värpt av den bruna hönan på gården till vänster om grusvägen. Jag gissar att det värptes för exakt tre timmar sedan.* Michelle skrattade bittert och trampade trotsigt ner gaspedalen. Vem brydde sig? Det här var ändå världens ödsligaste väg.

Ängar, träd och ett fåtal gårdar for förbi i en rasande fart och gruset knastrade ljudligt under bilens däck. Hade man en Saab 900 kunde man lika bra röja sönder den på en grusväg.

Eller förhoppningsvis inte eftersom Michelle hade tänkt möta upp sina vänner i staden den här kvällen för en trevlig middag. Med andra ord var det raka spåret hem till Axel och sen vidare till Uppsala och glömma äventyret på bondgården; ett äventyr som bestått i att lyssna på bondens malande om sonen som inte ville ta över gården och hur svårt det var för honom att klara allt själv i den här åldern.

Michelle hade lyssnat sådär lagom intresserat och sedan dragit som en avlöning så fort hon fått äggplattan i händerna.

Som om bilen gillat plan ett mycket bättre hostade den till några gånger för att sedan stanna helt – mitt på vägen – i ett öde Storängen. Och långt från civilisationen i samhället.

"Helvetesjävlaskithelvete!" Michelle vred om nyckeln i tändlåset några gånger till ett tuggande ljud som definitivt inte slutade med en spinnande motor. Bilen hade verkligen stannat och hade inte några planer på att ändra sin inställning. Hon lutade pannan mot den hårda ratten några sekunder innan hon slog upp bildörren för att ta sig fram till motorhuven. Varför valde man egentligen ballerinaskor när man gav sig ut på grusvägar (även om man inte hade planerat att lämna bilen)? Varenda liten sten kändes under den tunna sulan och Michelle knep ihop tårna med förhoppningen att det då inte skulle göra lika ont.

När hon väl stod lutad över alla sladdar, dosor och ting som gömde sig under motorhuven undrade hon med ett ironiskt skratt varför hon egentligen hade öppnat den över huvud taget. Hon visste knappt hur *motorn* såg ut. Med ett ilsket utrop dängde hon igen luckan med en skräll och förhindrade en barnslig impuls att sparka på bilen. Hallå… ballerinaskor, ingen bra idé ändå, om hon inte ville bryta foten på kuppen. Istället blickade hon åt båda håll och försökte hastigt besluta hur hon skulle göra. Skulle hon gå hem och konsultera sin far? Chansningen var att promenaden hem skulle ta cirka en halvtimme. Fick man över huvud taget lämna bilen så här mitt på vägen? Michelle kastade en värderande blick på den vita skrothögen.

Ja, den stod verkligen *mitt* på vägen.

Å andra sidan kanske inte en bil kunde göra annat på den här smala grusvägen. Detta innebar att ingen bil skulle kunna passera utan att hamna i något av dikena. Kunde man bli bötfälld för en sådan sak? Denna tanke gjorde genast Michelle än mer nervös och hon blickade oroligt i båda färdriktningar. Det var tomt. Tack och lov. Eller inte... För vem skulle hjälpa henne om ingen kom? Det fanns bara *en* sak att göra: ringa till Axel.

Som inte svarade.

"Helvete! Varför har han en telefon om han inte svarar i den?" Hon tryckte ilsket av telefonen för tredje gången och sjönk ner i förarsätet med en uppgiven suck. Axel stod inte högt upp på "gilla-listan" för tillfället och hon funderade ilsket på att inte hälsa på honom under resten av veckan.

"Du ser ut att behöva hjälp."

Michelle ryckte till och gapade sedan förvånat åt mannen som plötsligt stod framför henne på grusvägen.

Och *Herre-Min-Gud!*

Att han var man var det minsta man kunde säga för att beskriva uppenbarelsen hon hade framför sig. Han var ruskigt välbyggd och hade mörkt rufsigt hår och helt underbara gröna ögon. Att hon över huvud taget lade märke till ögonen sade allt, för just ögonfärg var något som Michelle sällan noterade. Men de här... de lyste i en makalös grön färg. De lyste så vackert att det var svårt att slita blicken från dem.

"Jag frågade om du behöver hjälp?" sa mannen tålmodigt och tittade ner på Michelle.

Hon slet sig ögonblickligen från mannens oemotståndliga blick och rodnade förläget. "Ursäkta", mumlade hon. "Och ja, det kan man lugnt säga. Min bil har stannat."

Mannen nickade fundersamt medan han lät sin intensivt lysande blick sakta glida över hela hennes uppenbarelse. Något som fick vartenda hårstrå på hennes kropp att reagera med skräckblandad förtjusning.

"Då får vi försöka att styra upp det här då", sa han släpigt och slet blicken från henne.

Hon fann sig stirra fascinerat på honom när han vände på klacken och smidigt tog sig fram till motorhuven. Hon reste sig upp på förvånansvärt skakiga ben och försökte att andas normalt. Mannens starka händer lyfte på slangar och skruvade av ett lock medan han med stint blick sökte efter felet. Michelle hoppades att den vita t-shirt han bar inte skulle bli smutsig på grund av hans hjälpsamhet – en t-shirt som smet åt oförskämt bra om hans muskulösa överkropp. Ja, det gjorde de ljusa jeansen om hans ben och rumpa också. Helvete.

Hon svalde en gång innan hon vågade sig närmare. Oj, vad gott han luktade. Hon fann sig stirra på det mörka håret som lockade sig mot en solbränd nacke. Hur kunde han dofta

203

så gott i den här värmen? Hon vågade inte ens fundera över hur hon själv luktade efter besöket på bondgården och den efterföljande färden i en varm bil.

"Den borde fungera nu", konstaterade han med sin släpigt behagliga röst och slog igen motorhuven. Han mötte hastigt Michelles blick och rynkade tankfullt ihop ögonbrynen innan han gjorde en svepande gest mot förarsätet. "Ska du testa?" frågade han en aning otåligt.

Michelle slet sig ur den plötsliga förtrollningen och gick på ostadiga ben tillbaka till förarsätet. Hon vred darrigt om nyckeln i tändningslåset, hela tiden medveten om hur mannen stirrade på henne med sina makalösa ögon. Var kom han ifrån? Var han nyinflyttad? Eller hälsade han bara på? Hon var ändå skapligt uppdaterad om de människor som kom och gick i Månkarbo. Hennes far hade knappt något annat att tala om när de träffades än ortens invånare. Dem och det senaste numret av *Illustrerad Vetenskap*.

Bilen spann igång utan problem och Michelle kastade en tacksam blick på mannen som stod kvar vid bilens främre del. "Tack så mycket" utbrast hon med ett brett leende. Hon tittade en aning generat på mannen genom vindrutan, så där generad som man blir när någon är alldeles för snygg för att titta på.

"Bor du i samhället?" frågade han plötsligt och närmade sig den öppna bildörren. Han vilade nonchalant en muskulös arm på dörren och tittade på henne med sina skrämmande ögon.

Michelles hjärta började slå smärtsamt och mannens underbara doft letade sig upp i hennes näsborrar. Herregud. Den verkade nästan fylla hela bilen. Hon blinkade några gånger och kippade efter luft, precis som om hon sprungit alldeles för fort och äntligen fick sätta sig ner och vila.

"Nej... eller... min pappa bor här... hrm, jag bor i Uppsala."

"Men du är här ofta?" Frågan lät nästan som ett konstaterande och Michelle såg hur mannen kastade en snabb blick på äggen i hennes passagerarsäte. Helt plötsligt var det väldigt pinsamt att de låg där. Hon kände sig som en lantlolla som misslyckats att imponera på en stadsbo. Hon nickade bara, fortfarande yr i huvudet av hans doft.

Han gav henne ett snabbt leende. Ett underbart leende. "Ha en fortsatt trevlig dag, Michelle" sa han långsamt och försvann i motsatt riktning.

"Detsamma", sa Michelle kort och kastade en blick i backspegeln på mannen. "Men... jag har inte sagt mitt namn!" Mannen var dock alldeles för långt bort för att kunna höra henne.

Kapitel trettio

Mamma.

Så underbart att se henne.

Hon borde börja fundera över varför jag varenda gång vi sågs kramade henne som om det vore det sista jag gjorde.

Om hon bara visste vilken börda jag bar på.

Hon yttrade aldrig ens ett ord om att jag alltid kom och hälsade på henne tillsammans med Vincent. Hon bad aldrig om att få vara med mig själv, även om jag anade att hon ville det. Hon måste ju anse att jag hade förändrats, även om hon inte påtalat det heller – förutom mina "linser" förstås. Hon måste fundera över vad som hade hänt med våra godis- och filmkvällar; våra samtal sena kvällar och allt skvaller från våra liv. Det smärtade så mycket. Hon måste fundera över vad Vincent var för person som hade förändrat hennes dotter så mycket.

"Hur är det med dina föräldrar, Vincent?" Mamma utbytte de sedvanliga artighetsfraserna medan hon skramlade med koppar i köket. Självfallet var varken jag eller Vincent så där jättehaj på att dricka kaffe, men vi skulle aldrig drömma om att påtala det för min mor. Vi satte oss runt det ljusa köksbordet och iakttog hennes arbete i köket. Jag undrade flyktigt var Leif, hennes manliga sällskap, höll hus någonstans. Han lyckades oftast hänga här när vi var på besök. Min misstanke var att han oftast hängde här över huvud taget.

Jag var inte säker på vad jag tyckte om honom. Han såg trevlig ut. Men jag skulle alltid vara misstänksam mot de män som ville bli en del av mammas liv.

"Nova, du har tre år på dig. Ta det lugnt och sluta att snurra på koppen." Åter till nuet, till Vincents röst i mitt huvud. Jag hade knappt märkt att mamma satt sig ner vid bordet och nu tittade på mig med frågande blick. Jag slutade genast med mitt snurrande.

"Vad tänker du på, Nova?" frågade hon en aning roat. *Jag tänker på att jag kommer att förlora dig för all framtid och även om jag har tre år på mig så är det alldeles för kort tid att tala om. Jag vill vara i ditt liv till den dagen du dör och jag kan inte leva med tanken på att vara utan dig.* Det var tur att väktare inte hade förmågan att gråta, men än inombords, för jag kände för att bryta ihop. Vincent gav mig en varnande handtryckning och tog sedan en snabb sipp kaffe.

Jag samlade mig hastigt och gav honom en sammanbiten blick. Det hade hjälpt om han hade haft vett att åtminstone lämna mig ifred i mitt barndomshem. Om jag någon gång stötte på viatorn som dödade väktare skulle jag med glädje dräpa honom själv.

Efter att ha avhandlat diverse samtalsämnen med min mamma, ackompanjerat av min plågade blick, reste sig mamma plötsligt från stolen. Hon tittade allvarligt ner på mig. "Nova, jag har något till dig… något jag borde ha givit dig för länge sedan…" Hon lämnade meningen hängande i luften och lämnade hastigt rummet. Jag och Vincent tittade frågande på varandra. Han lade sedan handen runt min nacke och förde mitt ansikte mot sitt. Hans läppar strök varmt över mina och orsakade små explosioner i min kropp. "Nova, du gör rätt, det vet du. Du var tvungen att bli väktare, och det här är priset du får betala för ditt val."

Jag nickade plågat. "Jag vet–"

Mamma var snabbt tillbaka. Hon satte sig allvarligt ner på sin stol och tittade på mig med något som enbart kunde klassas som sorgsna ögon. Hon höll en röd läder-ask i sina händer – en typisk smyckeask. Hon kramade den tveksamt några sekunder innan hon lade den på bordet framför sig. Jag både såg och kände hur hon samlade sig. Tung sorg kramade hennes hjärta och fick mina lungor att smärtsamt dra sig samman. Jag kramade ovetande Vincents hand under bordet med blicken fixerad på min mammas plågade ansikte.

Väggklockans tickande blev till en plågsam tortyr i väntan på att mamma skulle börja tala. Och när hon äntligen gjorde det smälte alla mina beståndsdelar till en liten pöl på golvet. Livet var bara för mycket nu för tiden.

"Den här asken hade du i din ficka när du hittades", viskade hon och sköt asken mot mig.

"När jag hittades?" frågade jag förvånat och tog asken med en långsam rörelse."

Hon nickade allvarligt. "Jag vet inte detaljerna runt det hela, älskling. Men du blev hittad, övergiven, och lämnad till närmsta sjukhus."

Jag kunde se att det här smärtade min mamma mer än vad det smärtade mig. Antagligen för att jag kände till den ännu mer tragiska historia som låg bakom min födelse.

Först hade jag tänkt att skona min mamma från minnet att jag kände till sanningen. Hennes minne hade ändå raderats, tillsammans med alla andras, efter att Kungen avslutat mitt och Vincents förhållande. Jag hade kunnat låta det vara så. Men jag hade tillslut inte klarat det längre. Istället hade jag placerat fiktiva minnen i min mammas hjärna, där *hon* berättade för *mig* att hon inte var min riktiga mamma istället för tvärtom. Jag var säker på att jag hade gjort rätt.

Efter detta hade vi knappt pratat något mer om saken. Det fanns inte så mycket att säga. Hon skulle för alltid vara min riktiga mamma ändå.

Jag vred på asken och synade det röda nötta skinnet noga. Små snirklar av guld var målade på dess lock och den knarrade svagt när jag öppnade den. På en sammetsplatta vilade ett underbart guldhalsband med en vackert blå safir innefattad i en guldbotten. Smycket såg ut att vara antikt, mycket välbevarat och uppenbart värdefullt. Jag lösgjorde den tunna kedjan från sammetsplattan och höll upp halsbandet framför mig. Ljuset från köksfönstren reflekterades i den vackra stenen och jag log uppskattande åt dess prakt.

Vincent stannade hängets pendlande och synade det noga. "Garanterat 50-tal" sa han lugnt och tittade på mig. "Väldigt vackert."

209

"Kan du smycken, Vincent?" frågade mamma hänfört, och hon hade exakt den där imponerade mamma-minen som ibland bar spår av hennes samlade affärsmin. Dock inte idag. Idag var hon enbart imponerad.

"Jag kan tillräckligt." log Vincent och släppte hänget.

"Jag tror att det var din… hennes", sa mamma lugnt och synade mitt ansikte. "Jag menar… vems skulle det annars vara?"

"Kanske något arvegods", gissade jag och lade försiktigt ner det i asken igen. "Det är i alla fall väldigt vackert, mamma, och jag uppskattar att du gav det till mig."

När jag och Vincent lämnade mammas hus stötte vi ihop med Johnny utanför. Han var på väg för att hälsa på sina föräldrar, och han hade en söt ljushårig tjej med sig. Han stannade förvånat till när han såg mig och jag kände hur hans hjärta började slå snabbare och de varma känslor som strömmade till i hans kropp.

Han hade med andra ord inte kommit över mig helt.

Jag mindes generat vårt senaste möte i min och Rebeckas lägenhet och hur Johnny hastigt hade lämnat mig. Då hade jag blivit sårad och undrat varför han bara hade gått – nu visste jag att han hade lämnat mig den kvällen för att han känt av att jag var en *märkt* kvinna och därför inte fick röras. Även om människor inte kunde se skenet runt en märkt kvinna, som väktarna kunde, så kunde en människa uppfatta känslan av förbjuden frukt. Det var en mycket stark känsla och ett svårt hinder för en människa att ta sig över. De flesta valde att avstå.

Det var antagligen vist av dem.

Jag kastade en snabb blick på Vincent innan jag tog mig fram till Johnny för att hälsa. Att jag kände Johnnys känslor, innebar självklart att även Vincent gjorde det. Och Vincent var ingen förstående väktare. Inte heller stod människor högt på hans acceptanslista.

Medan jag gav Johnny en snabb kram och kände hur hans puls rusade insåg jag att det var så här tydligt Vincent hade känt mina känslor en gång i tiden. Tack och lov att jag inte vetat det då. Höjden av förnedring.

Jag släppte Johnny med ett nervöst leende på mina läppar. Nej, jag var inte rädd för min man. Jag var mer rädd för att han skulle få för sig att leka katt och råtta med Johnny. Gudarna ska veta att han hade väntat länge på en ursäkt att få göra det.

Johnnys sällskap såg inte alltför förtjust ut heller och jag undrade om hon visste vem jag var, eller om det bara var mitt välpolerade yttre som gjorde henne upprörd. Hennes min förbyttes förvisso till ren hänförelse när hon skådade min förbundspartner och hon nickade med blossande kinder då Johnny presenterade Vincent för henne. Om Johnny var förvånad att se mig med Vincent Weller så var han duktig på att dölja det. Det fanns även en risk att Emily eller Rebecka hunnit tala om det för honom innan.

"Nova, det här är Linnéa, min flickvän", sa han hest. Han tittade på mig när jag sträckte fram handen till Linnéa. Hennes hjärta rusade till av förvåning när hon kände pirrningarna från min hand söka sig in i hennes kropp. Istället för att radera hennes minne av detta log jag bara brett och lät den förvånade känslan hänga kvar i hennes medvetande några sekunder till. När hon återfått fattningen och tagit tillbaka sin hand igen tog hon till orda med förvånansvärt stadig röst. "Så du är den omtalade Nova?"

Johnny tittade högröd i ansiktet på sin flickvän och Vincent var föga road. "Nova, vad gör du nu för tiden? Jag har inte sett dig på evigheter. Vad arbetar du med?" skyndade sig Johnny att fråga. Han såg fräsch ut i blå jeans och svart tröja och jag skyndade mig att anta en så neutral min som möjligt när jag svarade. "Jag har haft fullt upp med diverse", log jag brett. "Men jag har inte ett specifikt jobb just nu." *Förutom att rädda jorden.* Fröken Sockersöt gav mig en avmätt blick och drog en slinga av sitt blonda hår mellan fingrarna.

"Hon behöver inte jobba. Hon har mig", sa Vincent kallt och lade en arm runt mina axlar. *"Nova, det är meningen att vi ska undvika människor."* "Nova… ska vi?" tillade han sedan och tittade menande på bilen.

"Kan ni sluta att leka med människorna nu? Vi behöver er här hemma!" Christians röst var otålig och Vincent nickade snabbt mot Johnny utan att vädra några ord av farväl. Stackarn som inte ens mindes deras konflikter, han måste

undra vad han hade gjort mot min pojkvän. Jag hade åtminstone inte ersatt min mänskliga hövlighet med väktarmanér varför jag ursäktade mig själv och fyrade av ett älskvärt leende mot Johnny, och, inte ett riktigt lika älskvärt, mot hans flickvän. Han hade trots allt varit min en gång i tiden – även om jag inte velat ha honom.

Kapitel trettioett

Vi lämnade mitt tonårshem med lungorna fulla av Johnnys hjärtesorg. Jag kastade en hastig blick på honom i backspegeln när Vincent snabbt körde ut på grusvägen som ledde till Storängen och vår herrgård.

"Jag har aldrig riktigt förstått förhållandet mellan er två–", muttrade Vincent och slöt händerna hårt runt ratten. "–men att känna det han känner just nu får mig att vilja vända om och festa på hans livsenergi."

Jag insåg att det var bäst att inte kommentera och studerade istället smyckeasken jag hade fått av min mamma. Jag önskade att jag visste historien bakom smycket jag fått, och om det verkligen varit min biologiska mammas. Varför hade hon lämnat det hos mig? Hade hon velat att jag skulle ha ett minne av henne?

Christian stod på bron och väntade när vi svängde in på gårdsplanen. Doften av fuktig höstskog fyllde min näsa och jag sträckte njutningsfullt på mig när jag klev ur bilen. Innan vi vandrade mot Vincents rastlöse bror lade han armen runt min midja och placerade en varm kyss i den lilla gropen bakom mitt öra. Jag tryckte mig kärleksfullt mot honom.

Min man.

Jag log roat åt minnet av mig och Johnny som smugit omkring på den här gårdsplanen nästan fyra år tidigare bara för att jag velat ha en glimt av bröderna Weller. Ödet hade verkligen haft något oväntat på lager för mig. Ett öde jag aldrig hade kunnat gissa mig till. Men jag hade åtminstone fått min dröm-man – även om jag varit tvungen att offra mitt eget liv för att få honom.

"Dante vill att vi visar Nova *Den gemensamma kraften*", log Christian förväntansfullt."

"Var det därför det var så viktigt för oss att komma på en gång?" frågade Vincent en aning irriterat.

"Och för att skona Johnnys liv", flinade Christian retsamt.

"Hans liv har redan skonats för många gånger", muttrade Vincent och kastade en snabb blick mot mig. Jag himlade med ögonen och slöt upp vid Christian på bron.

"Vad är *Den gemensamma kraften*?" frågade jag otåligt.

"Vi ska visa dig", log Christian. "Dante tycker att det kan vara bra att du känner till den nu när vi har en mäktig fiende. Den kan komma väl till hands."

"Det här kommer att bli *så* roligt", myste Joline när hon dansade ut på bron iklädd en klänning som var långt ifrån skogsvänlig. Eller skulle vi inte ut i skogen? Jag tittade ner på mina jeans och enkla blå blus och undrade om jag var underklädd. Vincent tittade roat på mig och skakade på huvudet. Okej… det var tydligen inte bara när jag varit människa han kunde läsa mina tankar.

"Var är Didrik?" frågade jag och såg mig omkring.

"Han stannar med Dante och Victoria", informerade Joline glatt och gjorde armkrok med mig. Jag hann dock se den hastiga blick som Christian gav Vincent.

215

Jag älskade att vandra i skogen. Dofterna från all grönska; ljudet av skogens invånare och susandet av vinden i trädkronorna gjorde mig lyrisk. Helst nu när jag inte längre blev rädd.

Kvistarna knakade under våra skor och trycktes ner i den höstfuktiga jorden. Jag hade bytt sällskap och gick nu nära min älskling. Joline gick hand i hand med Christian och såg allmänt tillfreds ut. Hon var så vacker med sitt ljusa långa hår. Som en liten skogsälva. Hon såg alltid sådär kryptisk ut, som om hon bar på en massa hemligheter som hon aldrig tänkte dela med sig av.

Jag tittade med ett leende upp på min skimrande filmstjärneman och tryckte kärleksfullt hans arm.

"Vad är det?" frågade han med precis det sneda leende jag avgudade.

"Inget", svarade jag och log brett. "Jag bara älskar dig."

"Det är väl inte *inget*?" retades Vincent. "Det är *allt*."

Jag påmindes plötsligt om något jag hade tänkt fråga en längre tid. "Hur kan det komma sig att det inte har varit någon riktig vinter i Månkarbo sedan jag flyttat hit? Jag menar, det är ju vinter i både Uppsala och i Tierp. Det *borde* vara vinter i Månkarbo också."

Han skrattade roat och placerade en puss på min kind. "Fråga väderexperten där framme", log han och tittade menande mot Joline. "Joline gillar inte snö."

"Men vi fryser ju inte", sa jag förvånat. *Det* var definitivt en underbar aspekt av att vara väktare.

"Nej, men mina skor gillar inte snö", sa Joline bestämt.

"Och *jag* gillar inte snöskor."

Christian log sitt bedårande leende och vände sig mot oss samtidigt som vi fortsatte stigen fram. "Men från och med i år måste Joline lägga ner sin egoistiska vädermanipulation. Kungen har givit henne bannor för att människor i, och utanför, Månkarbo börjat uppmärksamma våra milda vintrar. Han var inte glad." Christian skrattade roat, antagligen till minne av det samtalet. "Det är sådana väktare som Joline som spär på människans tro på klimatförändringarna. Vilket ger människans giriga politiker en anledning att ta ut extra skatt från jordens invånare för att söka förhindra utvecklingen. Allt är såklart båg. Det är vi väktare som är skyldiga."

"Jättekul", fnös Joline. "Vi får väl se vad du säger när jag vandrar omkring i galoscher halva året. Jag borde ha stannat i Florida."

Vi nådde snart utsedd plats vilken visade sig vara den glänta som kommit att bli så kär för mig tack vare de minnen jag delade med Vincent där. Offerstenarna blänkte i den vackra höstsolen och löv från de omkringliggande träden hade sökt sig ner på marken bredvid dem. Där låg de nu och lyste i de vackra röda och bruna färgerna som kännetecknade hösten. Sist jag varit i den här gläntan hade Vincent kallat ner alla mörka vädermakter över mig, Robin, Rebecka och Samuel. Han hade förvisso aldrig talat om saken med mig men jag var väldigt säker på att han varit den skyldige.

217

Vilket osökt ledde mina tankar in på Robin, som nu bestod av en hög med blå sand. Jag undrade flyktigt var den högen befann sig nu. Hade Vincents kastat den i komposten med de andra soporna? Tanken var en aning skrattretande och makaber på samma gång – Robin, en del av jordens kretslopp.

"Nova, stå där." Christian pekade ut en plats nära en av stenarna. Vincent ställde sig bredvid mig och fattade min hand. Vi skapade en ring hållandes varandras händer, precis som på dagis under morgonsamlingen. Även om jag anade att likheterna skulle sluta ungefär där.

"När jag slutar att prata med dig, Nova, ska du blunda och låta kraften stråla ut i dina händer. Den ska vandra vidare till mig och Vincent och du ska i din tur ta emot min och Vincents kraft. Du ska inte öppna ögonen förrän du känner att kraften lättar från din kropp och försvinner upp i luften."

Christian lät allvarlig och jag fattade absolut ingenting. Jag vågade knappt fråga vad som skulle hända om jag öppnade ögonen för tidigt så jag nickade bara och hoppades att jag inte skulle göra bort mig på vägen.

Vincent tryckte min hand försäkrande innan jag slöt mina ögonlock och stängde den underbara solen ute. Trots att jag kunde höra allt som hände i Månkarbo, och även lugnande höra att ingen människa var ute på promenad i vår skog, försökte jag göra som Christian sagt åt mig och koncentrera mig enbart på min kraft. Vid det här laget hade jag lärt mig konsten att styra min kraft. Det var inga svårigheter att få odjuret som bultade inom mig att vandra ut i mina två händer och där pulsera runt ett tag brännande i mina fingertoppar i väntan på att få ta sig ut. Jag höll både Christians och Vincents händer hårt i mina och kände hur min kraft stötte på motstånd från deras krafter som ville ta sig in i min kropp. Precis när deras krafter sökte sig in i mina händer kände jag hur min, svagare, kraft lämnade min kropp. Det var en av de mest obehagliga känslor jag någonsin varit med om – som om min självaste själ lämnade mig.

Än obehagligare var nästa känsla. I min ena arm ringlade sig Christians kraft in, och den var stark, mycket starkare än den kraft jag var van vid att hantera. Den slog sig in i min kropp med skrämmande framfart. Min kontroll började ge vika. Hur skulle jag kunna handskas med denna nya kraft när jag bara precis hade lärt mig att kontrollera min egen?

Samtidigt letade sig Vincents kraft in i min kropp och den var fullständigt explosiv. Den brände ett smärtsamt spår i min arm när den tog sig in och sköt som en pil genom min torso och mina lemmar. Vid det här laget höll jag krampartat fast i Christians och Vincents händer – inte längre för att jag var tvungen, utan för att det var omöjligt att släppa.

Christians kraft blandades med Vincents i något som enbart kunde liknas vid en orkan som rasade inom mig. Deras krafter blev en enda som intog varenda liten del av min kropp, från tårna upp till min hjärna. Jag tappade praktiskt taget fotfästet om verkligheten. Drömde jag? Låg jag egentligen kvar i min och Vincents säng?

Sekunden därpå grep skräcken tag om mina lungor när hela min kropp brann inifrån. Var de andra med om samma sak? Hur stod de ut? Eller var det bara jag, för att jag var ny väktare?

Precis när jag trodde att jag inte skulle klara något mer av det här intrånget försvann all hetta från min kropp på bråkdelen av en sekund. Det var precis som när man håller andan och sedan inte klarar mer och panikslaget drar efter luft, men tvärtom – all substans försvann från min kropp med ett swosh, och jag var helt tom. Det var den otäckaste känslan.

Christian hade förvisso sagt åt mig att jag kunde öppna ögonen när kraften lämnade min kropp – och så skräckslagen som jag var vid det här laget hade jag nog gjort det ändå.

Det gick nästan inte att beskriva det jag fick se. Det var helt makalöst.

Kapitel trettiotvå

Fastän jag tittade, och såg att de övriga gjorde detsamma, så var jag inte längre i min egen kropp. Hela min väktarenergi, mitt hela väsen, svävade ovanför oss i en enorm massa tillsammans med de andras väktarenergi, och lämnade mig paralyserad kvar på marken. Jag hade ordagrant klivit ur min egen kropp men kunde fortfarande se allt som hände. Jag hade läst om sådana droger som gjorde att kroppen stängdes av men inte medvetandet. Det var en sjukt obehaglig känsla.

Energin var tjock och tung, den skiftade i olika färger och och pulserade farligt. Jag förvånades över att vi fortfarande kunde hålla varandras händer men skulle senare få veta att jag inte hade kunnat släppa taget ens om jag önskat.

Den tunga massa som vilade ovanför våra huvuden sträckte sig långt utanför vår lilla cirkel och efter ett tag började den att ändra form. Ackompanjerad av ett dovt muller skapades en mörk drake ovanför våra huvuden. Den sträckte på sitt hiskeliga huvud och snärtade med en tveeggad svans. Dess illröda ögon tittade ner på oss samtidigt som den flaxade med sina enorma vingar. Jag var skräckslagen. Fastän jag insåg att draken bestod av vår gemensamma kraft hade jag inte någon makt att styra den. Jag hoppades innerligt att någon av de andra kunde göra det.

Eller kunde den göra vad den själv ville?

Innan jag hann fundera något mer över detta släppte Vincent plötsligt min hand och den magiska cirkeln oss emellan bröts hastigt. Min väktarenergi återvände till min kropp som ett bombnedslag.

"Väldigt uppfinningsrikt, Vincent", sa Christian roat. Joline skrattade lätt och fattade hans hand i sin. Vincent vände sig hastigt mot mig. "Hur är det?" frågade han oroligt.

Jag kände mig en aning skakig men i övrigt var jag okej. "Bra, antar jag. En väldigt överväldigande och skrämmande upplevelse."

Han strök lätt med läpparna över mina och de nervösa skakningarna övergick i något långt mer intressant. Jag lade armarna kring hans nacke och fördjupade kyssen innan jag släppte honom igen. "Du får mig att känna mig mycket mer levande än jag gjorde när jag verkligen *levde*", log jag varmt.

"Så, kan någon förklara för mig vad jag precis har varit med om?" tillade jag uppfodrande.

"Vi är starka på egen hand – starkare än en vanlig viator. Vi är egentligen starkare än *allt* du kan möta på den här jorden... eller var..." sa Christian lugnt. "Vi vet inte hur stark den här nya viatorn är. Han har börjat ge sig på väktare som är något äldre. *Den gemensamma kraften* använder vi enbart när det är nödläge. Än så länge har den aldrig behövts för att försvara oss själva mot en fiende, utan istället har vi använt den för att skapa maximala naturkatastrofer där vi skördar så många dödsoffer som möjligt: tsunamis, jordbävningar, vulkanutbrott."

222

Christian log lätt, och en aning ursäktande, mot mig. Han anade att jag inte ännu hade vant mig vid att se människan som något man mördade så där lättvindigt. Jag stod fortfarande människosläktet närmare än väktarna och det skulle antagligen dröja tills alla jag älskade hade dött innan jag kunde känna annorlunda. Och tanken på att jag skulle överleva de alla gjorde mig än mer sorgsen.

Vincent som var minst mänsklig av oss alla gav mig inte den tröst jag så väl behövde i de här frågorna. Det var typ det enda stället jag kunde komma på där vårt förhållande verkligen krockade.

"Den starkaste väktaren, vid framkallande av *Den gemensamma kraften,* är den som styr kraften och väljer vad den ska göra; hur den ska se ut och när det är dags att bryta det heliga bandet. Det är enbart den starkaste som kan splittra cirkeln. Vincent är den starkaste väktaren i vår familj nu så han styr våra krafter." Christian tystnade och gav Vincent en snabb blick. Vincents ena mungipa ryckte nästan obemärkt till när han mötte sin brors blick. Jag anade att det inte varit helt enkelt för Christian att lämna över till Vincent, eller att han inte helhjärtat stödde det faktum att inte ens Dante kunde leda *Den gemensamma kraften* längre. "Därav min kommentar om valet av väsen."

Jag visste att Christian syftade på draken Vincent frammanat. Den hade varit hiskelig och skrämmande. Precis som Vincent själv tidvis kunde vara.

"Att vi ens kan göra sådär övergår mitt förstånd. Hur kan vår energi lämna våra kroppar?"

"Du är inte längre en människa, Nova", inflikade Joline med ett brett leende. "Du *är* energin. Din kropp är ett skal som energin bebor och den använder din hjärna för att fungera i den här världen. Det som är du och väktarenergin har parats med varandra. Du kan välja att lämna din kropp när du vill."

"Okej, det här ger mig rysningar."

"Oftast låter man bara kraften flöda fritt. Den behöver inte ta formen av något speciellt. Jag anar att Vincent bara ville ge dig en upplevelse", log Christian roat och missförstod därav vad jag menade.

Vincent och Dante blev snart kallade till Kungen igen – och det var bara en i raden av gånger. Fokus hade delvis flyttats från att finna viator-väktaren till att finna Regon. Det var uppenbart att Regon styrde det här eskalerande kriget mot väktarna och om väktarna förintade honom skulle med all sannolikhet hela kriget lugna ner sig.

Jag passade på att finslipa mina krafter istället för att sitta hemma och deppa för att Vincent var borta. Jag försökte att använda övriga familjemedlemmar till mina övningar, främst Joline, men alla var upptagna med det hotande kriget och att bevaka Sveriges intressen.

Och lilla Nova fick inte vara med och leka.

Detta gjorde att jag spenderade mycket tid med Didrik – eftersom han inte heller fick vara med och leka.

Och jag gillade verkligen att vara med honom. Han var behaglig och trevlig. Därtill var han en äldre väktare som kunde lära mig en hel del. Han visade mig hur jag kunde kontrollera hela min omgivning med enkla medel. Efter några dagar med honom kunde jag styra samtliga djur i min omgivning, och jag gjorde sakteliga framsteg med att manipulera vädret. Det var inte fulländat än, långt ifrån, men jag var på god väg. Att inhalera livsenergi från djur var jag vid det här laget en mästare på och Didrik var snabb med att berömma mig när han ansåg att jag förtjänade det.

Jag bekymrade mig en aning för honom. Han var oftast försjunken i tankar och jag anade att Fiona rörde sig en hel del i dessa. Hur kunde man egentligen släppa tankarna på en förbundspartner som ryckts från en på ett sådant grymt sätt?

Hur klarade man över huvud taget att förlora sin förbundspartner? Om Vincent försvann skulle jag vilja försvinna med honom.

Jag förstod inte hur jag skulle kunna leva utan den man jag faktiskt en gång offrat mitt eget liv för. Men jag delade inte med mig av de tankarna till Didrik, jag ville få honom att må bra igen så att han kunde njuta av det liv vi blivit erbjudna som väktare. Fastän jag visste hur mycket Vincent ogillade att jag spenderade tid med honom ansåg jag att Didriks välmående var viktigare än min förbundspartners ologiska svartsjuka.

Om jag lät bli att umgås med Didrik skulle det vara detsamma som att erkänna att Vincent verkligen *hade* något att oroa sig över.

Samtidigt som Didrik mer och mer började lätta upp sitt tunga humör, och till och med skratta med mig, upptäckte jag, under Vincents regelbundna frånvaro, att de övriga i familjen Weller gav mig oroliga blickar. Jag insåg snart att de ansåg att jag betedde mig underligt som gav Didrik så mycket av min tid. Men även om väktarna var hårdare med umgänge mellan könen så hade jag till nyligen varit en vanlig människa som levde efter människans sorglösa regler. Jag tänkte inte vända över en natt bara för att familjen Weller vaktade Vincents intressen. Redan som liten hade jag ömmat för utsatta människor. Till mammas förtret hade jag alltid närmat mig de tjejer i skolan som hade de jobbigaste hemförhållandena – allt för att se dem blomma när jag tog med dem på äventyr och sedvanliga familjeförströelser. Något de själva inte hade möjlighet att göra hemma. Jag mindes helst Mona som var ett år yngre än jag var, som jag hade lärt känna i tredje klass. Jag förstod det aldrig då – jag tyckte bara att hennes föräldrar var underliga och att de inte hade så fina kläder – men mamma berättade senare att båda Monas föräldrar var alkoholister. Det var sjukt stökigt hemma hos dem – något som jag och Mona förvisso utnyttjade och lekte "inte nudda golv", precis sådär som barn gör när de inte förstår allvaret i situationen. Socialtjänsten hade koll på familjen och Mona hade det inte så bra hemma.

Hon blev som en familjemedlem hemma hos oss. Mamma ville inte att vi skulle vara hemma hos Mona, så myskvällar utan Mona existerade inte. Vi gjorde allt tillsammans – tills hon hamnade i en fosterfamilj och flyttade från vårt område. Jag fick leva kvar med saknaden och känslan av svek när jag inte längre kunde vara där för henne.

Min personlighet gjorde därför att jag inte bara kunde överge Didrik. Jag ömmade för honom då han både hade förlorat sin förbundspartner på det mest tragiska vis, och för att han efter detta hade tvingats att flytta in hos en helt ny, och delvis fientlig, väktarfamilj.

Jag blev varse Vincents konservativa åskådning en dag när jag filade på min talang att manipulera vädret. Det var bara jag och Didrik i skogen. De andra sysslade med diverse väktargöromål någon annanstans. Jag hade roligt och det var underbart att se Didrik koppla av. Vi skrattade en del men höll oss definitivt på vår kant och inte för nära varandra. Jag ville inte riskera att någon av de andra väktarna fick vatten på sin kvarn. Jag ville bevisa för dem att en man och en kvinna *kunde* umgås utan att det var något konstigt med det.

Didrik tittade upp mot himlen med ett stolt ansiktsuttryck. "Jag ser enorm potential hos dig som väktare, Nova", log han.

I exakt samma sekund for en blixt förbi mig i enorm hastighet, den strök mot Didriks arm och slog i trädet bakom honom som klövs på mitten och föll till marken.

"Får jag också vara med och leka eller vill ni vara själva?" Vincent kom vandrande, överraskande och till min stora glädje. Tillbaka där han hörde hemma. Didrik som för ett ögonblick trott att vi blev anfallna slappnade först av en aning men blev sedan djävulskt förbannad. Han kastade en blick på sin svedda arm och de gröna ögonen lyste som laser mot Vincent. "Du kunde ha dödat mig", utropade han vredgat.

"Nästa gång är det precis vad jag kommer att göra", sa Vincent kort och drog mig in i sin famn, "om du inte lär dig att respektera vad som är mitt."

Jag flämtade upprört till, förfärad över att de orden hade kommit över hans läppar när jag och Didrik inte hade gjort något som kunde anses som olämpligt. "Vincent Weller, jag är min egen och vi umgås som vänner, det vet du mycket väl."

"Min älskling, jag vill prata med dig", sa han mjukt med sina intensiva ögon vilande på mitt chockade ansikte. Han vände ryggen mot Didrik utan att kosta på honom en blick till, väl medveten om att Didrik inte skulle försöka någonting. Jag anade att Didrik kokade av ilska, och samtidigt som jag kände enorm sympati för honom visste jag att jag måste ta diskussionen med Vincent först.

Jag och Vincent kom inte överens den kvällen – åtminstone inte om hur min relation till Didrik skulle se ut. Vincent var benhård på att det inte var lämpligt att jag spenderade så mycket tid med Didrik ensam, och jag var benhård på att det inte var något fel att jag gjorde det. I övrigt var jag så upprymd över att ha honom hemma igen att jag inte förmådde vara så arg på honom som han förtjänade. Jag kunde inte spendera nog med tid med honom och jag kunde inte heller få nog av den intensiva njutning han gav mig.

Han fick inte berätta om alla planer som Kungen gjorde upp med sin väktararmé, men han upplyste mig om att den här viator-väktaren verkligen var ett överhängande hot mot de svagare väktarna. Något jag måste ta på fullt allvar. Vincent lovade mig dyrt och heligt att han själv skulle döda honom om han fann honom. Men helst ville han hitta Regon först. Regon höll sig dock noggrant undan all uppmärksamhet och lät istället sin nya vinstlott sköta de värsta striderna.

När Vincent åkte igen fylldes min kropp återigen av det smärtande tomrummet av saknad. Jag stod inte ut med det aktuella upplägget och förbannade det eskalerande kriget i tankarna. Jag oroades över att det skulle förbli så här nu, att Vincent skulle tillhöra Kungens armé för all framtid och ständigt befinna sig på resande fot. Vad skulle hända med mig då? Jag hade inte blivit väktare för att umgås med familjen Weller. Jag hade blivit väktare för att leva med Vincent. Nu gjorde jag knappt det.

Kapitel trettiotre

Jag visade Didrik halsbandet jag hade fått av min mamma. Vi satt uppe i mitt favoritrum, det röda tv-rummet, och tog en paus från dagens träning. Dante, Victoria, Christian och Joline var ute och jagade, och scannade samtidigt området. Jag anade att de inte skulle bli långvariga då de inte ville lämna oss ensamma för lång tid. Jag skrattade inom mig åt deras oro. Tänk vad lilla Nova Sommelius hade kommit till familjen Weller och ställt till det. Jag anade att ingen vågade rapportera vidare till Vincent vad som försiggick; att jag fortsatte att umgås med Didrik mot hans vilja.

Jag sneglade på föremålet för alla bekymmer som höll halsbandet i ena handen och lät det pendla framför sig. Solen fångade den blå stenen som svarade med strimmor av ljus. "Vacker", kommenterade han lågt. "Vad vet du om den?"

"Typ ingenting", skrattade jag kort. Mina fötter vilade behagligt mot den blodröda mattan. Jag var nästan alltid barfota i det här rummet. "Vincent tror att den kommer från 50-talet."

Ett nästan obemärkt ansiktsuttryck for över Didriks ansikte och var borta lika fort. Men jag hade noterat det och lagt det till min samling av "fundera-över-senare". Han räckte mig halsbandet och log lätt. "Det kan säkert stämma." Han studerade mig några sekunder med sina gröna ögon och små rysningar färdades längs min ryggrad. Var Didrik intresserad av mig? – eller var jag bara paranoid för att resten av familjen Weller hade lagt sig till med den dåliga vanan? Fanns det någon annan anledning till varför han så ofta tittade på mig på det där utrönande sättet? Eller så var han bara en djup och reflekterande väktare. Åh, familjen Weller skulle definitivt driva mig till vansinne med sina misstankar.

"Vad vet du om din mamma?"

"Nästan ingenting. Du vet redan allt som jag vet."

"Du syftar på Elias?"

Jag nickade tyst. Tankarna på honom fick mig ännu att stelna till. Det han hade utsatt mig för... Jag slöt snabbt mina ögon för att fokusera på något annat. Min hud glödde när jag tänkte på honom, det gjorde ont i hela min kropp. Någon gång i en oviss framtid skulle jag bearbeta den händelsen. Jag var långt ifrån redo.

"Jag måste ringa till Vincent och höra när han kommer hem", sa jag hastigt och reste mig upp. Jag behövde höra hans lugnande röst och jag saknade honom innerligt. "Ska vi ses senare igen?" lade jag till med ett leende.

Didrik satt kvar i soffan. Han tittade allvarligt på mig och nickade långsamt.

"Nova–" Jag höll kvar handen på dörrhandtaget och vände mig sakta tillbaka. "–Vincent har tur som har dig."

Dörren öppnades samtidigt som jag yttrade ett snabbt tack och Dante mötte ogillande min blick. Jag frös på plats och förmådde mig bara att stirra på honom. Jag hade inte längre förmågan att rodna då jag saknade blod i min kropp, men om jag hade kunnat så hade jag definitivt varit högröd i ansiktet nu. Fastän jag visste att jag inte hade gjort något fel så visste jag att Dante hade hört vad Didrik sagt och han var allt annat än nöjd.

"Ursäkta mig, Dante, jag ska bara ringa till Vincent", informerade jag kort. Dante slöt en varm hand om min handled då jag var på väg att passera. "När du har gjort det, Nova, så vill jag träffa dig i biblioteket."

Jag nickade nervöst. Biblioteket. Det kunde lika gärna vara en tortyrkammare. Det var första gången Dante var arg på mig och han var inte en väktare man ville ha något otalt med. Dessutom var han min obestridde ledare.

Dante gick in i tv-rummet till Didrik och stängde dörren efter sig. Jag tittade på den stängda dörren några sekunder innan jag tog mig upp till min och Vincents våning.

Eftersom att Vincent inte svarade befann jag mig i biblioteket snabbare än jag ville, eller hade räknat med. Dante väntade tålmodigt i en skinnklädd fåtölj. Jag satte mig tyst i den mittemot. Samtliga i familjen Weller hade en skrämmande förmåga att få en att känna som om man gjort något fel utan att man egentligen hade det. Mina tankar gick snabbt till det sorglösa liv jag hade levt tillsammans med min mamma och hur mina dagar hade passerat revy utan några större störningsmoment. Livet som människa hade inte bara varit negativt.

Och just det här tillfället var det verkligt frestande att spola tillbaka tiden.

"Kära, Nova", sa Dante lugnt och fattade min ena hand. "Du har en hel del att lära."

"Är du inte arg på mig?" frågade jag förvånat och studerade hans ansikte. Jag kunde inte finna några tecken på dämpad ilska – och tro mig, Dante var inte duktig på att dölja sina känslor.

Han log lätt. "Du är en ny väktare, Nova. Om du inte vore det hade jag varit arg på dig. Du har ännu att lära dig alla regler vi väktare måste respektera."

Jag behövde bara kasta en blick på Dante för att förstå att det här skulle bli en sjukt tråkig föreläsning. Men han var som sagt min obestridbara ledare och fick inte trotsas.

"Jag har precis pratat med Didrik och rått honom att spendera mindre tid med dig på tu man hand. Egentligen enbart den tid som är absolut nödvändig. I övrigt vill jag att du ska ha någon annan i familjen vid din sida då du umgås med honom."

"Som ett förkläde?" utbrast jag förvånat. Levde jag på 1800-talet?

"Om du vill kalla det för det." Det var uppenbart att Dante inte var lika road över uttrycket som jag och jag suddade genast bort mitt leende.

"På riktigt. Har det inte varit någon kvinnorevolution hos väktarna ännu? Och ni kallar väktarna för högre stående? – snälla…" Jag himlade med ögonen för att understryka hur fånigt det här var.

Dantes ögon lyste varnande. "Våra regler gäller båda könen och de kommer inte att ändras."

"Dante, kan du snälla hjälpa mig att förstå det här bättre. Jag menar inget illa när jag umgås med Didrik. Jag tycker synd om honom och tycker om honom, varken mer eller mindre. I min värld är det inte fel för en kvinna och en man att vara vänner. Inte heller att umgås själva med varandra. Man måste lita på sin partner."

"Jo, din ståndpunkt var uppenbar genom ditt umgänge med Johnny tidigare. Inte ens Kungen hade klandrat Vincent om han tagit Johnnys livsenergi", sa han roat. "Men nu är du inte människa längre, Nova. Du är väktare. Och även om du jämför med mänskovärlden så kan du inte längre hävda den som din rätt. För övrigt var reglerna annorlunda när jag var människa så jag kan inte riktigt relatera till det du säger. Men jag kan relatera till det här: Didrik känner mer för dig än det sedvanliga i en kompisrelation, och om du fortsätter att umgås med honom på detta intensiva vis kommer Kungen på ett eller annat sätt att bli inblandad. Det vill du inte."

"Kungen?" avbröt jag förvånat. Han var en man jag inte hade lust att träffa igen inom en snar framtid. Man kunde antagligen känna sig mer säker om man träffade honom som människa än som väktare. "Varför skulle Kungen lägga sig i mitt umgänge med Didrik?"

"Vincent gillar inte ditt umgänge med Didrik, och jag kan inte påstå att Didrik försöker att göra situationen bättre. Han är trots allt väl medveten om våra regler, men har bestämt sig för att ignorera dem. Tvinga inte Vincent att utmana Didrik i en *uppgörelse* som Didrik inte har någon chans att vinna. Under nuvarande förhållanden är Didrik en nödvändig förstärkning i vår familj."

Jag nickade sakta, chockad över de krafter som hotade att explodera runt mig. Jag hade ingen aning om att saker kunde gå så illa och insåg att jag fortfarande kunde vara fruktansvärt naiv. Det här var väktare. Jag kunde inte applicera mina mänskliga värderingar på en art som var långt starkare och hade så många fler år på nacken än den mänskliga arten. "Var kommer Kungen in i bilden?"

"Om Vincent skulle utmana Didrik i en *uppgörelse* så skulle Kungen självklart bli upplyst om att Didrik blivit raderad av Vincent. Vincent skulle få förklara för Kungen vad *uppgörelsen* hade handlat om. Det finns en risk att Kungen skulle kalla in dig till förhör för att se om du på något vis hade uppmuntrat det hela eller om du till och med var skyldig till något. Kungen tar inte lätt på förlorade väktare, även om de raderas i en rättvis *uppgörelse*. Jag tror inte att du vill förhöras av Kungen", sa Dante allvarligt.

Mina lungor stramades åt av rädsla. Jag kände mig otroligt liten, som om jag var ett barn som gått vilse och när som helst riskerade att bli uppäten av ett monster. Saken var den att i min barndomsvärld hade det inte funnits några riktiga monster. Alla hade utvecklats runt mig nu. "Vad är straffet för en otrogen väktare?" Om jag någon gång skulle bli falskt anklagad så ville jag åtminstone veta vad som väntade.

Dante skrattade uppsluppet. "Jag vet ingen väktare som har åkt dit för det brottet. Men det jag vet är att det oftast finns ett enda straff som delas ut om man bryter mot Kungens hårdare regler–"

"–radering", fyllde jag snabbt i.

Dante nickade. "Så nu förstår du varför jag var tvungen att ha det här samtalet med dig och Didrik."

"Hur reagerade han?"

"Som jag misstänkte att han skulle göra; genom att förneka att han någonsin varit ute efter att komma mellan dig och Vincent och därpå lämna herrgården synbart upprörd."

"Stackaren", suckade jag, "han har aldrig sagt eller gjort något olämpligt i min närhet."

Dante skakade på huvudet. "Du behöver lära dig långt mer om det manliga könet än vad du känner till idag, Nova."

"Jag behöver lära mig långt mer om väktarnas regler så att jag inte hamnar i onåd hos Kungen", kontrade jag.

"Vi är här för att lära dig innan du trampar i klaveret. Det viktigaste du har att lära dig för tillfället är att göra ditt jobb – och att göra det bra. Vi är i en långt svårare situation nu än någonsin tidigare." Dante reste sig upp och tecknade därmed att samtalet var slut.

"Innan du går, kan inte du bara berätta för mig varför Kungen har så hårda regler gällande män och kvinnor?"

"Kungen vill inte ha något kärleksgnabb i leden. Om väktarna håller sig på sin kant kan de koncentrera sig på sin verkliga uppgift – att styra jorden."

Kapitel trettiofyra

Helt ovetandes om det krig som pågick runt henne; ovetandes om de starka krafter som rörde sig på jorden; och helt ovetandes om att en viator-väktare, vid namn Dregos, dödat ännu en väktare i ett land alldeles för nära henne, samlade Michelle ihop sina saker och sa hejdå till sina kollegor på frisörsalongen. Hon tackade hastigt nej till en öl efter jobbet och lovade att hänga med nästa gång istället. Hon gick genom gallerian där enbart ett fåtal människor dröjde sig kvar i affärerna inför stängning. Restaurangerna var förvisso fortfarande gästade av flertalet människor och skulle så förbli med tanke på att det var lördagskväll. Michelle kände dock inte för att beblanda sig med dem – istället hade hon lovat att spendera lite tid med sin pappa efter ett snabbt besök hos sin mamma. Hon hade packat väskan redan på morgonen innan hon lämnat sin lägenhet.

Plikten framför allt.

Det var mörkt ute och luften var typiskt höst-rå. Michelle tog sig snabbt till bilen och påbörjade sin resa till Månkarbo. Egentligen borde hon tvinga sin pappa att flytta till Uppsala med tanke på all uppmärksamhet han krävde av henne. *Han* hade ju åtminstone inget jobb. Men hon kunde föreställa sig hans reaktion om hon ens snuddade vid ämnet. Det fanns ingenting som skulle kunna få honom att lämna sin älskade bostad och Månkarbo där han kände alla. Även om han inte umgicks med någon.

Michelle parkerade bilen på sin fars uppfart och gick förbi det enda hus som var mellan hennes mors och fars bostäder. Hennes mamma bodde i ett rött hus med vita knutar. Väldigt Månkarbo-romantiskt. Eller lantligt. Det var ett idylliskt litet hus med en lummig och välskött trädgård. Michelle kände alltid ett uns ångest när hon klev upp på den gamla träbron. Det var inte hennes hem.

Hon tryckte på den svarta dörrklockan och hoppades att hennes mamma skulle öppna. Det gjorde hon såklart inte – det var Mikael. Typ den sista personen hon hade lust att träffa. De hälsade så där lagom falskt familjärt på varandra och Michelle förbannade sin mor i tankarna. Det här var alltså anledningen till att hon var bjuden på middag just ikväll? Hjälten Mikael var hemma.

Gunilla kom ut ur köket och torkade de blöta händerna på ett beigt förkläde. "Hej, älskling! Vilken tur att du kunde komma. Mikael är också hemma ikväll", kvittrade hon och gav Michelle en snabb puss på kinden. Michelle grimaserade till uttrycket *hemma*. Vad menade hennes mamma med det? Det var inte som om det här röda lilla huset någonsin varit hennes hem. Och som om hon inte redan hade noterat att Mikael var där? Men hon orkade inte kämpa emot sin mammas lilla illusion och log bara avmätt.

Ove kom släntrandes från vardagsrummet. Han var en trevlig man. Lite lagom spänstig, ljust hår och glasögon. Han såg sådär hemtrevlig ut som vissa män kunde göra.

Michelle hängde av sig sin svarta jacka i hallgarderoben och kastade en snabb blick i dess speglar. Hon dög. Det luktade spaghetti och köttfärssås. Helt okej. Hennes mamma hade alltid varit duktig på att laga mat.

"Vi äter i vardagsrummet", meddelade Gunilla leende. Hon var en alldagligt vacker kvinna med ljusbrunt hår i page och en nätt liten kropp. Hon var en sådan där person som alla gillade bara genom att titta på hennes älskvärda ansikte. Hon och Ove passade bra ihop.

Vardagsrummet var trivsamt inrett i björk och vita tyger. Ett klassiskt Ikea-vardagsrum. Helt förutsägbart med tanke på husets invånare. Oves böcker klädde en hel kortsida. Gunilla hade enbart ett fåtal titlar instoppade i de två bokhyllorna. Hon var ingen storläsare utan mer sy- och virkatypen. Bland hennes böcker kunde man hitta titlar som: "Årets knypplingstips" och "Brodera mera". Michelle satte sig ner i matsalsgruppen i björk med tillhörande stolar. Hon var självklart placerad bredvid Mikael. Han var artig nog att hålla ut stolen till henne innan hon satte sig och hon tackade honom med ett snabbt leende. Det var inte så att hon ogillade honom, utan mer att hon ogillade de planer Gunilla och Ove hade för dem. Något de trodde sig kunna framkalla med den goda viljan. Bilden av den lyckliga familjen, där först Ove och Gunilla förälskade sig och sedan deras barn fann kärleken i varandra, äcklade Michelle.

Bordet var väldukat och maten upplagd i vita skålar. Salladen såg enormt frestande ut med fetaost och oliver. Michelle tog minst lika mycket sallad som mat.

Ove hällde upp ett väl luftat rött vin som han fick alla att lukta på innan de tog den första smutten. Sen kom det väntade: "låt vinet rulla på tungan en stund innan ni sväljer". Michelle hade ingen aning om exakt vad för speciell arom och smak hon var meningen att förnimma när hon luktade på vinet och lät det "rulla", men hon log nickande och gav sitt medgivande. Ove ställde nöjt ner sitt glas.

"Jag visste att du skulle tycka om det här vinet, Michelle", sa han leende. "Micke, vad tycker du?"

Mikael höll upp glaset i stearinljusets sken och snurrade det mellan sina fingrar. Han såg en aning tankspridd ut den här kvällen. "Jag tycker att det är underbart."

Michelle kastade en snabb blick på honom och upptäckte för första gången att han faktiskt var ganska fin att titta på. Han var inte en sådan där självklar brudmagnet, men helt klart sevärd. Hon var tvungen att erkänna för sig själv, i rättvisans namn, att hon kände en större motvilja mot Mikael än vad hon borde enbart för att hon inte ställt sig bakom sina föräldrars skilsmässa. Hon lyfte sitt glas och tog en klunk vin till. Det var uppenbarligen något fel på henne. Hade Ove spetsat vinet med något?

"Säg mig, Michelle, hur mår din far?" frågade Gunilla plikttroget. Michelle började en regelmässig redogörelse för det senaste, vilket innefattade otroligt många beskrivningar av hennes faders resor mellan sängen, köket, toaletten och vardagsrummet. Som alltid mycket spännande.

Efter middagen satte sig Michelle och Mikael i de bekväma sofforna medan Ove och Gunilla dukade av och gjorde kaffe. Michelle kände att kaffet var välbehövligt efter två glas vin. Hon kände sig lite snurrig.

Tystnaden mellan henne och Mikael var dödande. De hade ingenting att prata om och tickandet från väggklockan tog pinsamt över rummet. Det var sådana här gånger man letade efter en gemensam nämnare att döda tiden med. Vädret var för uttjatat, och sanningen var att hon och Mikael i övrigt inte hade ett dugg gemensamt.

"Bor du kvar i Gävle?" frågade Michelle med ett leende. Som om hon inte redan visste det.

Mikael nickade till svar.

"Jag vet inte ens vad du jobbar med", fortsatte hon.

"På Swedbank", svarade Mikael med ett leende.

"Som?"

"Ekonom."

"Trevligt. Ni har mycket att göra antar jag?" Ja, den kommentaren var väl ett mästerverk?

"Visst."

Det här måste vara det dödaste samtal Michelle någonsin haft. Det hade antagligen varit ett mer givande samtal om hon pratade med en träbit. Hennes tidigare förlåtande reflektioner var nu ett minne blott. Hon hoppades att hennes mamma skulle dyka upp någon gång, men antog att Ove och hon lämnade dem ensamma avsiktligt, för att de skulle finna varandra. *Den* tanken var grymt skrattretande.

"Du jobbar som frisör i Uppsala va?" frågade Mikael helt enligt spelreglerna.

Michelle blev full i skratt men höll sig tack och lov. "Ja. Man kan ju tycka att vi borde veta det här om varandra efter sådär tre år", lade hon roat till.

"Det är sant", log han varmt. "Jag antar att varken du eller jag är så bra på tvång."

Hon häpnade några sekunder och respekten för honom ökade plötsligt. Han var också medveten om vad deras föräldrar sysslade med. Men ja, såklart. Tråkig innebar inte dum.

"Men du är verkligen en trevlig person, Michelle", tillade han med ett lätt leende.

"Du med", svarade Michelle kort.

Hon lämnade sin mors hus först fram på småtimmarna, väl medveten om att hennes far antagligen skulle bli en aning missnöjd med hennes sena ankomst.

Det var supermörkt ute och hon förbannade det svenska höstmörkret i tankarna. Det var läskigt som tusan trots att hon hade så kort bit att gå. Hon kastade en snabb blick över axeln på det inbjudande ljuset i Oves och Gunillas hus och önskade att hon slapp gå ut över huvud taget. Det var helt dött ute, inte en levande själ syntes till. Michelle visste inte vad hon föredrog: att det var fullt med människor eller inte några alls. En sak var säker, de människor som rörde sig ute den här tiden en lördag var ändå inte några hon ville möta.

Ja, om hon bortsåg från sådana som hon själv som var fullständigt fredliga såklart. Och hallå, det handlade liksom om Månkarbo – världens minsta plats.

Hon var nästan framme vid sin fars grind när hon hörde ett plötsligt ljud bakom sig. Hon stelnade skräckslaget till och vände sig snabbt för att se vad som åstadkommit det metalliska lätet. Det var helt dött bakom henne, ingen syntes till. Ljudet hade låtit så nära. Kunde det vara längre bort än hon trott? Hon spanade in i mörkret utan resultat och undrade samtidigt varför hon brydde sig. Var det inte precis det här misstaget som begicks i samtliga skräckfilmer? – sådana gånger som hon satt framför tv:n och förbannade personernas dumhet. När hon vände sig för att fortsätta till sin pappas hus gick hon rakt in i en hård bröstkorg.

Ett litet skrik undslapp henne och hon tittade överraskat upp i en mans ansikte. Det var han.

Kapitel trettiofem

"Oj, ursäkta", utbrast hon skakat. "Jag såg dig inte".

"Ingen fara." Mannen hon träffat i Storängen log brett och fångade in henne i sitt förödande, bländande nät av dragningskraft. "Jag skrämde dig väl inte?" frågade han med len röst och hans lysande ögon grävde sig in i hennes. Hur kunde hon ha glömt hur underbart han doftade? Michelle drog in den attraherande doften med ett leende. Hon fyllde sin näsa och hjärna med den förförande aromen. Huvudet snurrade och hon tittade snabbt ner på asfalten mellan dem i ett försök att samla sig.

"Vad gör du ute den här tiden?" Hans tonfall var nästan anklagande och Michelle tittade förvånat upp i hans vackra ansikte.

"Min mamma bor där borta och jag var på väg hem till min pappa som bor här bredvid."

Mannen kastade en snabb blick på det gula huset bredvid dem och vände åter sin intensiva blick mot henne.

"Du vet väl, Michelle, att man aldrig ska röra sig ute själv mitt i natten. Helst som kvinna. Du vet inte vem du kan stöta på."

"I Månkarbo?" Hon skrattade lätt. "Jag lovar dig att jag kan känna mig trygg de få metrarna mellan mina föräldrars bostäder." Detta hävdade hon trots det faktum att hon precis varit vettskrämd innan han hade dykt upp.

Han log roat mot henne och höjde på ögonbrynen. "Säger du det?"

"Vart var du på väg?" frågade Michelle utan att låta alltför nyfiken. "Jag fick intrycket förra gången att du inte är härifrån."

Mannen log lätt och tittade upp mot den mörka himlen. Det var en stjärnklar natt och månen hängde tung över dem. "Nej, jag är inte härifrån", sa han sakta. "God natt, Michelle".

Hon ville inte låta honom gå. Det var något så mystiskt och fängslande med denne man. Hon ville inte släppa honom innan hon visste mer om honom. Åtminstone hans namn.

"Vänta!" hon hoppades att hennes utrop inte låtit för desperat, men å andra sidan var det mindre betydelsefullt just nu. "Du har inte berättat för mig vad du heter".

Mannen synade henne långsamt upp och ner. Han var omåttligt snygg i enkla blå jeans och svart skinnjacka. Det verkade som om han några sekunder överlade med sig själv innan han svarade. "Didrik Rauch."

Michelle log lätt och nickade. Hur var det möjligt att hans underbara doft var så tydlig fastän de var ute i friska luften? Hon undrade flyktigt om Lancômeparfymen hon sprutat på sig tidigare över huvud taget luktade något nu efter all matos och allt vindrickande hemma hos hennes mamma. Den tanken fick genast Michelle att undra hur i helvete hon såg ut. Hon hade inte bättrat på sitt smink på hela kvällen och såg antagligen både glansig och ofräsch ut; håret kunde ha mått bra av några tag med en borste och munnen hade behövt en dutt med glans för att bli till sin fördel. Av vilken anledning trodde hon för övrigt att hon kunde stå här med en av världens snyggaste män framför sig och på något vis, med sin fattiga uppenbarelse, locka honom att stanna kvar hos henne? Skrattretande.

Åter igen log Didrik lätt, precis som om han hade en hemlig konversation med sig själv.

"Tyskt va?" frågade hon med ett leende.

Didrik nickade och fortsatte att syna henne omsorgsfullt med sina intensivt gröna ögon. Hade hon någonsin tidigare träffat en man med så gröna ögon? "Hur visste du egentligen vad jag hette förra gången vi träffades?" påminde hon sig snabbt.

"För att du presenterade dig själv för mig", svarade han kort och verkade fastna med blicken vid hennes läppar för några sekunder. Något som fick Michelle att rodna våldsamt.

"Nej det gjorde jag inte", viskade hon ostadigt.

"Hur säker är du på det?" Didrik lutade sig en aning fram mot henne och hon förlorade sig i hans gröna ögon.

Helt plötsligt var hon inte så säker på något alls längre. "Jag vet inte", svarade hon med en viskning.

"Om du inte hade presenterat dig för mig, hur skulle jag då känna till ditt namn?"

Hon måste ha druckit för mycket vin, för hennes huvud snurrade och hon började må smått illa. "Det skulle du inte", svarade hon lågt och kippade efter luft. Men den enda luft

247

som smög sig in i hennes näsborrar var kryddad med Didriks fängslande doft och den hade en förödande effekt på hela hennes kropp. Var det normalt att vilja kasta sig på en man andra gången man såg honom?

"Michelle, lyssna noga på mig–" Helt plötsligt såg han smått irriterad ut och Michelle höll andan i väntan på vad han skulle säga till henne. "– jag känner hur intresserad du är av att lära känna mig. Mitt råd till dig är att hålla dig så långt ifrån mig du kan. Jag är inte goda nyheter på *något* sätt."

Hon tittade oförstående på honom och undrade hur en så vacker man kunde vara *dåliga* nyheter. Var han kriminell? Eller hade han för vana att behandla kvinnor dåligt i förhållanden?

"Men–"

"Inga men, lyssna på mig bara och följ mitt råd."

Han lyfte en hand och strök henne lätt över kinden. Vartenda hårstrå på Michelles kropp reste sig upp och sjöng, och huden på kinden verkade få eget liv när något som enbart kunde beskrivas som elektriska pirrningar letade sig in i hennes kropp. Vem var denna annorlunda man?

"Jag tycker faktiskt att du är riktigt tilldragande. Om omständigheterna hade varit annorlunda hade jag velat lära känna dig bättre. Men tro mig, Michelle, du skulle inte tacka mig om jag lade ner tid på dig."

Sättet han sade hennes namn på... Och vilka omständigheter? Den här mannen talade i gåtor.

Jag iakttog dem i smyg. Jag hade följt efter Didrik för att prata med honom. Jag anade att han var upprörd och sårad över Dantes uppläxning och samtidigt hade svårt att hitta "hem" i ett nytt land och med en ny familj. Vincent var inte hemma och jag hade bett Dante om lov att hämta hem Didrik. Dante hade givit mig en respit men varnat att Christian och Joline skulle komma efter så fort de var åter i herrgården.

Men vem var kvinnan han pratade med? Hur kände han henne? Nu hade jag förvisso inte bott i Månkarbo så lång tid, men det var en liten ort där jag, åtminstone till utseende, kände igen de flesta – henne hade jag inte sett tidigare. Fastän jag var så långt ifrån dem kunde jag känna att hon var helt betuttad i honom. Jag stod i skuggorna vid den nedlagda ICA-affären, en lokal som nu för tiden extraknäckte som diverse efter befolkningens nycker. Den nedlagda ICA-affären låg intill den nedlagda E4:an och i närheten av huset Didrik och kvinnan stod bredvid. Jag frågade mig sarkastiskt om det fanns något i Månkarbo som *inte* var nedlagt?

Det såg ut som om Didrik var på väg därifrån. Men sättet han lutade sig mot henne när han pratade med henne skvallrade om att det inte var vad han egentligen ville. Jag blev väldigt nyfiken.

Michelle noterade förvånat hur en kvinna närmade sig dem. Hon gick med lätta, målmedvetna steg och bar ett litet leende på sina fylliga läppar. Och hon var vacker. *För* vacker.

"Didrik." sa hon mjukt och Michelle hajade till, till ljudet av hennes behagliga stämma.

Didrik stirrade överraskat på kvinnan och sekunden därpå fyllde ett brett leende hans ansikte. "Nova", hälsade han lågt.

Michelles hela existens sjönk till hennes fötter. Självklart. Hur kunde hon ha trott att någon som Didrik skulle vara singel? Hon kastade en snabb blick på hans ansikte och lade märke till hur han lyste upp när han såg kvinnan.

Jag fylldes av medlidande när jag kände hur den okända kvinnan modfällt läste av situationen fel. Självklart måste Didrik också känna det, men han höll masken som ett proffs. Jag gav honom en snabb ifrågasättande blick men han undvek att se mig i ögonen. Vad i hela friden gjorde han här och beblandade sig med människor? – inte för att jag var den person, eller väktare, som skulle moralisera.

"Ska du presentera mig för din vän?" frågade jag istället med ett litet leende.

Om Didrik skämdes det minsta över att stå med en mänsklig kvinna mitt i natten så dolde han det väl. Med ett brett leende presenterade han kvinnan som *Michelle* för mig och jag nickade lätt mot henne när han berättade att mitt namn var Nova.

"Didrik, vad håller du på med?"

"Vad menar du?"

"Spela inte dum. Hon är en människa."

"Oj, det hade jag ingen aning om." Didrik avfyrade ett retsamt leende efter den sista repliken och jag himlade trött med ögonen.

"Dante kommer att flippa." Så. *Det* fick hans flin att försvinna.

Michelle studerade generat kvinnan som kallades Nova. Hon förstod varför Didrik hade fallit för henne. Vilken fängslande kvinna. Och som hon höll hans blick, som om hon hade en tyst konversation med honom. Så kunde bara par som hade funnit varandra på ett djupare plan göra. Didrik gick från retsamt leende till allvarlig på bara någon sekund. Vad handlade det här om? Var hans flickvän sur för att hon funnit honom här med henne? Var hon sur på Michelle med? Ja, vilken flickvän skulle *inte* vara sur i den här situationen? Och *varför* stod egentligen Didrik här med en "macka" när han hade "oxfilé" hemma? Precis när Michelle tänkte undslippa sig en ursäkt och gå dök två personer till upp.

Var kom egentligen alla människor ifrån? – och dessutom den här tiden på natten.

"Vad händer här?" frågan kom från en vacker kvinna med ljust hår som tittade förvånat från Didrik till Nova till Michelle och sedan tillbaka igen. Hon synade tydligen en ekvation hon inte fick ihop och höjde frågande på sina välansade ögonbryn. I hennes sällskap fanns en otroligt tilldragande man med svart hår och havsblå ögon. Han tittade frågande på Didriks flickvän, till synes som om han ställde en fråga som han inte fick ett bra svar på.

Michelle insåg plötsligt att de här främmande människorna gav henne rysningar. Vilka var de? Och varför såg samtliga ut som om de kommit direkt från en skönhetstävling? Var alla släkt med varandra?

"Det här är Michelle, en vän till Didrik", sa jag med ett lätt leende. Jag kunde se på Christian att han inte var glad över vändningen natten tagit. Som en vän av ordning gillade han inte sådana här överträdelser. Precis som han inte gillat när jag och Vincent träffats en gång i tiden. Som en sann romantiker såg jag dock det fina i situationen. Även om jag inte visste vad Didrik kände för henne så var människokvinnan lika genomskinlig som cellofan.

Eftersom vi inte, utan att väcka misstankar, kunde lägga ner åtskilliga minuter på väktar-dialog, fick vi lägga alla frågor på hyllan tills vi kom tillbaka till herrgården.

"Och hur känner ni varandra?" frågade Joline rakt på sak. Typiskt Joline.

"Vi känner inte varandra egentligen", sade Michelle förläget. "Vi har bara sprungit på varandra ett par gånger." Hon tittade menande på kvinnan kallad Nova och hoppades att hon förstod budskapet.

Jag log roat åt Michelles felaktiga uppfattning om mig och Didrik men orkade inte lägga ner någon tid på att rätta till hennes misstag. Det var inte som om vi skulle lära känna henne bättre ändå.

Joline log brett. Hon älskade sådant här drama och jag himlade med ögonen så att till och med Christian drog på smilbanden. Åh, vad jag saknade Vincent sådana här gånger. Han behövde inte ens titta på mig för att veta vad jag tänkte.

"Det är nog dags för Michelle att gå hem", sa Didrik mörkt. "Jag misstänker starkt att ni gör henne nervös med ert stirrande."

"Nej, det är ingen fara", sa Michelle försiktigt, men föga övertygande. "Men jag ska gå. Det är sent och min pappa undrar nog varför jag dröjer." Hon tittade från ansikte till ansikte och dröjde en extra stund vid Didrik innan hon nickade sitt farväl och snabbt skyndade därifrån.

Vi samtliga stod kvar tills hon hade gått in, då vände Christian sin genomträngande blick mot Didrik. "Så vi är ute med människor va?" frågade han irriterat.

"Inte planerat", försvarade sig Didrik. "Men hon är väldigt söt." Han kastade en snabb blick mot huset innan vi alla gav oss iväg.

Kapitel trettiosex

Istället för allt annat hon kunde ha funderat över så fastnade Michelle inledningsvis vid Novas ögonfärg. Hade hon någonsin tidigare sett en person med violetta ögon? Det måste vara linser. Ingen kunde födas med en sådan ögonfärg. Michelle hade hukat sig i hallens mörker för att spionera på Didrik och hans vänner genom fönstret. Hon hade suttit på skohyllan under fönstret som ett litet barn i färd med att göra något hyss. När Didrik kastade en blick mot huset sjönk hon snabbt till golvet, livrädd för att bli avslöjad med att smyga på dem. När hon sekunden därpå reste sig igen var de borta. Åt vilket håll hade de gått?

Michelle reste sig och borstade av sina kläder. Vilken tönt hon var. Tjugosex år gammal och hon låg på ett hallgolv mitt i natten och spanade på killar. Nära tårar gick hon uppför trappan till sitt flickrum. Hon hoppades på att inte väcka sin pappa och på det viset bespara honom hennes sorgliga uppenbarelse.

Dagen därpå hade hon däremot för avsikt att fråga honom om han kände till några personer i Månkarbo vid namn Nova och Didrik. Det här var ett tillräckligt litet ställe för att hennes pappa skulle känna till samtliga invånare.

Efter en orolig natt tog Michelle chansen redan morgonen därpå vid frukostbordet. Hennes pappa satt med gårdagens kvällstidning och försökte läsa samtidigt som hon knaprade på hårt bröd med smör och ost. Teet luktade underbart men hennes far föredrog kaffe. Han hade ännu inte kommenterat hennes sena ankomst den här natten och Michelle gissade att han inte visste om han hade rätt att säga något eller inte, med tanke på att hon varken var minderårig eller bodde under hans tak. Han tog istället en annan väg in på ämnet.

"Var det trevligt hemma hos din mamma igår?"

"Det var väl så där lagom trevligt. Mikael var där också", lade hon till utan att veta varför.

"Jaha… trivs du i hans sällskap?" frågade han en aning förvånat. Michelle hade aldrig nämnt Mikael specifikt tidigare och hon anade att alla Axels känselspröt var ute nu. Det skulle antagligen vara droppen som fick bägaren att svämma över i det här dramat om hon hade varit intresserad av Oves son.

Michelle skrattade lätt. "Han är totalt intetsägande för mig. Världens tråkigaste också. Och jag tror att han är lika obekväm med situationen som jag är."

Hennes pappa nickade allvarligt och vände sidan i tidningen. Han skulle inte gå vidare med det här ämnet, det var uppenbart.

"Glöm inte ditt kaffe", påminde Michelle mjukt och smuttade samtidigt på sitt örtte. "Du, pappa, känner du någon från Månkarbo som heter Didrik Rauch?" Så, nu var det sagt. Varför blev hon så nervös bara vid nämnandet av Didriks namn?

"Rauch? Aldrig hört förut." Axel tittade med höjda ögonbryn på Michelle. "Varför?"

255

"Jag stötte på en man här vid två olika tillfällen och har aldrig sett honom förut. Jag undrade vad han har för relation till Månkarbo."

"Pratade ni med varandra?"

"Ja, självklart." Michelle blev plötsligt överengagerad i sitt te då hon kände att kinderna började hetta. Det sista hon ville var att hennes pappa skulle ana hur betuttad hon var i den här mannen. Helst eftersom han var en mästare på att oroa sig för allt.

"Och du frågade honom inte?" Axel grimaserade över sitt kalla kaffe och ställde in det i mikron som de haft sedan 90-talet.

Hur skulle hon kunna förklara för sin pappa att Didrik inte var den man förhörde? Egentligen inte en person man kunde ställa frågor till alls. Och hur skulle hon kunna förklara för sin pappa att Didrik försatte henne i ett tillstånd som praktiskt taget kunde beskrivas som neddrogat? – att hon inte kunde tänka klart i hans närhet och att alla frågor som hon ville ställa kunde inte ställas för att hon var alldeles för yr att ställa dem, eller så vågade hon inte ställa dem. Och då hade hon bara träffat honom som hastigast vid två tillfällen. Det var helt sjukt.

"Nej, det blev inte så."

"Och varför vill du veta? Hade du tänkt söka upp honom?"

Michelle skrattade spänt. "Nej, jag var bara nyfiken."

"Jag känner inte till någon familj med namnet Rauch i Månkarbo. Är du säker på att han bor här? Eller kan han vara släkt med någon familj som har något annat efternamn?"

Michelle hade fångat sin fars intresse. Han hade själv inte så mycket intressant att fylla sina dagar med.

"Du kanske känner till hans flickvän? Hon heter Nova. Jag känner tyvärr inte till hennes efternamn." Det var intressant att enbart nämnandet av hans flickvän smärtade henne.

"Nova..." Axel sög eftertänksamt på namnet. "Och du är säker på att hon kommer från Månkarbo?"

"Jag tror det. För igår när jag träffade på Didrik kom hon också och två till som jag inte vet vad de heter."

"Jag känner bara till en Nova i Månkarbo som inte är ett litet barn. Hur gammal är hon?"

Spänningen fyllde Michelles kropp. Kunde hon vara honom på spåren? "Hon är väl kanske något år yngre än jag eller lika gammal. Svårt att säga." Plötsligt hade hon svårt att andas. Glad som hennes pappa var över att ha något att sysselsätta sig med lade han inte ens märke till ivern i sin dotters ansikte; inte heller lade han märke till hur Michelle slöt sina händer i spänd förväntan runt den slitna bordsskivan. Han stod fortfarande vid mikron och höll sin nu varma kopp kaffe medan han tankfullt stirrade ut mot vägen.

"För kanske fyra eller fem år sedan flyttade en kvinna, Maria Sommelius, och hennes dotter, Nova Sommelius, till Månkarbo. Det skulle kunna vara den Nova du tänker på.

Hon var kanske sjutton eller arton när hon flyttade hit. Men hon har inte någon pojkvän som heter Didrik Rauch. Hon är sambo med Vincent Weller och bor i Storängen."

Michelle tittade mållöst på sin pappa. Kunde det vara så? Kunde det vara samma Nova? Och varför blev hon så upprymd och glad? Hon borde istället gråta över hur patetisk hon var. Om inte Didrik var tillsammans med Nova så innebar inte det per automatik att han skulle vilja träffa Michelle.

"Hur ser den här Nova ut?" Frågan kom ut som en viskning.

"Lång, slank, mörkhårig. Hon ser bra ut." Axel satte sig vid bordet igen med sin kopp framför sig. Med van hand greppade han åter tidningen och började bläddra. Michelle tittade på honom utan att säga något.

Allt luktade som vanligt i köket; kaffe, rostat bröd, gammalt trä – men samtidigt hade allt förändrats; Michelle hade just fått veta att Didrik, som hon fallit för på ett helt obegripligt sätt, inte var tillsammans med den där vackra tjejen, så nu satt hon här som en tonåring med bankande hjärta och ville veta allt om honom som hon någonsin kunde få veta.

"Var bor, Nova sa du?" Inte för att hon visste vad hon skulle ha för nytta av den informationen, men på något snedvridet sätt kändes det som om Nova var hennes biljett till Didrik. Nu var bara frågan hur hon skulle använda sig av den biljetten. Hon måste återvända till Månkarbo snarast.

Jag hörde honom på långt håll. Han sprang genom skogen; närmade sig vår herrgård. Fotstegen var så bekanta och de fyllde mig med spänning, nervositet och förväntan.

Min Vincent.

Älskling...

Han brydde sig inte om att svara, inte heller att ta dörrvägen och hälsa på övriga familjen; istället hoppade han upp direkt till vindsvåningen; fönstret slogs upp med en smäll och han hoppade in. Hans ansikte sprack upp i ett rovdjursleende när jag reste mig från vår gemensamma säng där jag legat och läst en bok. Inga ord behövdes; han slöt mig i sin famn och visade med läppar och händer hur mycket han saknat mig, och som vanligt med min väktar-man var jag fångad i en erotisk stormvind – en sådan där storm som man inte vill slippa ifrån utan hellre stå mitt i.

"Åh, Vincent–", suckade jag när vi senare låg nakna, tätt intill varandra i vår säng. Märkningen på min rygg hettade fortfarande i respons till allt han just utsatt mig för. "–jag klarar inte av att vara ifrån dig så här."

Vincent strök mitt hår bakåt så att det spred sig runt mitt huvud på den lila kudden. Han slöt varsamt mitt ansikte mellan sina händer och kysste mig intensivt med sina heta, mjuka läppar. Jag älskade smaken av honom. Lukten. Att känna honom. Allt.

"Älskade, Nova. Du ska veta att det här är det sista jag vill. Att vara ifrån dig. Som om de tre år vi redan genomlevt inte var tillräckligt. Men om det här är vad som krävs för att jag ska hålla dig trygg så är jag beredd att offra en del av vår tid."

Jag suckade och drog ner hans huvud så att det vilade mellan mina bara bröst. "Berätta för mig. Vad har hänt under den här tiden då du var borta?"

Vincent gav mig en snabb, antagligen censurerad, redogörelse för vad han sysslat med i Kungens sällskap. Kungens armé hade gjort sitt bästa för att radera så många viatorer som möjligt under den här tiden. Vincent kunde vid det här laget räknas som en kallblodig massmördare – även om det var för ett gott ändamål. Samtidigt sökte väktararmén efter Regon och viator-väktaren. Om Regon förintades skulle kriget sakta ner betydligt. Frågan var bara hur många till viator-väktare som växte upp hos viatorerna just nu.

Vincent höll igen med information om Kungens strategier. Det skulle vara förödande för mig om jag bar på för mycket information som någon kunde pressa ur mig.

"Än så länge är det bara Europa som har drabbats. Kungens teori är att Regon håller till här någonstans, men att han ständigt förflyttar sig för att undvika upptäckt.

"Finns det något som tyder på att det finns fler viator-väktare?"

Vincent strök fundersamt mitt hår och jag insåg att han var tveksam om han borde svara eller inte. "Allt tyder på det. Mer än så kan jag inte säga. Har det hänt något intressant här medan jag var borta?"

Jo, det hade det, men hur mycket jag skulle berätta hade jag ingen aning om. Jag trodde inte att Dante tänkte berätta för Vincent om uppläxningen av Didrik och mig, och *jag* tänkte absolut inte göra det. Istället gav jag Vincent en kort uppdatering om diverse; bland annat att Didrik hade fått upp ögonen för en kvinna i Månkarbo och att jag, Christian och Joline hade intervenerat.

Vincent drog på sig en vit t-shirt och svarta träningsbyxor, han rättade till håret och tittade frågande på mig. "Varför?"

Jag tittade lika frågande på honom. "Varför vi intervenerade?" Jag väntade inte på ett svar. "Ja, Vincent, sist jag träffade Kungen var inte han alltför förtjust i att väktare hänger med människor."

Han log brett och placerade en lätt puss på min panna. "Låt honom förvandla henne till väktare omgående så är det problemet ur världen."

"Du skojar va?" frågade jag förskräckt och satte mig upp i sängen med täcket runt mig. Det luktade nytvättat – en doft jag uppskattade lika mycket som väktare.

"Nej. Kungen har beordrat alla singelväktare att förvandla så många som möjligt. Vi behöver förstärka våra familjer."

"Det låter både tragiskt och känslokallt", fnös jag. Var låg mina trosor någonstans? Var jag än kastade dem, hur planerat det än var, så lyckades de alltid försvinna.

"Krig är kända för att vara känslokalla. Dessutom gillar jag tanken på att Didrik finner en partner." Vincents silverfärgade ögon gnistrade till när han tittade på mig och jag himlade med ögonen som svar.

"Stackars Michelle om hon skulle bli indragen i det här för att du är svartsjuk! Dessutom vet jag inte varför du tror att Didrik är intresserad av mig på det viset." Nog för att jag också börjat misstänka det, men det var inget jag tänkte berätta för min förbundspartner.

"Michelle? Är det hennes namn?" Jag nickade till svar och Vincent gick fram till fönstret. Han tittade ut några sekunder innan han åter vände sin uppmärksamhet till mig. "Det enda jag vet, Nova, är att jag kommer utnyttja min rätt som din förbundspartner om han någonsin gör något olämpligt mot dig. Du kanske rentav ska *önska* att han förvandlar Michelle till väktare så vi slipper ett sådant scenario."

"Jag tänker inte önska livet ur en människa för att tillfredsställa dig. Dessutom stödjer jag inga förvandlingar som sker mot människans vilja."

Vincent gled fram till mig smidigt som ett rovdjur (vilket han förvisso var), han böjde sig ner mot mig och lät läpparna glida över mitt käkben. Hela min kropp brann av ny lust och jag flämtade till med en rysning. "Så mycket människa i dig trots att du är väktare", log han. Dock visste jag inte om han log åt det han just sagt eller åt min reaktion på hans närhet.

"Jag har inte varit väktare i över 200 år som vissa andra", pikade jag med ett leende. "Jag har inte kunnat finslipa mina talanger som du har."

"Nej, det stämmer, Nova. Därför är det viktigt att du är medveten om hur svag du är i det här kriget. Glöm inte det." sa han plötsligt allvarlig. "Jag har inte planerat att förlora dig en gång till."

"Älskling." Jag föll i hans famn för ett ögonblick och sög på känslan hur älskad jag var, hur mycket jag älskade honom och hur hårt vår tidigare separation hade tagit på mig. På oss båda. Om jag lyssnade på min förbundspartner kunde jag få leva med honom för evigt. Jag *var* svag jämfört med honom – det var inget jag kunde förneka. Och jag var svag jämfört med viator-väktaren som hade gjort till en konst att slakta väktare.

"Hur rädd ska jag vara egentligen, Vincent?" viskade jag mot hans hals.

"Så länge du är med familjen behöver du inte vara särskilt rädd. Vi är långt starkare än vad han är. Men utan familjen har du mycket att frukta. Han har dödat väktare långt starkare än du."

Kapitel trettiosju

Medan Vincent gick ner och hälsade på resten av familjen passade jag på att städa undan lite i vår mysiga vindsvåning. Jag vek Vincents kläder, något jag tyckte fånigt mycket om att göra, och plockade bland diverse. Jag kastade ett litet leende mot hans mor som tittade på mig från sin ålderdomliga ram. Jag försökte få bort en svart fläck från golvet efter en av mina klackade skor och njöt som mest av att ha min förbundspartner hemma igen.

Christian överraskade mig med ett snabbt besök där han undrade om jag hade sett hans mobilladdare (vi hade trots allt mänskliga problem), jag svarade nekande och undrade om han hade hunnit hälsa på Vincent. Han log okynnigt mot mig och lade till: "Ja, nu är ordningen återställd." Jag anade att han syftade på Didrik men sade ingenting i respons; istället föreslog jag en skogspromenad med frivilliga deltagare så fort jag kört igång en tvättmaskin. För övrigt borde jag hälsa på min mamma också; det var alltför lång tid mellan besöken och med tanke på att tiden mot slutet tickade på ville jag inte ödsla bort för många dagar.

Någon minut efter ändrades hela min värld.

Känslan kunde enbart beskrivas som om ett enormt mörker svepte in över mig. Det började som en molande värk i huvudet och spreds snabbt till resten av kroppen. Det var inte exakt en smärta, men en molande, mörk känsla som pockade på mig. Jag hade alltid varit otroligt frisk som

264

människa, men sedan jag blivit väktare hade jag knappt erfarit någon smärta; förutom möjligtvis det tillfället då Vincent förvandlats till en drake framför mina ögon. Men vad handlade det här om? Var det något fel på mig? Jag släppte oroligt det jag hade för händer och sprang ner för att leta efter de andra. De väntade dock redan på mig nedanför trappen i hallen. Samtliga tittade med någon sorts förväntan på mig; men jag hade ingen aning om vad jag skulle göra med deras förväntan.

"Vad händer?" frågade jag oroligt.

"Du känner det va?" frågade Victoria spänt.

"Ja, men *vad* är det jag känner?"

"Din första obalans", sa Vincent med stolthet i rösten. "Nu gäller det bara att hitta ett bra offer."

Detta visade sig vara mer komplicerat än vad jag någonsin trott. Inte själva grejen då, utan mer hur invecklade väktarna var. Eller ja, jag också nu för tiden.

Familjen Weller tog mig genast under sina vingar; Didrik höll sig strategiskt lite på sidan som för att inte förnärma Dante eller Vincent. Jag fick veta att det jag kände av var den mörka sidan. Då den ljusa sidan vägde över i Sverige så var det mer som en pirrande känsla – en slags pirrande lättsamhet; nu var det istället ett smärtsamt mörker som spred sig i min kropp.

"Men hur vet jag vart jag ska och vem jag ska besöka?" frågade jag oroligt. "Räcker det med en person eller behöver vi plocka bort flera stycken?"

Joline log brett och lade händerna på mina axlar. "Förlita dig på dina väktarinstinkter, Nova. Vart *känner* du att du borde dras? Och *vem känner* du att du borde dra dig till?"

Fastän det lät ofattbart fånigt så slöt jag ögonen och lät mina krafter ta över. Eftersom man måste vara väktare för att förstå dragningskraften så går det knappt att beskriva den som något annat än att jag faktiskt just *drogs* iväg.

Dante tittade på mig som en stolt pappa – jag fann mig vara i stort behov av en sådan. "Som svar på din andra fråga, Nova, så räcker det inte med en person. Du får se det här som en start. Jag, Victoria och Didrik löser resten."

"Slut ögonen och spring", viskade Vincent med nästan erotiskt tonfall i mitt ena öra. "Ingen kommer hinna se dig, vi är för snabba. Spring, Nova, jag följer dig."

Och det var precis vad jag gjorde. Jag blundade och kände mig fram. Omgivningen svischade förbi runt mig: luft; kall; varm; trafik; djur; människor; skog; åker; asfalt; grusvägar; gräs, tills känslan var så stark att jag stannade.

Först visste jag inte alls var jag var. Att färdas långt utan att öppna ögonen en enda gång gjorde till och med en väktare tillfälligt förvirrad.

Vi befann oss i ett mindre samhälle; åkrar och skog omslöt det fåtal hus vi skymtade. Jag hade ingen aning om var i Sverige vi var och hur långt det kunde vara till närmsta stad. Jag stod still ett ögonblick och tog in omgivningen; jag kunde höra människor men såg inte någon. En övergiven sparkcykel låg slängd på vägkanten och en gråspräcklig katt låg mitt på vägen och lapade dagens sista sol. Jag drogs automatiskt mot en äldre vit tegelvilla omgärdad av några ekar och en björk. Trädgården var enbart måttligt skött och ogräs hägrade i rabatterna. Jag hörde hur människor rörde sig i huset. Någon skramlade med koppar på en bordsskiva och en kaffebryggare gav ifrån sig sitt knäppande och droppande i bakgrunden. En katt låg och spann någonstans i huset och någon satt nära katten och bläddrade i en katalog eller tidning. Med tanke på det tunna frasandet när sida byttes antog jag att det var det sistnämnda. Det var personen med tidningen jag drogs till, inte den i köket.

Vincent var bredvid mig, han lade en varm hand på min axel och gav mig den där blicken som sade att jag klarade det här bara jag följde min intuition.

Det var precis vad jag gjorde.

Jag tog mig ljudlöst in genom den olåsta ytterdörren och vidare till köket utan att ens lägga märke till min omgivning. Jag kände mig konstigt upprymd inför det okända jag stod inför. Äntligen var jag till nytta som väktare, äntligen hade mitt nya liv börjat på allvar.

Kvinnan stod med ryggen mot mig och diskade en plastskål i diskhon; hon hade på sig ett par slitna, svarta mjukbyxor och en beige tröja som hade sett sina bästa dagar; håret var slarvigt uppsjänt i en svans. En snabb blick på hennes uppdragna axlar vittnade om att hon var spänd och van vid att vara på sin vakt. Jag undrade hastigt om det hade något med hennes make att göra. Ytterligare en snabb blick på köket vittnade om en medelklassfamilj med en bostad i behov av en grundlig rengöring. Hon hade inte märkt min ankomst och jag tittade hastigt mot Vincent som stod lutad mot dörren till köket. Han gav mig en kort nickning. *"Älskling, få henne bort härifrån".*

Jag gled fram till henne på väktarnas ljudlösa vis och upptäcktes inte förrän jag stod vid hennes sida. Hon snodde runt och flämtade förskräckt till; hon tappade skålen men Vincent fångade upp den innan den nuddade golvet. Hon förde skräckslaget händerna till halsen som människor gör när de är rädda för sitt liv. Innan skriket kom över hennes läppar lade jag en hand över hennes mun. Hon hade ingen möjlighet att värja sig mot min väktarstyrka. Hennes ögon spärrades upp och hon stirrade på mig med vidgade pupiller.

Jag grep om hennes ena överarm med min fria hand, försiktigt så jag inte knäckte hennes arm. Jag lät mitt medvetande borra sig in i hennes mörka pupiller medan jag med bestämd röst beordrade henne att gå på en promenad i skogen. "Du har längtat efter en promenad hela morgonen. Du kommer stanna borta i två timmar för att sedan återvända hem och fortsätta med dina göromål. Om din man är borta när du kommer hem så kommer du vänta minst ett dygn innan du börjar söka efter honom."

När kvinnan försvunnit gick jag med Vincent in i det vardagsrum jag redan visste att mannen befann sig i. Han satt i en fåtölj och bläddrade i den tidning jag föreställt mig. En svart bondkatt låg och spann nedanför hans fötter. *"Han*

268

kommer se oss direkt när vi kommer in. Du måste omgående
ta dig fram till honom och paralysera honom med din kraft –
det gör du genom att lägga båda händerna runt hans huvud.
När han slutat att skaka så lyssnar du på vad hans hjärna
förmedlar till dig. Sen gör du ditt val".

Jag gjorde precis som Vincent rådde mig. Jag hade ingen aning om vad den medelålders, smått överviktiga, mannen jag hade framför mig hade att dölja när jag lade händerna runt hans huvud. Han skakade våldsamt och kämpade emot för att komma loss från mitt järngrepp. Jag hade inte heller någon aning om hur det kändes för honom när jag tog mig in i hans huvud, men jag anade att det måste vara en fruktansvärd känsla när en främling tog ditt huvud i ett stenhårt grepp och rotade omkring i din hjärna. Katten reste ragg och flydde från rummet.

När han slutat skaka hängde han slappt i mitt grepp. Jag kunde inte säga om han var vid medvetande eller ej men hans hjärna förmedlade de hemskaste bilder till mig. Samtidigt som jag var förundrad över att det här ens var möjligt för mig att genomföra, var jag helt förskräckt att tvingas ta del av allt ont han hade gjort i sitt liv. Innan hade jag inte vetat hur sådana här bilder visade sig, och *hur* många onda gärningar som visade sig, då en väktare tog sig in i en ond människas sinne. Det fanns ingen ordning på de "minnesbilder" som tog sig in i mitt huvud. Det var precis som när en människa helt plötsligt minns vissa händelser, när de blixtrar förbi men man inte kan få grepp om dem förrän man stannar bilderna och

269

försöker utröna vad man egentligen varit med om. Vissa händelser får man aldrig klarhet i, man lyckas inte minnas dem alls, de ligger kvar som ett spökande fragment som man inte får grepp om, och det stör en. Ibland känns minnena nästan som om någon annan har upplevt dem, man frågar sig om man själv varit med om det som blixtrar förbi eller om man har placerat sig själv i någon annans händelse.

Jag fick snabbt en förklaring på varför mannens fru var så spänd för jag erfor flertalet minnesbilder av när han med enorm tillfredsställelse plågade henne på olika vis – både med psykisk och fysisk bestraffning. Hon visade sig dock vara det mest skonade offret för hans sadistiska läggning; det han utsatt henne för var ingenting emot vad han utsatt sina offer för i något jag antog måste vara källaren till det här huset. Från hans minnesbilder var det omöjligt att gissa antalet offer, men de var många. Flera skräckslagna och skrikande ansikten for förbi i mitt medvetande och jag kände hans tillfredställelse då han skådade dessa ansikten förvridna i plågor åsamkade av honom.

Dessa ansikten hade något gemensamt, de var alla kvinnor, runt trettio år gamla och brunhåriga. Jag ville inte veta orsaken till det.

Mannen hade inte utsatt dem för sexuella övergrepp utan istället njutit av att tortera dem till döds, och han hade dragit ut på tortyren så lång tid det var möjligt. Då jag såg allt genom hans ögon kunde jag inte skönja hans ansiktsuttryck, men jag kunde känna hans tillfredställelse över sina aktioner;

270

han älskade det han gjorde och han älskade att se kvinnorna vrida sig i plågor och be för sina liv. En nåd han aldrig någonsin beviljade.

Om jag blivit arg för orättvisor när jag varit människa så var vreden jag kände nu som väktare rent explosiv. Jag ville krossa mannens huvud mellan mina händer, jag ville dra ut hans innanmäte medan han levde och njuta av åsynen när *han* vred sig i plågor.

Vincent hindrade mig. *"Nova, du måste bestämma dig. Ska du omvända honom eller ta hans livsenergi? Lämna honom i fåtöljen och fundera på saken."*

Jag följde motvilligt Vincents råd och använde mina krafter till att få mannen att stanna i fåtöljen. Han satt paralyserad och tittade på oss, oförmögen att röra sig, dock helt medveten om vad vi talade om. Jag njöt av hans skräckslagna blick. Vem var jag ens?

"Vad råder du mig att göra?" frågade jag sammanbitet.

Hans silverögon synade mig uppifrån och ner. "Vad känner du inför det du har sett?" frågade han allvarligt. "Vad vill du själv göra?"

Jag kastade en snabb blick på mannen, fortfarande chockad över det jag hade skådat. Händelserna var som klippta ur vilken skräckfilm som helst. "Jag känner för att tortera honom till döds."

"Eftersom det inte är något alternativ kanske du ska välja något av de två som finns." Han skrattade kort. "Vill du omvända honom och låta honom bli en mönstermedborgare?

271

Eller vill du festa på hans livsenergi och låta honom försvinna för gott?"

Jag visste vad Vincent ville.

Jag ville samma sak.

Kapitel trettioåtta

Utan att ge någon respons på frågan gick jag fram till mannen och greppade hans ansikte mellan mina händer. Jag tittade in i hans skräckslagna ögon och talade sakta. "Jag vet vad du har gjort. Allt. Jag kunde ha givit dig en ny chans, men jag känner inte för det på grund av din grymhet. Nu kommer jag att ta din livsenergi från dig, och fastän det är en långt skonsammare död än vad du förtjänar så kommer jag njuta av att se din skräck när ditt liv sugs ur dig." Var kom grymma Nova ifrån? Jag hade ingen aning. Men jag var stolt över mig själv som räddade världen från den här hemska mördaren.

"Älskling, du är en lysande väktare", viskade Vincent stolt. Hans ögon lyste av tillfredställelse när jag öppnade min mun och sög i mig mannens liv.

Om det var en njutning att ta livsenergin från ett djur så kunde det inte jämföras med den styrka som fyllde min kropp när jag för första gången tog livsenergin från en människa.

Hans liv färdades in i varenda väktarcell i min kropp och fastän jag redan var stark så kände jag hur jag nu blev dödligt farlig. Ingenting, förutom äran att radera en annan väktare, gjorde en väktare så stark som livsenergin från en människa.

Sen kom det sexuella ruset. Det rusade fram i min kropp som en storm, begäret var nästan plågsamt och jag såg mig om efter mitt offer, glad över att han var tillgänglig då jag antagligen annars hade rivit halva huset för att göra mig av med mina frustrationer.

"Ta mig", beordrade jag snabbt och kastade mig mot Vincent.

Vincent och jag hade djurisk, rå sex bredvid kroppen till mannen jag nyss dödat, och just då vigde jag inte en endaste tanke åt vad jag just hade gjort. Jag var väktare nu – i toppen av näringskedjan – och jag kunde åtminstone göra mänskligheten en tjänst att utrota så många idioter som möjligt.

Christian tittade anklagande på Vincent när vi kom ut. Han och Joline stod vid kanten av skogen där mannens fru tog en promenad. Hon skulle få sitt livs överraskning när hon kom hem. Kanske till och med en välkommen överraskning.

"Var du tvungen att övertala henne att ta hans livsenergi? Vi har andra vägar också, Vincent, än att döda människor."

"Ursäkta, men jag är inte född igår", morrade jag. "Vincent gav mig mina två alternativ och jag kände inte för att skona den här mannen. Varför skona honom när han inte har visat sina offer den barmhärtigheten?"

"Vincent må inte ha sagt åt dig att ta livsenergin, men han försökte inte heller att övertala dig till motsatsen", sa Christian lugnt. "Jag tar enbart livsenergi av människor vid enstaka tillfällen."

"Och jag gör det oftast", sa Vincent kort. "Låt Nova välja själv vem hon vill vara, vi avgör inte åt henne."

"Hur gör du, Joline?" frågade jag, medveten om att jag faktiskt aldrig ställt den frågan till henne tidigare.

Joline log bländande och skruvade på sig lite. "Jag gör som Christian, tar livsenergin vid några enstaka tillfällen. Det handlar helt om vilka brott människan har begått. Men jag låter mest bli för att jag har en faiblesse för naturkatastrofer och redan ligger bakom så många människors död – både goda och onda", förklarade hon snabbt. "Jag vill inte gå till överdrift; *någon* respekt för mänskligt liv vill jag ha kvar", blinkade hon med ett leende.

"Då tänker jag helt följa mitt hjärta (om jag hade ett sådant kvar) i det här fallet och strunta i vad alla andra tycker", sa jag bestämt. "Och du, Christian, du vet hur mycket jag älskar och respekterar dig, men jag lovar dig att jag har en egen vilja också. Vincent styr inte alla mina beslut."

Christian nickade mot mig med ett leende. "Bra. Då får jag istället gratulera dig till din extra styrka, Nova."

Vi var nästan hemma när vi stötte på dem. Med tanke på att jag inte var fullt van vid att färdas i hyperhastighet kunde jag förvisso inte säga att vi verkligen *var* nära vår herrgård. Allt kunde räknas som nära om man kunde ta sig dit på några minuter. Jag hade inte heller lärt mig ännu att mäta avstånd när jag färdades på det här viset. Men å andra sidan visste jag inte om de övriga i familjen Weller kunde det heller. De kanske hade slutat tänka på avstånd helt.

"Det är viatorer," sa Vincent sammanbitet och fick samtliga att bromsa. "Jag känner deras närvaro."

Det här var också en sådan där irriterande grej: "känner deras närvaro" – jag kände ingenting.

Vi tvärstannade på en, för mig, helt okänd plats. Ett villaområde skymtade längre bort, men vi befann oss i ett industriområde. Fabrikerna gapade tomma; vissa övergivna för länge sedan med trasiga rutor och plåtdörrar hängande på rostiga gångjärn. Det doftade övergivet – vått virke och cement. Platsen var delvis föremål för sopavtippning och diverse föremål knastrade under mina fötter där vi gick. Det här var en typisk plats som hade givit mig rysningar om jag fortfarande varit människa. Framför allt om jag hade varit en ensam människa.

"Nova, du håller dig vid min sida hela tiden. Vi vet inte vilka viatorer som rör sig här", sa Vincent lågt. Och här var då väktaren som fortfarande *behandlade* mig som en människa. Okej, jag älskade ändå Vincents överbeskyddande sida; jag kände mig alltid fullständigt säker med honom.

Jag insåg plötsligt att även jag kunde *känna* viatorerna. Det var som om det var inprogrammerat i mitt väktar-DNA att känna dem: väktarnas naturliga fiender. *Hade* väktare för övrigt DNA?

Jag såg upphetsningen i Jolines ögon; bekymret i Christians ögon och rovdjuret i Vincents. Själv kände jag mig förvirrad. Jag hade aldrig dödat en viator och jag visste inte om det låg någon särskild teknik bakom det sätt som Vincent gjort det den där kvällen då han dödat Robin. Vid närmare eftertanke hade jag bara dödat en gång i mitt liv och det hade skett en knapp timme tillbaka. Jag vet inte om jag var beredd på några fler mord efter min korta karriär som mördare – och ärligt så hade mitt mänskliga jag inte alls haft några slagskämpedrömmar. Jag hade snarare varit en sådan som höll mig borta från alla problem. Ja, det vill säga tills jag träffade Vincent Weller. Jag kände mig en aning främmande gällande att bli någon sorts superhjälte som kom flygande genom luften och placerade en välriktad spark mot ett mål som hotade att utplåna mänskligheten. Okej, nu var jag bara konstig.

Jag såg dem vid en av de övergivna fabrikerna: de var tre stycken och stod med ryggarna vända mot oss; två män och en kvinna. De stod lutade över något som låg vid deras fötter på marken.

De märkte oss på en gång.

Samtidigt som de snodde runt och förvånat tittade på oss, kände igen oss som väktare, undrade jag hur jag skulle kunna se de här viatorerna som några jag hade *rätt* att döda. Det var ju fruktansvärt. Allt detta dödande skrämde mig. Jag hade gått från ett skapligt civiliserat liv i den mänskliga världen, till ett liv i djungeln där jag tagit plats som ett av de farligaste rovdjuren – och just nu var jag ett rovdjur som tyckte synd om bytena. Det var inte så här jag var upplärd; jag kunde inte ens titta på en film där de slaktade djur, än mindre i verkligheten. Okej, jag vet att jag nu för tiden käkade djur levande – men det var totalt oblodigt.

Jag kastade en snabb blick på mina rovdjursvänner och undrade hur de blivit sådana mördare.

"Nova, du stannar bakom oss. Du är inte redo för det här än." Som vanligt var min förbundspartner helt på det klara med vad jag kände och jag stannade tacksamt till för att se och lära vad min framtid skulle bestå av.

"Vad har ni på marken?" frågade Christian med auktoritär röst. "Ni vet att vi kommer döda er ändå så det är ingen mening att ni försöker dölja något."

Viatorerna kände ändock inte för att samarbeta vilket ledde till ett skådespel som hörde hemma på savannen. Jag höll mig på avstånd och studerade hur de olika gestalterna rörde sig i mörkret – som deltagare i en smidig dans. Samma dans som jag sett Vincent och Robin göra i min lägenhet och som påminde starkt om hur en katt lekte med sitt byte innan den slukade det.

Medan väktarna enkelt gjorde sig av med viatorerna fäste jag ögonen på viatorernas byte; en kvinna som låg tunt klädd och orörlig på marken. De hade försökt att dölja henne för oss. Varför?

"Se och lär, älskling." Vincent tog den sista viatorn runt halsen och knäckte till. Så det var en "enkel" nackbrytning det handlade om för att göra viatorerna till sand. Jag hade fortfarande ofantligt svårt att se mig själv göra något liknande. Jag gick tveksamt fram till högarna med sand; inte mer än 30 centimeter i diameter och cirka 10 centimeter höga. Jag undrade med en rysning vad sanden egentligen

bestod av. Alla viatorer hade tydligen samma blå färg. Jag undrade om jag någonsin i mitt mänskliga liv hade gått förbi högar med blå sand utan en tanke på att högen kunde vara ett lik. Jag kunde dock inte påminna mig om något sådant scenario och eftersom väktare inte kunde glömma något så hade det inte hänt. Tack och lov. För om jag och mina vänner hade passerat en slumpmässig hög med blå sand hade vi antagligen börjat sparka omkring i den – och fy vad makabert *det* hade varit.

Kvinnan hade vaknat till liv och höll skakande armarna om sig där hon satt på marken; hennes tunna kläder var genomvåta och klibbade mot hennes vita hud. Hon flackade skräckslaget med blicken livrädd för vad som skulle hända härnäst. När vi närmade oss henne kröp hon flämtande bakåt. Hennes ögon var uppspärrade som hos ett djur inför slakt. Jag tittade tveksamt på Vincent. Han tog ett snabbt kliv fram till henne och drog med enkelhet upp henne på fötter. Hon skrek högt.

"Sov." Kvinnan segnade i hans grepp och han slängde resolut upp henne på axeln. Var det fånigt av mig att bli svartsjuk för att hon fick vara så nära min man? Joline skrattade lätt bakom mig och tryckte min arm. "Inte alls sötnos", retades hon. Jag himlade med ögonen mot henne innan vi satte av i superfart hemåt.

Kapitel trettionio

"Vad menar du med 'ingen större skillnad'?" Regon reste sig så snabbt att stolen nästan välte bakom honom. Dregos ryggade tillbaka och funderade samtidigt på om han vid det här laget faktiskt var starkare än Regon – den tanken var oväntat lockande. Han försökte att se så neutral ut som möjligt; rädd att hans tankar skulle lämna spår i hans ansikte.

Övrigt närvarande satt tysta som möss. Det var ett tjugotal viatorer samlade i den ljusa salen; en sal i huvudkvarteret som användes för både matintag och möten. Den var kliniskt ren och förutom bord och stolar saknade den helt inredning. Placeringen i salen var indelad efter viatorernas styrka; de starkaste – Eliten - satt alltid närmast Härskaren. Eliten utgjordes av de som hade anlänt först från Merkel och inte var utblandade med mänskligt DNA. Viatorerna blev svagare för varje generation som blandade sig med människor.

Dregos kastade en kall blick mot dem, ologiskt avundsjuk att han inte fick en plats bredvid Härskaren. Gudarna ska veta att han hade gjort allt – mer än dem – för att förtjäna en. Han mötte för några sekunder Legors blick. Legor var avlägsen släkt till Härskaren och nära vän med Regons son, Legus, som nu var Härskare på Merkel i Regons frånvaro. Han var även en del av Eliten. Dregos avskydde Legor; de hade aldrig kommit överens. En vacker dag skulle han döda honom. Han såg fram emot det. Även om Legor var stark, som renrasig viator, så var Dregos vid det här laget starkare. Han undrade om Legor insåg detta och om det oroade honom.

Föräldralös, som Dregos hade vuxit upp, hade han varit behandlad sämre än människor – ingen barndom att tala om. Istället hade han fått titta på när de andra viatorbarnen lekte med varandra; förbjuden att umgås med dem. De gånger han försökt att ansluta sig till dem hade det slutat med stryk; Legor var den första att springa till de äldre och skvallra. Dregos hade tidigt fått veta att han enbart hade en roll på jorden: att utrota väktarna. Tidigt hade han tränats för den uppgiften genom att misshandla och misshandlas – han kände inte till något annat. De övriga hade sett ner på honom med förakt då han var del väktare. Inte förrän Regon anlänt till jorden och meddelat att Dregos var deras framtid och räddning hade de övriga backat och motvilligt givit honom en framträdande roll. Idag vågade ingen viator närma sig honom – han kunde förinta den på nolltid – och ju mer väktarenergin växte i hans kropp, desto mer lockade den tanken honom. Det enda som hindrade honom var överenskommelsen mellan honom och Regon – och hatet han hade mot väktarna; ett hat han hade livnärt sig på hela uppväxten efter att ha brutits gång på gång med budskapet att det var på grund av hans väktarenergi han inte förtjänade ett bättre liv och *tack vare den* som han skonades.

"Jag känner ingen skillnad längre när jag har dödat en väktare. Jag blir inte starkare." Dregos såg i ögonvrån hur

281

Legor log. Han knöt nävarna och koncentrerade sig på Härskaren.

Regon tittade på Dregos; viatorernas hopp, och klättringen uppåt var redan över. En åder i hans tinning började dunka och han bet rasande ihop käkarna. Han hade hoppats på mer; att Dregos skulle bli lika stark som de medelålders väktarna. Han förstod att det inte var görligt att han skulle bli som de äldre; utrymmet för väktarenergi i honom var inte tillräckligt stort. Men det här var som att falla på målsnöret. Han försökte att samla sig innan han spänt tog till orda. "Hur gammal var din senaste väktare?"

Dregos ryckte på de muskulösa axlarna. "Kanske 100 eller 150 år." Och vilken kick det hade varit – den äldsta väktare han än så länge hade tagit energin av. Den hade träffat honom som en bomb; fått hans innanmäte att explodera av styrka.

"Bra. Men inte tillräckligt bra. Du kommer inte att bli så stark som vi hoppades. Du kan inte åstadkomma tillräckligt mycket på egen hand." Regon tittade med förakt på Dregos. "Jag hoppades på mer." Han kastade en blick på Eliten som satt tysta bakom honom. "Dags att släppa fram de andra."

Tillfället kom när Michelle minst hade räknat med det. Hon stod och sopade hår efter en kund när det visade sig att nästa kund var Helena Andersson från Månkarbo. Förvisso sådär femton år äldre än sist och inte någon som Michelle

282

någonsin hade umgåtts med men fullt användbar till skvaller om orten.

"Nu blev du förvånad va?" skrattade Helena och slog sig ner i den svarta frisörstolen. Hennes ansikte sprack upp i ett osminkat leende och gröna ögon mötte Michelles genom spegeln.

"Ja. Jag hade ingen aning om att det var du", log Michelle plikttroget. "*Brukar* du gå hit och klippa dig?"

"Nej. Det var ren impuls. Jag ringde faktiskt tidigare idag när jag ändå var här och shoppade. Det var bara tur att ni hade en avbokad tid. Det är så sällan jag tar mig tid att gå till en riktig frisör. Annars är det Annelie som klipper mig." Hon tittade på Michelle som om det var en självklarhet att hon skulle känna till Annelie bara för att hon kom från Månkarbo. "Men *Annelie*, Michelle. Som bor i det blåa huset på Körsbärsvägen. Hon som skilde sig när barnen var små. Hennes man, Janne, hade en affär med en granne på John G:s väg."

Då Michelle nickade ihågkommande satte Helena igång med allt skvaller som Michelle hade missat om Annelie.

Michelles kollega, Kicki, log diskret. Båda kända igen typen – kvinnor som gick till frisören lika mycket för att skvallra som för att klippa sig.

"Men så fint ni har här!" Helena svepte med en mysblick över den ljusa inredningen. Michelle log roat; *Wilmas* såg ut som vilken salong som helst: ljusa färger; hårprodukter på hyllor; kakelgolv och svarta detaljer. Inte något märkvärdigt.

283

Hennes chef hade nog med hyran för att uppehålla sig i en lokal i centrala Uppsala. Extravagans kom långt ner på listan.

Samtidigt som Helenas mörkblonda hår formades till en kortare frisyr (vad var det egentligen med kvinnor från Månkarbo som var tvungna att klippa av sig håret i värsta tantfrillan bara för att de skaffat familj och nu levde Svensson-liv?) samlade Michelle mod till sig för att snoka.

"Nyinflyttad säger du? Didrik? Jag känner inte till någon med det namnet."

"Han verkar känna familjen Weller", försökte Michelle. Det fångade minsann Helenas intresse.

"Familjen Weller? Det var det värsta. På orten har vi inte så bra koll på familjen Weller och deras umgänge. Den enda som någonsin har haft kontakt med dem är Nova Sommelius. Men sedan hon blev tillsammans med Vincent Weller har hon också försvunnit. Vissa säger att Vincent antagligen är så svartsjuk att hon inte får gå ut. Andra säger att familjen Weller tillhör någon sekt och att det är därför de håller sig för sig själva. De är minst sagt skumma", muttrade Helena.

Det var uppenbart att Helena inte gillade att hållas ute i kylan.

"Men jag har hört att de flesta finner dem ytterst tilldragande."

"O ja. Glädjen bland alla singeltjejer när familjen flyttade till Månkarbo – det var som julafton. Men det blev snart uppenbart att de inte hade för avsikt att beblanda sig med ortsbefolkningen. Men vänta nu… jag kan faktiskt ha en

284

aning om vem du menar. Jag såg en mörkhårig kille på Hamrarnevägen när jag var på väg från bussen i torsdags. Det skulle kunna vara han. Mörkhårig och väldigt snygg. Jag tog för givet att det var en besökare."

Michelle insåg att det inte fanns mycket till information att hämta här. Hon bestämde sig för att fokusera på Nova Sommelius istället. "Vad känner du till om Nova?"

"Hon flyttade till Månkarbo för några år sedan; gick sista året på gymnasiet då. Jag fick höra en hel del skvaller om henne för min dotter, Louise, gick i första ring då och känner Emilys lillebror. Rebecka Karlsson och Emily Berg hängde alltid med Nova. Ja, tills Nova träffade Vincent Weller vill säga. Hon bodde ihop med Rebecka i Gävle och meddelade med kort varsel att hon skulle flytta ihop med Vincent Weller. Ingen fattar hur och när de lyckades dejta, men efter det var det ingen som såg röken av henne. Jag vet inte ens om Rebecka och Emily har träffat henne något mer efter det."

Det var uppenbart att Helena älskade drama. Hon sa alla ord med eftertryck och synade Michelle noga i jakt på reaktioner. "Men jag kan säga en sak, familjen Weller är dåliga nyheter. Om Didrik är med dem så bör du inte beblanda dig med honom. Det kan inte vara annat än skumt att de håller sig helt isolerade där ute i skogen. Och det har dessutom varit prat om att de har konstiga häxritualer där ute."

Michelle blev full i skratt. Så fort någon var det minsta avvikande började bybornas fantasi att arbeta på högvarv.

"Vad i helvete! Ni är ute en kväll för att göra nytta och släpar hem en *människa* till vår herrgård? Vem vill förklara?" Dante utstrålade all energi som sade att han var väktarnas ledare i vårt land. Hans lysande blick färdades från Christian till Vincent och tillbaka till Vincent igen. Jag tittade skuldmedvetet på kvinnan som låg i sina tunna kläder på vårt hallgolv. Hon var försatt i en djup sömn och hade ingen aning om vilket drama som pågick runt henne.

Victoria var förfärad. Hon tittade chockat på kvinnan som låg vid hennes fötter; en människokvinna i väktarnas boning. Men hon visste bättre än att säga något innan Dante hade sagt sitt.

"Nova, har *du* lust att upplysa mig om vad som pågår?"

Jag ryckte förvånat till. Dante bad aldrig mig om en förklaring – någonsin. Jag kastade en snabb blick på Vincent. Jag visste knappt själv varför han hade tagit med sig kvinnan. "Ja, du", svarade Dante hårt på min tysta undran. Jag berättade en aning omtumlat hur vi hade hittat kvinnan med viatorerna och att hon varit vettskrämd och att Vincent hade kastat henne över axeln och tagit henne med sig. Dante rynkade på mörka ögonbryn och tittade ner på kvinnan som vore hon smuts som ovälkommet hamnat på det vackra granitgolvet. "Victoria, undersök henne."

Victoria gled fram till kvinnan och knäböjde framför henne. Jag tittade fascinerat på när Vincents änglalika mamma lät sina händer vandra över kvinnans kropp utan att röra vid henne. Hon slöt sina ögon och koncentrerade sig. Jag hade aldrig sett något liknande och hade ingen aning om vad hon gjorde.

Efter en stunds tystnad tittade Victoria allvarligt upp på sin förbundspartner. "Hon har varit stressad under en lång tid. Hennes värden är dåliga och hon är djupt deprimerad. Hon är även med barn. Inte så långt gången."

Jag tittade frågande på Joline. "Victoria kan läsa av människor. En gåva från Kungen efter hedervärda insatser som väktare."

Dante bet ihop käkarna och lade sina starka armar i kors. "Så, förklara. Hur tänkte du när du tog en människokvinna till vårt fredade hus?"

Vincent kastade en snabb blick på den späda kroppen på vårt golv innan han demonstrativt klev över henne och gled ner på en av hallens senbarockanska stolar. "Hon var med viatorerna och uppenbart väldigt viktig för dem eftersom de inte lämnade platsen när de såg oss. De valde att dö hellre än att släppa kvinnan."

"Vincent har rätt. De var uppenbart intresserade av kvinnan."

Dante gav Christian en trött blick. "Det var inte allt." Victoria lade handen på Dantes arm. Hon var den enda som kunde blidka honom när han var på det här humöret. Precis som jag med Vincent; jag var som vatten på hans eld. Joline och Christian var mer jämspelta och stabila. Jag kastade en kärleksfull blick mot dem – något som fångade Jolines uppmärksamhet. Hon gav mig en varm blick, fullt medveten om vad jag kände. Att dela känslor var både på gott och ont.

"Barnet hon bär är inte helt mänskligt."

"Vilket barn?" Didrik stannade förvånat på tröskeln och tittade ner på golvet. "Vem i helvete är det här?"

Märkningen på min kropp glödde när våra kroppar trycktes varma mot varandra – hans ögon lyste starkt röda. Jag skrek ut min njutning, obrydd om så hela universum kunde höra oss. Jag och min förbundspartner var ensamma i världen. Det var bara vi – hade alltid varit. Vi var det enda som betydde något.

En lång stund senare satte jag mig förnöjt upp i sängen med täcket runt mig. "Hrm, halsbandet gillade visst inte vårt lilla äventyr." Jag kastade en retsam blick på Vincent och plockade upp halsbandet från golvet. Jag flämtade förtvivlat till när stenen plötsligt ramlade från dess guldplatta och studsade mot golvet. Både jag och Vincent hörde hur något fjäderlätt följde efter och landade med en liten svepning under vår säng. Han stannade till på sin väg mot toaletten och vände sig om i all sin nakna prakt. Den tomma plattan snurrade i sin kedja hängande från min hand. Våra blickar möttes – violett mot isgrå - och sänktes därefter mot golvet. Den hopvikta lilla lappen lyste gulnad mot det mörka trägolvet. Jag lutade mig ner från sängen och fattade den mellan mina pekfingrar. Vincent gled fram till mig och satte sig bredvid mig. "En lapp gömd bakom stenen?" sa jag förvånat och vecklade försiktigt ut den; den var inte mer än två gånger två centimeter – och i hopvikt betydligt mindre. Pappret var så tunt att jag var rädd att den skulle gå sönder mellan mina fingrar. Den var handskriven med svart bläck i små snirkliga bokstäver: **Barn 4 – Liora. Av Elvira**.

"Jag fattar ingenting. Vad menas med det här?" Vincent tog lappen från mina händer och synade den noga med hoprynkade ögonbryn. "Jag har ingen aning."

Kapitel fyrtio

"Du med din dipp!" Michelle stampade ner för trappan och öppnade kylskåpet. Hon drog fram gräddfil från kylskåpet och ställde på diskbänken, sedan rotade hon vant runt i skafferiet i jakt på dilldipp. Doften från flingor, bröd, kryddor och diverse övriga torrvaror fyllde hennes näsa. Efter att ha hittat dippen på fel hylla, inkilad mellan ströbröd och skorpor, rörde hon snabbt ner den i en glasskål och slängde in den i kylen. Medan hon väntade i uppgivna tio minuter på att den skulle tjockna drev hon planlöst omkring i köket. Hon hade åkt direkt till sin pappa efter arbetsdagen och planerade att sova över den här fredagen. Hon skulle inte jobba förrän på söndag och kunde därför passa på att spendera lite kvalitetstid med sin far; kanske även hälsa på hos sin mamma en sväng under lördagen. Michelle hade inte några kompisar kvar i Månkarbo – alla hade flyttat till någon stad eller in till Tierp. Hon skulle tillbaka till Uppsala på lördag kväll och gå på bio med några vänner, sen kanske de skulle ta en pubsväng innan de gav upp för kvällen.

Som hon ville träffa den mystiske Didrik igen. Egentligen var det den största anledningen till att hon kommit till sin pappa den här kvällen. Inte för att umgås med honom, de träffades jämt ändå. Hon var besatt av att få reda på mer om den nyinflyttade och familjen Weller. Om det fanns någon gud borde han inte presentera lockelser för henne för att sedan ta bort dem.

Väl uppe gav hon sig själv hän åt dippen. Michelle var en "skopare" men inte en "dubbeldippare". Axel tittade med höjda ögonbryn – eller *ett* höjt ögonbryn – på henne. "Om du fortsätter så där kommer det inte finnas någon dipp kvar till övriga två tredjedelar av chipspåsen.

"Jag känner för att vara onyttig", muttrade Michelle och tuggade demonstrativt.

"Du behöver hitta en man så du slipper tröstäta."

Typiskt hennes pappa att vara så rakt på sak, och dessutom mansgrisig. "Pappa, jag är tjugosex, det är inte som om jag har superbråttom."

"Den biologiska klockan tickar likt förbannat."

Michelle kastade en giftig blick på sin far. "Pappa, jag vägrar att diskutera biologi med dig ikväll. Finns det någon bra film att kolla på, eller är det samma skit på tv:n som vanligt?" Hon kastade en menande blick på TV-tidningen som låg på soffbordet – "pensionärshäftet."

Axel log lätt, väl medveten om att hon ville byta samtalsämne. "Så, har du tänkt hälsa på din mamma något i helgen?"

"Mm." Hon bläddrade i tidningen då hennes pappa inte hade nappat på hennes uppmaning. Hon behövde inte ens titta på honom för att känna till hans ansiktsuttryck. Han skulle aldrig förlåta Gunilla för att ha lämnat honom och han skulle inte heller förlåta henne för att hon bosatt sig så nära honom med sin nya man.

"Jag hörde av Lars-Olof att hon skulle åka till Oves syster över helgen."

Michelle skrattade lätt. "Det var inte något hon nämnde för mig i alla fall. Och vad sjutton vet Lars-Olof om mamma liksom? Värsta stalkern. Han är väl aldrig ens utanför sitt hus? – än mindre bemödar han sig med att gå till affären. Har någonsin någon annan än Britta skött allt?"

"Jag menar inte vaktmästaren. Jag pratar om Lars-Olof som ägde posten förut."

Michelle strök bak en envis hårslinga och himlade med ögonen. Tjugosex år gammal som sagt – och hon satt en fredagskväll och pratade ortsbefolkning med sin pappa – livet gick bra nu. Det krävdes en förändring. Inte för att hon hade något emot att hänga med sin pappa – hon älskade honom obegränsat – men avsaknaden av spänning i hennes liv var nästan pinsam. Nej, utekväll med vännerna imorgon lät som en lysande idé. Hon skulle ringa Sofie redan ikväll och tala om att hon skulle med på morgondagens fest i alla fall. Hon hoppades att Sofie hade bjudit alla personer Michelle i vanliga fall skulle klaga över. Med andra ord: de stökiga killarna.

Det bästa med hennes pappa var att de kunde tillbringa en hel kväll tillsammans utan särskilt många meningsutbyten. De kände varandra så väl och var så bekväma i varandras sällskap att det inte fanns några hinder för dem att sitta i egna tankar under längre tid. De kollade sporadiskt på tv hela kvällen tills hennes pappa ursäktade sig för att sova.

Michelle dröjde kvar i det tysta tv-rummet dryga timmen innan hon gick in i sitt flickrum för att sova. Innan dess sköljde hon ur skålen med dipprester i köket och hällde i kvarvarande chips i påsen och lade in den i skafferiet igen. Hon kastade en sådär lagom paranoid blick ut genom köksfönstret innan hon lämnade köket, men såg inte något annat än mörker och enstaka bilar som åkte förbi på den nedlagda E4:an. Hon skyndade sig sedan uppför trappan och släckte i den lilla hallen uppe på sin väg till sovrummet. Den natten drömde hon oroliga drömmar där hon jagades genom Månkarbo i mörkret av en okänd man. Han fick aldrig tag på henne och hon fick inte veta vem han var – men hon visste att han var farlig och att det var bäst för henne att han inte fick tag på henne.

"Vincent kan inte du berätta för mig om dina föräldrar och om den tid du levde på riktigt som människa?" Jag låg med kinden mot Vincents nakna bröst; kände värmen från hans hud, lukten som omgav honom och kände märkningen på min rygg som påminde om att jag var hans och han var min. Jag ville aldrig att de här ögonblicken skulle ta slut.

"Vad vill du att jag ska berätta?"

"Vad som helst. Du berättar aldrig något om ditt mänskliga liv."

"Det är för att det var så kort i jämförelse med mitt nuvarande liv. Jag hann bara leva i 22 år."

Mina fingrar vandrade över hans hårda mage. Jag kunde knappt röra honom utan att tänka syndiga tankar. Min.

Jag samlade mig men noterade att Vincent tittade på min hand med ögon som började skifta i rött. "Vem var Vincent Löfstedt? Var du en bra kille? Hur såg ditt liv ut?"

Vincent skrattade lätt. Han grep tag om min handled och förde handflatan till sin mun. Hans varma läppar mötte min hud och hans tungspets följde därefter handens fina linjer – jag flämtade till och märkningen på min rygg började hetta. Plötsligt fann jag mig ligga under honom. Hans ansikte sprack upp i ett snett leende och de intensiva ögonen synade mig noggrant. "Har jag någonsin berättat om hur vacker du är?" Jag nickade med himlande ögon. "Har jag någonsin berättat hur gärna jag vill ha dig? – att det rör sig om säkert hundra gånger per dag." Hans höfter trycktes mot mina och jag böjde huvudet bakåt så hans läppar kunde följa den känsliga huden på min hals. "Du är en riktigt demon, Vincent Weller", viskade jag förmanande.

"Jag vet", mumlade han mörkt mot mina läppar. Han fattade mina handleder i ett fast grepp ovanför mitt huvud och lät sin andra hand glida in under mig. Han tryckte mig mot sin hårda kropp samtidigt som hans mun intog mina läppar – frågorna om hans familj som vilade på min tunga försvann snabbt – jag var förlorad. "Du är min, Nova, bara min", mässade han sammanbitet medan han rörde sig i mig. "Glöm aldrig det. Var jag än är – hur lång tid jag än är borta – är du min."

Vincent åkte iväg samma kväll för att träffa Kungen och armén av de starkaste väktarna i världen som han byggde upp i det stundande, eller redan pågående, kriget. Inte ens Dante följde med den här gången då familjeöverhuvudena var överflödiga i tränandet av armén. Vincent berättade aldrig för mig om mötena med Kungen eller vad de planerade. Jag gissade att han var försatt med munkavle för att inte oroa i leden eller göra dem sårbara. Vi skulle som alltid vara huvudsakligen fokuserade på vårt uppdrag: obalans; upprätthållande av ordning bland människor och väktare samt mer sedvanligt utrotande av viatorer.

Jag passade på att träna med Joline, Christian och Didrik. Dante och Victoria satt i biblioteket och pratade med väktarfamiljer i hela norden samt vissa delar av USA. Sammanhållning var i dagsläget a och o.

För någon dag sedan i samtal med Jamal och Fatima – Egyptens väktarfamilj – hade de fått oroväckande nyheter: en viator-väktare hade slagit till i Mellanöstern och han stämde inte in på beskrivningen av den viator-väktare som skördat väktare i Europa. Det innebar att det fanns fler och att svångremmen drogs åt.

"Nova, du måste definitivt träna på vädret", retades Joline. Vi befann oss mitt i familjen Wellers skog. Jag saknade Vincent men försökte påminna mig om allt annat som var positivt i mitt liv.

"Hallå där, jag har precis framkallat regn i hela förbaskade kommunen", försvarade jag mig med höjda ögonbryn. Jag såg i ögonvrån hur Didrik log mot Christian. "Det räcker inte. Jag är inte nöjd förrän du har framkallat regn i halva landet samtidigt."

Visst, jag var fullt medveten om att jag inte kunde tävla mot självaste väderdrottningen som på något vis var känd hos väktarfamiljer över hela världen för sina naturkatastrofer. "Varför är det egentligen så viktigt att jag ska kunna påverka vädret så här? Kan inte vädret sköta sig självt?"

"Jo det kan det förvisso. Men om du inte kan påverka små väderförhållanden kommer du aldrig kunna skapa naturkatastrofer. Vi måste kunna det, Nova för att hålla invånarantalet nere. Likaså är det viktigt att vi skapar mindre katastrofer i form av hällregn och snöstormar så att trafikolyckor sker."

Jag tittade på Christian och suckade. "Jag kan inte vänja mig vid tanken att ta livet av människor. Jag *känner* mig fortfarande som en människa", invände jag. Mina lungor drogs smärtsamt ihop vid tanken på att oskyldiga människor skulle falla offer för något jag skapade – små barn skulle bli föräldralösa eller dö själva; eller, Gud förbjude, någon jag älskade eller brydde mig om.

"Nu när du har gjort valet att bli väktare måste du finna dig i det; du måste bryta med mänskovärlden och utföra det du är utvald till. Kungen är inte någon man leker med", sa Didrik med eftertryck. Christian tittade en aning överraskat på Didrik. Det var inte ofta han uttalade sig om väktarpolitik, eller specifikt familjen Weller. Joline log, det var uppenbart att hon gillade det hon hörde; hon stramade åt sin tjocka hästsvans och nickade menande åt mitt håll.

"Så jag antar att det inte är så populärt att jag planerar att hälsa på hos både Rebecka och Emily någon dag framöver? Jag behöver göra något mänskligt." Som jag saknade dem och fortfarande hade dåligt samvete över att jag hade svikit dem så hastigt.

"Nej det är det inte. Du är svag jämfört med en viator-väktare och du ska inte umgås med människor. Vincent skulle koka dig levande om han hörde vad du planerar", sa Christian förmanande. Han placerade en snabb puss på Jolines villiga läppar. Jag och Didrik tittade roat på varandra.

Kapitel fyrtioett

Väl i herrgården, nypumpad med djurenergi, sökte jag upp Victoria. Jag hade först tänkt prata med Dante men insåg att han knappast skulle ge mig den information jag sökte. När jag var på väg till mitt favoritvardagsrum på övervåningen, där Victoria befann sig, hörde jag mamma ta emot sin enträgne pojkvän. Samtidigt som jag var glad över att de tillbringade så mycket tid tillsammans var jag löjligt svartsjuk att han fick umgås med henne hur mycket som helst och inte jag. Det gjorde fruktansvärt ont. Jag hade ingen aning om hur vår separation skulle gå till men gissade att familjen Weller planerade en flytt från Månkarbo när tiden kom, för att göra det lättare för mig. Ibland önskade jag att väktare kunde gråta. Det fanns inte något bättre sätt som jag kände till att göra sig av med smärtsamma känslor. Istället var jag fången i en kropp som tvingades att förtära smärtan istället för att släppa ut den.

Victoria satt med fötterna uppdragna i soffan och tittade på tv. Det var så ovanligt att se väktarna försjunkna i något alldagligt. Jag var definitivt den mest alldagliga av alla på det här stället. Hon lyste upp när hon såg mig, självfallet medveten sen långt innan att jag var på väg till henne. Hon var så vacker med sitt kolafärgade hår; alltid propert klädd, den här gången i en knytblus och svarta åtsittande byxor; och oklanderligt sminkad. Kvinnan som gick från att diskutera krigsstrategier och utrotning av viatorer till att titta på senaste avsnittet av "Våra bästa år".

"Hur är det min vackra svärdotter?" spann hon och sträckte ut en välkomnande hand mot mig. Jag tog den och gled ner på den svarta soffan bredvid henne. Jag drog upp ena knät och lät den andra foten sjunka ner i den röda mjuka mattan.

"Du undrar något."

Jag vred lite besvärat på mig; skuldtyngd över att jag gick bakom Vincents rygg och frågade om saker han själv inte ville dela med sig av. "Jag undrar över Vincents mänskliga liv." Jag tittade försiktigt på henne, rädd att hon skulle ifrågasätta mitt snokande. Han var trots allt min förbundspartner – jag borde ha rätt att veta allt om honom.

"Ja?"

"Problemet är att Vincent inte vill svara på mina frågor, och jag vill så gärna veta allt om honom. Det enda han har berättat för mig är att hans pappa hette Per Löfstedt och hans mamma Maria Elisabeth Larsdotter. Jag har sett hans mamma på bild men inte hans pappa. Jag vet att hans pappa var aktiv i hattpartiet och även var en del av *Sekreta rådet* och sen *Hemliga utskottet*. Sen svarar han inte på några fler frågor."

Victoria stängde av tv:n och lade sakta ner dosan på bordet. Hon tittade eftertänksamt på mig och förde mitt hår bakom örat med sin varma hand. "Vad tror du anledningen är att han inte berättar något om sitt mänskliga liv för dig?" kontrade hon.

"Jag vet inte. Hände något tråkigt? Eller saknar han sina föräldrar? Vincent gillar inte att prata om saker som smärtar honom."

"Precis, Nova. Du kanske skulle respektera hans önskan och inte gräva i hans förflutna. Det är inte min sak att upplysa dig." Hon tittade på beklagande på mig och jag lutade mig bakåt i soffan med en uppgiven suck. "Okej. Jag accepterar ditt val. Jag får väl fortsätta pressa honom när tillfälle ges."

"Eller så låter du det hela vara och koncentrerar dig på er framtid istället."

"Mm, det skulle jag också kunna göra. Apropå vår framtid, vad fick du och Dante reda på idag?"

Nu var det Victorias tur att sucka och ett bedrövat uttryck tog över hennes ansikte. "Inga goda nyheter. Det verkar vara samma viator-väktare som har slagit till i hela norden och i resten av Europa. Men förutom att det verkar finnas fler viator-väktare som backar upp honom i andra delar av världen finns nu misstankar om att ett antal efterlysta väktare har slagit sig samman med viatorerna."

Jag tittade förskräckt på henne. Det var en mardröm. Om viatorerna, förutom viator-väktare, hade vanliga väktare på sin sida i olika åldrar kunde de verkligen utgöra ett reellt hot mot alla väktarfamiljer i världen. Och min Vincent var en del av väktararmén och med andra ord extra utsatt.

"Jag vet, Nova", sa Victoria som svar på mina tankar. "Vi alla är oroliga. Det är av yttersta vikt att Didrik befruktar en kvinna – eller flera. Han är den enda i vår familj som inte ingår i ett förbund. Vi behöver fler väktare. Kungen funderar på att dubbla antalet väktarfamiljer i världen, vilket gör att vi skulle få ansvar över halva Sverige. Problemet är att de nya väktarna är för svaga inledningsvis och inte utgör den förstärkning vi så väl behöver. Risken är att vi måste splittras i två familjer."

Det här var en mardröm – allt i det här. Hot mot vår existens och hot om splittring av vår familj. En del av mig ville gå tillbaka till människolivet igen och inte vara en del av detta krig.

Förutom att jag inte gillade tanken på att Didrik skulle bli avelstjur – han sörjde fortfarande Fiona – så gillade jag inte tanken på fler svaga potentiella offer som jag själv. "Kan inte väktarna på Lyofos komma till jorden och hjälpa till?"

"Väktarna på Lyofos har svårt att stanna på jorden under en längre tid. Du har sett Kungen, det är så vår ras ser ut egentligen. Vi är bara produkter av väktare som har tagit över människor. Väktarna är egentligen rena energifält utan fast form. De överlever inte på jorden i längden. Det är därför de var tvungna att beblanda sig med människor."

"Jag har mycket svårt att förstå det här. Främst det faktum att jag helt plötsligt, till viss del, härstammar från en annan planet."

"Jag vet. Man kan bli lite förvirrad om man tänker på det för mycket", log Victoria. "Men det är också viktigt att ha det i åtanke – helst de gånger man relaterar för mycket till människan i sig. Människan är bara vårt skal, vi är väktare inom oss och har en plikt att agera därefter."

"Jag tar det där som en varning", sa jag menande. "Jag har bara svårt att klippa banden till min mamma och mina vänner. Liksom jag har svårt att se människan som en leksak. Som det här med Didrik till exempel; trots att han nyligen har förlorat sin förbundspartner så förväntas han befrukta nya kvinnor enbart för att Kungen vill stärka väktarfamiljerna. Det är–"

"En nödvändighet." Hon tittade bestämt på mig och hennes blick påminde mig om att hon hade sådär 220 års längre erfarenhet än jag att vara väktare. "Dessutom är det inte meningen att han ska skaffa en ny förbundspartner genom befruktningen. Han ska enbart befrukta. Det krävs inte kärlek för det."

"Jag vet. Allt är bara så nytt för mig. Det kommer ta ett tag innan jag vänjer mig." Jag reste mig upp igen. Jag ville dra mig tillbaka till vindsvåningen, ringa Vincent och ta en lång skön dusch. "Hur är det förresten med tjejen?"

"Christian och Dante har försökt få ur henne information. Det verkar som om hon inte minns något." Victoria tittade bekymrat på mig. Fanns det någon som liknade en ängel mer än hon?

"Vad tror du har hänt henne?"

302

"Jag misstänker att hon väntar ett viatorbarn. Frågan är bara vad hon gjorde liggandes på gatan halvklädd och jagad av viatorer. Viatorer brukar oftast befrukta villiga kvinnor i ett parförhållande – de vill trots allt smälta in bland vanliga människor – men hon verkar inte ha varit där frivilligt.

Rysningar gick igenom min kropp när jag tänkte tillbaka på det drama jag själv varit inblandad i med Robin och Elias. De båda hade varit ute efter mig för egna ändamål; Robin för att avla viator-väktare med mig och Elias för att på något skruvat sätt ha mig som substitut för min biologiska mamma.

"Jag kan prata med henne. Jag gissar att Dante och Christian skrämmer henne mer än något annat."

Victoria gav mig en tvivlande min. "Är du säker på att det är en bra idé? Du står fortfarande människorna närmare än väktarna."

Jag kände mig konstigt förnärmad och höjde frågande på ögonbrynen.

"Okej. Släpp inte ut henne bara."

"Snälla, ser det ut som om jag är tappad bakom något?" Jag vände på klacken och begav mig till husets nedre regioner.

Jag kunde höra Christian och Joline med Dante i salongen. De diskuterade kvinnan i källaren och nödvändigheten att använda tankekraft på henne för att få ur henne information. Hon var svag och vettskrämd. *"Vart är du på väg?"* Christians röst intog mitt huvud. *"Till källaren."* *"För att göra vad?"* Jag himlade med ögonen

303

redan på väg mot korridoren som ledde förbi biblioteket, köket, ett gästrum och slutade med källardörren. Eller en av dem, det fanns fler. Jag gillade inte källare – den här var inte något undantag. *"Leka med bilar."*

"Jätteroligt, Nova. Vi har pratat med kvinnan, vi misstänker att hon redan står under någons kontroll. Hon svarar inte på våra frågor."

"Jag har förstått det. Men jag vill träffa henne. Hon kanske ser något mer mänskligt hos mig än hos er. Det var trots allt lite längre sedan ni var människor än jag."

"Gå ner, men glöm inte bort att du är väktare." Den här gången var det Dante, och jag himlade med ögonen igen. Vad trodde de att jag skulle göra – ta tjejen och rymma? Det var uppenbart att jag behövde tuffa till mig inför min väktarfamilj; de såg mig fortfarande som familjens svaga länk. Ja, jag var inte fullt van vid att vara väktare, och nej, jag var inte heller van vid att offra människor till höger och vänster eller leka förstående inför tvångsframkallade befruktningar. Men å andra sidan gissade jag att familjen Wellers medlemmar inte heller hade varit fulländade väktare från dag ett. Det var bara för länge sedan för dem att minnas exakt hur det hade känts.

När jag började min nedstigning för den gnisslande ståltrappan till källaren dök Didrik upp i korridoren. Det var uppenbart att han hade varit hos vår fånge. "Vad gör du här?" Jag höll rösten väldigt låg och undrade samtidigt varför mitt första infall alltid var att skydda honom från de andra. Vem var han för mig?

Det hörde även till saken att de övriga väktarna utan problem kunde höra oss om de ville. Om vi kunde höra hela Månkarbo kunde vi även höra varandra i samma hus. Men vi hade en förmåga att sålla bland de ljud som omgav oss; om vi inte hade kunnat det hade omgivningen drivit oss till vansinne. Det gick inte att lyssna på tusentals konversationer samtidigt, dygnet runt, utan att bli galen på kuppen. Precis som med väktarnas interna dialog var vi tvungna att lyssna aktivt för att höra allt – lite som att koppla upp sig på olika radiostationer.

"Jag kollade till tjejen." Jag kände hans oro i lungorna och stannade nedanför trappan med armarna i kors och höjda ögonbryn. "För att?"

"Jag antog att hon var upprörd när Dante och gänget hade gått och ville se om jag kunde lugna ner henne."

"Säkert. Dante försatte henne garanterat i ett lugnt tillstånd innan han gick. Säg sanningen."

"Det *är* sanningen, Nova. Ja, Dante gjorde det, men jag visste inte det när jag gick ner. Det visade sig att mitt besök var överflödigt." Han mätte min reaktion med blicken. "Du får tro vad du vill. Jag har inte något att dölja. Vad gör du själv här?"

"Jag ska se om jag kan lyckas med det ni inte har lyckats med."

Didriks mun ryckte i ett försök att hindra ett leende och jag gick förbi honom utan att säga något.

Kapitel fyrtiotvå

Jag kände lukten av människa och fann lukten alldeles för behaglig. Den här delen av mitt nya jag skrämde mig. Jag var inte människa längre. Det var en mer skrämmande tanke än när Vincent berättat för mig att *han* inte var det. Det var svårt att inte vara människa. Hela mitt liv fram till nu hade handlat om att förbereda mig för vuxenlivet som människa; från min lek med dockor som liten, lagandes mat i mitt träkök i vardagsrummet, till den första förälskelsen; första kyssen; första gången i säng med en kille; skolan som förberedelse för yrkeslivet och vuxenlivet. Nu var allt abrupt slut. Det var inte lätt. Även om det var vad jag velat var det inte lätt att bara ändra riktning och bli en världsräddare – en rymdvarelse.

Dante hade förklarat för mig att vi var här för jordens bästa – planetens. Det var vårt viktigaste uppdrag. Människan var våra undersåtar som underhöll jorden åt oss. De jobbade åt *oss*, inte tvärtom. jorden ingick i ett mycket större maskineri i universum som inte ens väktarna hade full koll på. Vem, eller vilka, galaxernas högsta ledare var visste ingen. Väktarna hade makt över sina planeter och andra raser hade makt över sina. Människan var ingenting. Hela tiden hade människan levt på den här jorden i tron om att den var härskare över den – egentligen var de praktiskt taget slavar. De odlade, skördade, utvann naturtillgångar och höll jorden beboelig för att någon gång tas över av de riktiga härskarna.

Problemet var bara att människan inte nöjde sig med att odla och utvinna; den var girig och inte tillräckligt intelligent vilket gjorde att den även skövlade, dödade och tömde jorden på dyrbara naturtillgångar. Människan var för opålitlig för att förvalta jorden på egen hand vilket nödgade väktarna att övervaka och utrota vid behov. Människans, enligt väktarna, abnorma behov av förökning, även i kristider, ledde till utarmning av dyrbar jord och naturtillgångar. Vid hastig folkökning i ett land ordnade väktarna katastrofer för att hindra skövling av mark. Jorden för väktarna gick att likna vid feodalherrarnas tid. Människan arrenderade mark men ägde den inte. Skillnaden var att arrendatorerna på den tiden varit medvetna om att de inte ägde marken – det var inte människan.

Jag brukade leka med tanken att jorden för väktarna var vad människan skulle kalla ett sommarställe; vissa väktarfamiljer bodde permanent, andra kom på besök i brist på annat att göra eller för att koppla av. De riktiga väktarna kom bara på hastiga besök då de inte kunde leva permanent på jorden. Många väktare valde att bo kvar på jorden efter sin tjänst, andra återgick till Lyofos. Jag hade ingen aning om hur det fungerade, om det innebar att väktaren blev en formlös substans som de riktiga väktarna eller om vår sort av väktare kunde bo på Lyofos i vår nuvarande form. Någonstans måste alla väktare ändock ta vägen med tanke på att de kunde leva i miljontals år men sällan tjänstgjorde på jorden mer än ett par tusen år. Vincent hade berättat för mig att det levde långt fler väktare på jorden än de härskande familjerna; sådana som hade *vistelserätt* i olika länder, prisjägare och efterlysta väktare.

Jag vred om nyckeln till rummet där kvinnan satt. Som hon måste undra varför hon var inlåst.

Hon satt på golvet och ryggade snabbt tillbaka när jag klev in. Hela scenariot påminde starkt om när jag varit fånge i Elias källare. Mina käkar bets hårt ihop och jag var tvungen att stanna till i dörröppningen några sekunder för att samla mig innan jag klev in i rummet.

"Var inte rädd, jag kommer inte att skada dig."

Hon var söt med långt ljusbrunt hår och stora ögon som stirrade på mig från ett nätt ansikte. Joline hade givit henne ett par gråa mjukbyxor och en tröja. Min blick sökte sig till den lilla rundningen på hennes mage. Ett viatorbarn. Tanken fyllde mig med vämjelse; precis som Robin velat plantera i mig. Hade den här kvinnan blivit befruktad av fri vilja eller hade någon våldfört sig på henne?

När hon såg min blick skyddade hon förskräckt magen med sina händer. Jag hörde hur hennes hjärta hamrade hårt i bröstet och frasandet från tröjans tyg när hennes bröst höjde sig upp och ner.

Jag satte mig ner på en av de svarta hopfällbara stolarna som någon placerat i det här annars tomma rummet. Det luktade kvavt av jord, betong och människa. Vem hade egentligen tomma rum i en källare? Kunde det här rummet

309

vara till för just sådana här ändamål? – varför annars det stadiga låset på dörren?

Jag gjorde en gest mot en av de andra två stolarna men hon skakade på huvudet.

Jag hade ingen aning om hon visste vad vi var och jag var inte den som tänkte upplysa henne om saken. "Vad heter du?"

Hon tittade skrämt på mig från det kalla golvet. Jag kunde inte gissa vad hon tänkte men jag kände att hon var rädd och nyfiken på samma gång.

"Elin." Rösten var bara en viskning.

"Vem är du, Elin och var kommer du ifrån?"

"Örebro."

"Hur kan det komma sig att vi hittade dig på marken omringad av människor som du försökte att fly ifrån?"

Hon såg ärligt förvånad ut vilket även konfirmerades genom hennes känslor. Hon tittade frågande på mig; synade mig uppifrån och ner som om jag var den tilltalade här och inte hon.

"Jag vet inte vad du pratar om. Jag har inte flytt från någon."

Det var uppenbart att hon var satt under någon sorts hypnos. Av vilken anledning hade jag trott att jag skulle kunna få ur henne någon information som de andra inte hade lyckats med?

"Minns du när vi hittade dig?"

Hon nickade och tittade förvirrat på mig under lugg. "Vad minns du?"

"Jag var ute med min pojkvän och några kompisar och ni stormade in och kidnappade mig."

Jag tittade förundrat på henne. Var det så här hon mindes det hela? Ingenting annat? Vem hade hjärntvättat henne så här grundligt och när hade det skett? Hade viatorerna manipulerat hennes hjärna redan innan de jagat henne den kvällen? *Kunde* de ens göra det? Jag tittade fundersamt på henne. "Du bär ett viatorbarn så det är självklart att du är värdefull för dem. Men varför var de beredda att dö för din skull?"

"Jag vet inte vad du pratar om. Och vad är *viator* för något?"

Jag log lätt och kände att mina väktarinstinkter kickade in. Jag kanske inte stod så nära människan som jag hade trott. Åtminstone inte den här människan – hon irriterade mig. Och det faktum att jag var säker på att hon inte spelade hjälpte inte. "Vet du varför du är här?"

"Nej, men jag vill att ni släpper mig så att jag kan återvända till min pojkvän."

"Det kan vi tyvärr inte göra än. Vad heter din pojkvän?"

"Varför håller ni mig fången?"

"För att skydda dig."

"Du ljuger."

Jag ville döda henne. Den känslan skrämde mig. Men jag ville. Hon satt där, befruktad av en viator, och trodde att hon

311

kunde sätta sig upp emot mig. Jag kunde knäcka henne som en tändsticka. Hon borde tänka sig för. Hon var lierad med min naturliga fiende. Jag bet ihop käkarna och sansade mig. Vi samlade till familjeråd direkt när Vincent kom tillbaka. Det var en lång diskussion som delade oss i två läger. Det fanns ingen som helst mening att hålla kvinnan fången längre – hon skulle aldrig ge oss några upplysningar. Men det var inte heller möjligt att bara släppa henne för att föda ett viatorbarn; väktarna hade stående order att döda alla viatorer – oavsett ålder. "Vi måste döda både henne och barnet", konstaterade Dante kallt.

Jag tittade förtvivlat upp på min förbundspartner i hopp om att han skulle vara mer barmhärtig. Dante hade respekt för Vincent och skulle ta hans åsikt i beaktande. Jag kastade en snabb blick på Didrik som stod lutad mot väggen närmast dörren; hans ansikte var uttryckslöst och hans ögon vilade på Vincent. "Inget tvivel om saken, hon måste dö." Jag tryckte Vincents arm med allvarlig blick. Efter att jag lämnat källaren hade blodtörstiga Nova ersatts med den vanliga empatiska Nova. Jag anade att min väktarinstinkt påverkade mitt omdöme gällande viatorer; även om kvinnan inte var en viator bar hon på en. "Nej, snälla, Vincent", bad jag och tittade bedjande på de andra. Vincent drog mig intill sig och placerade en puss på mitt hår. "Tyvärr, Nova. Vi kan inte kompromissa om det här. Hon är en fara för oss och bär på ett viatorbarn. Vi måste ta bort henne."

"Döda ett ofött barn och dess mamma? Finns det inte något annat alternativ?" Jag satte mitt hopp till Victoria och Joline, men de skakade bara på huvudena. "Vi har inte något val, Nova. Vi kan inte låta det här barnet födas." Victoria slöt upp vid sin förbundspartners sida.

"Nova har rätt, vi borde fundera över våra alternativ", sa Christian försonligt.

"Det är vår plikt att döda alla viatorer vi stöter på", kontrade Didrik och lade armarna i kors över bröstet. "Att låta bli vore att trotsa en av Kungens absoluta order."

Vincent tittade för första gången med medhåll på Didrik men sade ingenting.

"Då är det bestämt, hon ska dö. Är det någon som anmäler sig frivilligt eller ska jag bestämma?"

Om jag hade haft ett fungerande hjärta hade det slagit sig ur mitt bröst av rädsla att jag skulle bli vald. Jag kände hur Dantes blick sökte sig mot mig och jag visste att han ville välja mig för att tvinga fram min lojalitet till väktarna och vår uppgift. Min hand kramade Vincents arm krampaktigt; Vincent rörde sig inte ur fläcken, inte ens för att visa att han uppfattade min rädsla – även om jag var väl medveten om att han kände den – liksom alla andra i rummet. Didrik mätte mig uppifrån och ner med blicken. "Jag kan göra det", sa han torrt. Min tacksamhet till Didrik var oändlig.

Dante nickade fundersamt och gick sedan sakta fram till mig. Han stannade framför mig och Vincent, den senare släppte mig efter en tyst befallning. Dantes hand slöt sig runt min haka; han förde mitt huvud uppåt så att min blick mötte hans. Dante var född 1702; de blå ögonen bar på hundratals år av visdom. Han fick mig att känna mig liten och betydelselös. Det gick flera sekunder utan att han sa något. Han bara tittade utrönande in i mina ögon. Golvklockans tickande sprängde i mitt huvud, gick mig på nerverna. Jag ville springa ut i skogen och gömma mig; jag kände barrlukten i näsan – frihet. Jag ville hem till min mamma; jag ville sitta med henne i det trivsamma vardagsrummet och titta på roliga tv-program och äta blandgodis. Jag ville träffa Rebecka och Emily och ha tjejhäng; äta lite tacos och dela det senaste skvallret; gå ut på krogen och bli för full. Om de bara visste hur enkla deras liv var.

Jag ville inte bryta med min mamma – någonsin; hon var min sista länk till mitt mänskliga liv. Tanken att bara vara väktare skrämde mig. Jag måste hälsa på min mamma – själv. Jag behövde henne så mycket. Jag hade fått klara order att inte åka någonstans utan skydd. Dantes order var absoluta. Men om familjen Weller inte kände till det hade jag officiellt inte trotsat någon order.

"Nova ska göra det."

Där var de – orden jag hade fruktat.

Så enkelt uttalade och förbjudna att trotsa.

Jag slöt ögonen och bet ihop käkarna. Rummet snurrade runt mig, ljuden runt mig suddades ut.

"Öppna ögonen och fokusera, Nova." Dantes röst var befallande och mina ögon öppnades sakta. Varför blev man inte också en naturlig mördare när man blev väktare? Det hade underlättat saker och ting att man efter förvandlingen bara vaknade upp och var ett naturligt rovdjur.

Det hade varit tillräckligt svårt att döda en annan mördare – men en, till synes, oskyldig gravid kvinna? Lika lite som jag hade kunnat göra det som människa, lika fel kändes det nu – även med beaktande att jag velat ta livet av henne nere i källaren. Kände inte de andra något när de tog liv? Eller hade de gjort det i så många år att det inte längre bekom dem?

"Dante, vi kanske borde ge Nova en respit den här gången", sa Victoria mjukt. "Och Didrik har erbjudit sig." Jag tittade tacksamt på henne men vågade inte säga något.

Dante backade ett steg från mig och lade armarna i kors över det muskulösa bröstet. Han synade mig noga och skakade sedan på huvudet.

"Nej. Joline, du får vara Novas stöd. Det ska ske ikväll. Vi behöver fokusera på annat. Vi ska ha ett möte över Internet imorgon med andra väktarfamiljer. Vi måste lägga upp en gemensam strategi och prata om förstärkning av befintliga familjer."

"Jag behöver luft." Jag skyndade mig panikslaget mot dörren utan att titta på de övriga.

"Jag följer med", sa Vincent mörkt.

Jag vände mig i dörröppningen och kastade en mer bestämd blick på samlingen där inne än jag någonsin vågat göra tidigare. "Nej! Jag vill vara själv", väste jag sammanbitet och lämnade rummet.

315

Kapitel fyrtiotre

Dregos kunde inte styra sig själv, begäret var som en stor sten kastad med all kraft på hans bröst. Hans lungor pressades samman – lukten av människa fyllde hans näsa. Det var första gången; han hade aldrig reagerat på en människa tidigare. Den här gången drogs han till människan som en mal till en lampa. Lukten av henne var underbar. Han fann sig följa henne på håll mellan träden. Vad gjorde hon så nära viatorernas näste? Hade hon ingen självbevarelsedrift? Även om viatorerna i regel inte var ett hot mot människan var de ständigt ute efter mänskliga kvinnor; antingen genom regelrätta förhållanden eller genom tvång. Deras egna kvinnor var kvar på Merkel för att föda fler viatorer som i framtiden kunde lägga beslag på planeten; deras söner tog sig sedan till jorden för att befolka den med nya starka viatormän.

Han närmade sig henne; hon hade stannat mitt på en stig och tittade på sin telefon. Han insåg vad det handlade om. Han kände behov av att ta hennes livsenergi – *precis* som väktarna intog föda. Men han var en viator – inte en väktare. Och uppenbarligen spelade det ingen som helst roll att intala sig detta faktum då han likt förbannat stod mitt i skogen och fick ståfräs av tanken att ta hennes liv.

Kvinnan hann inte ens se honom komma. Han grep henne om nacken och mötte hennes skräckslagna blick. Hennes bruna hår föll lent över baksidan av hans hand när han böjde hennes huvud bakåt. Han njöt. Hennes skräck fyllde honom med tillfredställelse. Han tystade hennes skrik med sin mun när han drog i sig hennes livsenergi. Hennes mobil föll från hennes slappa hand och lämnades på stigen lysande med låten *Love is* på displayen.

Regon vände sig mot Eliten. Han vandrade självsäkert över golvet med all den pondus den obestridde Härskaren besatt. Han var mycket nöjd den här dagen. Hans fru, Gerina, hade anlänt till jorden. Det var inte sedvana att en viator-kvinna befann sig på jorden, men hon var hans enda akilleshäl och han klarade inte av att vara utan henne en längre tid. Deras son, Legus, hade skickat några av sina bästa vakter med henne. Det var en stor risk Regon tog – en egoistisk sådan. Gerina var fullständigt säker på Merkel. Däremot inte på jorden där hans värsta fiender fanns – samma fiender han nu hade framför sig, vilket var den andra anledningen till att han var nöjd. "Nej, de här väktarna utgör inte någon fara för oss viatorer", svarade han självsäkert på Elitens fråga. Han gjorde en gest mot de åtta väktarna som stod framför Eliten. "De är efterlysta och utstötta. De vill inte något annat än att hämnas på väktarna och dess Kung."

Eliten såg tveksam ut. Vissa mer än andra. De talade sinsemellan medan de tittade på sina fiender. "Samtliga av dessa har infiltrerat sig i väktarfamiljer runtom i världen. De gör ett lysande jobb och vi behöver dem. Ni tror väl inte att jag hade blandat in dem i kriget om jag inte var säker på detta?" frågade han med ett kort skratt samtidigt som han synade Elitens tvivlande ansikten. "Deras alternativ är att vara med oss och besegra Kungen eller bli raderade av densamma."

Väktarna tittade på Eliten med den överlägsenhet de var födda med. De gjorde klart att de inte var där för viatorernas skull utan för sin egen skull. De utmanade dem att samarbeta med dem. Inte som viatorernas undersåtar utan som deras jämlikar – för en tid.

Den dagen slöts en mycket viktig men förödande överenskommelse mellan viatorer och efterlysta väktare.

"Men, Nova, du ser ju alldeles uppriven ut." Mamma satte sig med mig i just den soffa jag längtat efter att sitta med henne i. Hon ställde en rosa kopp med ljuvligt doftande mörkt te framför mig och fattade mina händer i sina; hon såg sådär mammamysig ut som jag älskade när hon gjorde, med mysbyxor och t-shirt och håret uppsnott i en blandning mellan knut och svans. Hon luktade hemma och kändes hemma. Min kropp värkte av längtan efter henne. Jag lutade mig bakåt i soffan och tittade ut genom vardagsrumsfönstret på vår halvskötta trädgård. Jag kände lukten av fuktig jord och växtlighet fastän alla fönster var stängda. Mamma hade lämnat gamla fotoalbum på bordet. Jag visste redan vad de innehöll och vägrade titta för att påminna mig om min barndom och pappa. I den här sinnesstämningen skulle det antagligen räcka för att få mig att bryta ihop. Mamma hade garanterat ägnat sig åt en nostalgitripp tillsammans med vänner eller sin pojkvän. "Var är din kille någonstans?"

Mammas blick landade på nämnda album. "Han är hemma." Hon tittade allvarligt på mig. "Jag önskar att du kunde träffa oss oftare. Jag vill att du ska tycka om honom lika mycket som jag gör. Han är verkligen underbar, Nova."

Jag log lätt mot min mamma och gav henne en lång kram. "Om du är lycklig är jag lycklig, mamma", sa jag med en viskning. "Jag lovar att jag ska träffa honom över en middag eller något och lära känna honom. Jag vill trots allt veta vem du hänger med."

Mamma tittade misstänksamt på mig. "Berätta, vad har hänt? Har du bråkat med Vincent?"

"Jag…" Jag tittade bedrövat på henne. Så mycket hände i mitt liv och jag kunde inte berätta något för henne. För min egen mamma – och jag kunde inte ens gråta för att få ut mina känslor över allt jag stod inför. En tår, var det mycket begärt? Jag begravde ansiktet i mammas t-shirt och slöt ögonen medan jag andades in hennes lukt. Så många minnen. Så mycket lycka. Så mycket saknad.

Mamma gjorde det mammor ska göra när deras döttrar är uppgivna och begraver ansiktet i deras tröjor utan att säga något; hon smekte mitt hår med sina mammahänder och mumlade lugnande ord. "Det löser sig, Nova. Alla par bråkar i början – även i mitten – och alltid. Bråk kan vara nyttigt. Vincent dyrkar marken du går på, det vet du. Du behöver inte oroa dig."

Mamma, jag vill berätta för dig att det inte är Vincent jag har bråkat med. Men jag har blivit väktare och det är något så sjukt att jag inte ens kan berätta det för dig. Jag styr inte över mitt liv längre och har andra lagar att följa än vad du har. Jag kan bli raderad om jag inte lyder order och får inte träffa dig egentligen – eller någon annan människa. Jag kommer att överleva alla jag älskar. Jag får inte berätta något viktigt om mitt liv för dig fastän jag inte vill något hellre än just det. Förutom Kungen är Dante min ledare och han har bestämt att jag ska döda en människokvinna för att hon bär på ett viator-barn. Viatorerna är våra fiender och vi måste döda dem; vi dödar även människor när det behövs. Och jag vill inte döda den här kvinnan men måste göra det för att visa att jag är lojal väktarna nu och inte människorna. Jag är ingen mördare och vet inte hur jag ska klara det. Men det absolut värsta av allt är att jag snart måste säga hejdå till dig för den sista gången i våra liv och jag kan inte leva med den tanken. Jag går sönder. Jag älskar dig så otroligt mycket men var tvungen att göra det här för att få vara med Vincent. Jag kan inte leva utan honom och nu kan vi vara tillsammans för alltid. Det var enda sättet. Förlåt. Mina lungor drogs smärtsamt ihop och värken spred sig inom mig och ut i mina fingertoppar och varenda hårstrå på min kropp. Jag lyfte sakta mitt huvud från mammas tröja och tittade in i hennes vackra ögon. Jag nickade kort som en konfirmering av det hon hade sagt.

Jag drack teet fastän jag inte gillade det lika mycket som väktare; smaken var förknippad med så många trevliga minnen att jag njöt av det ändå. Jag gjorde sedan något så normalt som att handla på ortens ICA tillsammans med min mamma och njöt av att välja något så trivialt som smak på kaffe. Jag saknade mitt människo-jag och var förvånad över detta då jag inte trott att jag skulle lida av en sådan separationsångest.

Men det gjorde jag.

Ofantligt.

När jag smög mig in i herrgården den kvällen (varför brydde jag mig ens om att smyga när jag bodde med de mest lyhörda varelserna på hela planeten?) väntade Vincent på mig i hallen. Jag visste att han var arg för att jag hade försvunnit utan att meddela honom om vart jag skulle. Han stod i förhallen med armarna i kors och spända käkar.

Jag gick förbi honom.

Hans min var obetalbar.

Att vilja hyperventilera men inte vara fysiskt kapabel. När Vincent kom in i vårt rum vände jag mig stelt mot fönstret. Om jag ändå hade förmågan att bli osynlig; då kunde jag sitta här och titta när de andra konfererade om var jag var och vem som skulle ta livet av människokvinnan.

Jag vände mig inte om, men jag kände hans närvaro tydligt. Han var arg på mig; även orolig över vad som rörde sig i mitt huvud.

Hans underbara doft förförde mig. Jag knep ihop ögonen i ett försök att sluta resten av världen ute. Inklusive Vincent. En del av mig ville att han skulle komma fram till mig och sluta mig i sin famn; lova mig att allt skulle bli bra – som det alltid blev när han var med mig. En annan del ville att han skulle låta mig vara, inte säga något alls. "Jag tror att jag går igenom en kris." Min röst var obekant. Jag var själv oförberedd på att höra mig säga orden.

Jag kände när han ändrade sig; när han valde att inte längre vara arg. Han gjorde precis det jag behövde som mest just nu; gick fram och lade sina starka, varma armar runt mig bakifrån och lade kinden mot min. "Det gör alla efter ett tag, Nova, när de inser vad de har givit sig in i." Han släppte mig igen och satte sig på sängen bakom mig. Jag ville inte vända mig om och titta på hans allvarliga ansikte. "Att vara väktare är inte bara att leva för evigt och förbli ung; det handlar om ett stort ansvar som måste respekteras. Vi är långt mer styrda än vad människorna är – bundna av hårdare regler med långt allvarligare följder än att fängslas."

"För mig är det ett otroligt stort steg att döda en människa som inte gjort något annat fel än att bli befruktad av fel person. I min värld får en sådan kvinna skäll – i dysfunktionella familjer stryk. Hon avrättas inte."

322

"I *din* värld, Nova, måste du döda den personen. Du är inte längre i människornas värld."

Ni vet ordspråket att man inte vet vad man har innan man förlorar det; jag insåg snabbt att jag praktiskt taget aldrig i mitt liv hade tvingats att göra allvarligare saker som jag inte själv velat göra. Det närmsta jag kommit hade till exempel varit att sitta bredvid en kille i skolan som hade vårtor på händerna; han hette Mikael och hade varit väl medveten om att jag inte ville sitta bredvid honom. Han älskade att lägga sin vårtiga hand så nära min bänk som möjligt och jag gjorde allt för att inte titta på kratrarna som stack upp här och var på hans hud. Jag undrade ständigt om han ens försökte att behandla vårtorna; efter en termin var jag säker på att han lät dem vara bara för att äckla mig. Bästa tiden var när jag började i trean och fick en ny bänkgranne. Att hålla föredrag för klassen och släpa sig upp på morgnarna när man var trött var andra exempel; äta äcklig skolmat; följa med och hälsa på släkten istället för att vara med vänner; städa rummet; vara förbjuden att följa med på fest – för att sedan smita ut genom fönstret; få utegångsförbud. Ja, listan kunde göras lång med egentligen helt obetydliga saker som jag tvingats utstå genom livet. Att gå från dessa små motgångar till att döda en kvinna och hennes ofödda barn var helt orealistiskt för mig. Även om jag välkomnat en identitet som väktare hade jag inte insett alla de fasansfulla delar som ingick; jag hade blivit varnad men knappast brytt mig om dessa varningar innan faktum. Jag fann det otroligt svårt att skifta från människans lagar till väktarnas lagar. Jag fann det även svårt att acceptera att Kungen ägde mig och kunde straffa mig utan vidare om jag vägrade följa lagarna.

Kapitel fyrtiofyra

Jag berättade aldrig för Vincent att jag hade varit hemma hos mamma. Jag var dock säker på att han anade det men valde att inte säga något för allas skull. Å andra sidan hade jag brutit mot Dantes regler ändå eftersom jag lämnat bostaden utan någon form av skydd. Jag skulle dock hålla mig till den modifierade sanningen att jag inte hade lämnat familjen Wellers ägor.

Joline kom in till vårt rum strax efter åtta på kvällen. Vincent reste sig från en av rokokostolarna vid fönstret och tittade allvarligt på henne. Mitt i allt som stormade omkring oss hade vi haft en helt underbar avkopplande dag i varandras sällskap. Även om Vincent inte var förståelsen personifierad, och som oftast tyckte att alla känslor relaterade till det mänskliga var av ondo, hade han gjort sitt bästa under den här dagen för att sätta sig in i min situation. Han hade också berättat mer om sig själv än någonsin tidigare; hur det varit när han blivit väktare och de utmaningar han hade stått inför. Han hade berättat om sin släkt och hur han tidigt varit tvungen att undvika dem; han hade inte fått tre års respit som jag utan omgående fått klippa banden till de människor han hållit som mest kära. Och hur målande beskrivningar han än gav mig om sin kamp som människa och väktare i 1800-talets Sverige, noterade jag att han inte nämnde sin närmsta familj nämnvärt förutom varma kärleksförklaringar till sin mamma. Jag frågade honom om hans syskon och han nämnde en bror i förbifarten. "Men Christian är min riktiga bror och har varit betydligt längre tid."

"Vad hette din bror?"

"William."

"Vilket fint namn. Vincent och William. Hur gammal var han när du blev väktare?"

Vincent reste sig upp och vände mig ryggen, uppenbart ovillig att prata om sin familj. "Nova, jag har lämnat mitt mänskliga liv bakom mig. Det var hundratals år sedan."

Hans ovilja att prata om sin familj gjorde mig än mer nyfiken. Var det för att han saknade dem så mycket? Var det känslor han inte ville ta itu med?

"Hann du träffa dem innan de dog? Hann du säga adjö till dem?" Min kropp värkte när jag ställde frågan, då den var så starkt relaterad till min egen situation.

Vincent var nu vänd mot mig igen. Hans silverfärgade ögon svepte över min kropp, så där intimt som bara han kunde; som fick min kropp att brinna och märkningen på min rygg att hetta och mina tankar att fyllas av sex. "Nej."

Bara sådär så var hela vårt samtal över. Han stängde dörren till det förflutna och återvände till att prata om vad vi hade framför oss.

Vincent gav Joline en snabb puss på kinden. Innan han stängde dörren efter sig tittade han allvarligt på mig. "Så är det, Nova. Nu börjar ditt liv som väktare på allvar. Det finns ingen återvändo."

Joline var så vacker, iklädd en svart pennkjol och vit spetsblus, som om hon skulle på fest. Hennes långa ljusa hår vilade som en vågig mantel på hennes rygg. Som jag älskade min nya syster.

Hon gick fram till mig med ett försiktigt leende, följd av den underbara friska doft som var hon. Hon lät under tystnad sina fingertoppar stryka över de vackra masternas topp och seglet på skeppet Vincents pappa hade byggt. Jag älskade det där skeppet. Hur kunde samma person som vägrade prata om sin pappa så varsamt bevara ett föremål han hade byggt?

"Joline, träffade du någonsin Vincents bror?"

"Nej, varken hans bror eller syster." Hon gled ner bredvid mig i soffan och studerade överraskat min reaktion. Det kändes som om någon tog strypgrepp på mig och jag tittade mållöst på henne. Vincent hade en syster? – och hade inte sagt något till mig om det. Vem var jag för honom? Ingenting? Borde man inte känna till varandras familjer när man levde i ett äktenskap? Jag var så besviken. Varför höll han mig utanför? Det var inte rättvist att alla andra kände till hans historia medan han lät mig leva i mörkret.

"Vad är det, Nova? Har jag sagt något fel?"

Det här vågspelet mellan att erkänna att man är totalt ute i mörkret, och skämmas för det, eller att låtsas som ingenting. Den här gången valde jag det sistnämnda. "Säg hur det här ska gå till, Joline." Totalt byte av samtalsämne, dock till något ytterst aktuellt.

Joline synade mig noggrant – jag avskydde när hon gjorde så – som om hon kunde se in i min själ, eller vad jag nu hade nu för tiden. "Hur mår du?"

"Ja, som man brukar när man står inför att döda en helt oskyldig gravid kvinna." Jag tittade på henne som om det var den dummaste frågan i hela världen.

Hon log brett åt min sarkasm. "Du vet att du inte har något val? Det här är en av många kommande liknande händelser. Om man inte kan fullfölja sin roll som väktare är man överflödig och blir raderad för trots. Det är bara att bita ihop och göra som man blir tillsagd."

"Det behövs verkligen en revolution bland er väktare", sa jag trotsigt. "Säg hur jag ska göra." Det kändes som om jag stod utanför min egen kropp och tittade på. Situationen var så absurd att jag valde att bli en åskådare istället för en aktör. Nova Sommelius tittade förskräckt på Nova Weller som på fullt allvar förberedde sig på att begå ett helt oförsvarbart mord. Eller två. Nova Sommelius var djupt chockad och besviken. I hennes värld fanns det inte någon som helst ursäkt att döda oskyldiga; hon gillade inte människor (varelser) som Nova Weller, som svängde sig med någon dålig ursäkt för att begå oförlåtliga handlingar. Nova Sommelius rättade inte sig i ledet på det viset utan gjorde det hon tyckte var rätt. Likt förbannat visste hon att Nova Weller skulle göra det hon var tvungen att göra. Men det skulle förfölja henne och plåga henne hela hennes existens.

"Du vet hur du ska göra, Nova", sa Joline lugnt och reste sig upp. Hon slätade till sina kläder. "Kom nu, det är dags. Ju längre du drar ut på det desto värre kommer det bli."

"Kan inte bli värre", muttrade jag och reste mig mekaniskt ur den mörka soffan.

Ni vet när man känner på sig att allt ska gå åt helvete på ena eller andra sättet.

Så kände jag när jag och Joline öppnade dörren till källaren.

Jag visste förvisso redan att allt skulle gå åt helvete bibliskt sett eftersom jag var på väg att döda oskyldiga, men det kändes som om allt skulle gå mer åt helvete än det. Jag hatade den känslan – för den kom sällan utan anledning. Apropå religion så hade jag vid det här laget antagligen fått alla bevis i världen på att det inte fanns någon Gud, och även om jag aldrig hade varit troende så kändes det ganska sorgligt. Jag hade gillat tanken på att det kanske, bara kanske, satt någon (jag vägrade smörja patriarkatet genom att säga att Gud är en man) uppe i himlen och vakade över mig; att det fanns någon där uppe som tog hand om min pappa och alla andra som hade dött. Jag gillade även tanken på änglar och att hänga på ett moln. Väktarnas existens hade dock blivit den sista spiken i kistan för eventuell tro. Antagligen var det de som låg bakom alla skumma saker människan sett genom tiderna som gjort att de hittat på gubbar i himlen och mirakel; men det fanns inget paradis, det var uppenbart. Det fanns en väktarkung och det fanns en massa andra skumma varelser där uppe – men inte något liknande det vi människor hade nedtecknat i böcker. Jävligt tråkigt faktiskt. Bibeln var så mycket roligare än väktarna – och Gud var så mycket roligare än väktarnas Kung. Jag borde ha varit troende när jag hade chansen. Nu var det totalt kört. Och jag som tyckte att kyrkor var så vackra byggnader – det skulle aldrig bli detsamma att gå in i en igen nu när jag visste att Gud inte gav mig pluspoäng när jag gjorde det; liksom insikten att alla där inne satt och bad till luft och helt i onödan. Så tragiskt. Vissa saker var det bara bättre att inte veta.

Innebar det här att både Jesus och Mohammed – som hade tillskrivits egenskaperna att utföra massa mirakel – egentligen hade varit väktare? Jag gjorde en mental anteckning att ta upp det med Vincent, eller någon annan i familjen, vid tillfälle. Kanske inte Vincent förresten då jag var grymt besviken på honom för tillfället.

Det var knäpptyst i huset. Hade alla gått och gömt sig för att slippa se och känna min ångest? "Nova, du gör det enda rätta." Joline höll upp dörren för mig och lät mig gå före. Jag svarade inte utan gick sammanbitet ner för den knarrande trappan. Korridoren framför oss kändes som en klaustrofobisk tunnel. Jag ville sätta mig ner mitt i den och strejka. Mina fötter bestämde sig dock för att lyda order och tog mig fram till den enda dörr i världen jag inte ville öppna.

Och där kom vi tillbaka till det där med känslan att allt skulle gå åt helvete.

Hon var inte där. Dörren var olåst och hon var inte där.

Jag visste redan vad de skulle tro. Redan innan jag och Joline, lama i musklerna, lyckades föra våra bortdomnade kroppar till salongen, visste jag att familjen Weller skulle tro att det var jag. Joline hade inte sagt ett ord till mig sedan vi gjort upptäckten. Det fanns inga skador på dörren så det var uppenbart att kvinnan inte hade lyckats bryta sig ut. Å andra sidan hade det ändock varit omöjligt med tanke på det avancerade låset.

Någon hade släppt ut henne – och till skillnad från de andra visste jag att det inte var jag. Så vem hade gjort det? Vem hade lyckats smyga sig in i herrgården och släppa ut henne?

"Joline – det var inte jag." Jag var tvungen att säga det innan vi mötte de andra.

Joline stannade precis bredvid en stor oljemålning föreställandes skärselden, en mörk stor skapelse som kastade sina skuggor över den redan mörka korridoren till salongen, som jag hade gillat fram till idag. Passande verkligen. Jag kastade en snabb blick på den innan jag mötte hennes skeptiska ögon. Jag kände mig som en av alla skrikande varelser som sjönk ner i den heta lavan under Djävulens leende åsyn. "Du vet att jag älskar dig som en syster, Nova", sa hon med sin behagliga röst, "men jag vet inte vad jag ska tro. Jag vet hur gärna du ville undslippa detta. Men jag hoppas innerligt att det inte var du; att trotsa Dantes order..."

331

Hon knep ihop läpparna och vände sig om för att öppna dörren till salongen.

Jag hade redan stått inför Kungen en gång, det var inte något jag längtade tillbaka till. Även om jag in i det sista skulle undvika att trotsa order så var jag så lättad över att kvinnan var borta.

Kapitel fyrtiofem

"Vill du ha något att äta? Du ser hungrig ut." Michelle vände sig mot sin gäst. "Elin? Visst var det så?"

"Det stämmer." Hon satt vid köksbordet med slokande axlar och späda händer vilandes i knät på smutsiga grå mysbyxor; hennes ljusbruna hår hängde långt och otvättat i stripor, delvis täckande hennes ansikte då hon studerade sina händer i knät.

"Vi måste se till att du kommer in i en dusch och får rena kläder på dig." Michelle började sätta fram bröd och pålägg på bordet – så mycket för hennes lördagskväll ute med vänner; istället stod hon fullt iordninggjord i köket och agerade hushållerska. Den svarta åtsmitande klänningen gick från att vara fulländad kvällsutstyrsel till ett överklätt skämt. Men det här handlade om en god väns vän som hade varit med om ett rånförsök och Michelle ställde alltid upp för sina vänner. Elin behövde bara komma över chocken, sova en natt i lugn och ro, och sen kunde hon åka hem igen. Axel hade knappt ställt några frågor utan dragit sig tillbaka till bottenvåningens vardagsrum efter Michelles snabba förklaring. Han verkade därtill nöjd över att Michelle inte åkte in till Uppsala; trots hennes tjugosex år var hennes pappa orolig varje gång hon gick ut.

Medan Elin satt och knaprade på en och samma macka i typ en halvtimme bäddade Michelle en säng till henne i sovrummet bredvid hennes. Trots flertalet frågor hade hon inte fått någon klarhet i vad den späda uppenbarelsen egentligen hade varit med om; hon sa nästan ingenting och svarade på typ en tredjedel av Michelles frågor. Det var uppenbart att hon var gravid och Michelle undrade nyfiket varför inte pappan till barnet hade bistått med hjälp när Elin blivit överfallen. Borde han inte ha kommit direkt som en riddare på vit häst för att rädda sin prinsessa? Typiskt män – de levererade bara besvikelser; de enda gångerna de kom på en vit häst var om tjejen skulle rida.

Hon såg till att Elin kom in i duschen på övervåningen; lade fram en handduk som fick hänga på handduksvärmaren och rotade fram en tandborste hon hittade i badrumsskåpet – inplastad med en hotell-logga på. Allt hennes pappa sparade var inte av ondo.

Elin tittade tacksamt på henne innan Michelle lämnade rummet. När hon var på väg in i köket för att plocka undan efter det blygsamma kvällsmålet Elin intagit knackade det på ytterdörren. Impulsen sa åt Michelle att vänta tills hennes pappa öppnade åt den oväntade gästen, men köksfönstret satt lägligt nog vid bron varför Michelle tvingades möta besökarens påträngande leende genom det otvättade glaset.

Gösta Larsson (Axels prata-om-trädgård-polare). Orka.

"Michelle! Öppna dörren!" Axels skrovliga röst ropade från tv-rummet och Michelle grimaserade trött.

"Är redan på väg för hundra år sedan!" Hon travade motvilligt ut i hallen och hoppades att Gösta inte skulle känna lukten av icke tömda sopor – eller se röran bland skorna i hallen. Sådana saker spred sig som en löpeld i Månkarbo och hennes pappa skulle för alltid bli förknippad med ett stökigt illaluktande hem. Michelle kastade en extra blick på skostället och lade märke till att Elin inte hade haft några skor med sig. Men hur hon än ansträngde sig kom hon inte ihåg Elins ankomst eller hur hon hade sett ut eller om hon hade haft några skor på sig då.

Gösta log sådär lagom trevligt mot Michelle när hon öppnade. Hans gråa hår låg i tunna testar på hans huvud och den mörkblå skjortan såg ut att ha blivit tvättad ungefär tio gånger för mycket. "Hej, Michelle. Värst vad du var uppsvidad då. Ska du ut på galej?" Hans breda leende skapade ett spindelnät av rynkor i hans solbruna hud.

Michelle log vänligt. Allt hade varit så mycket bättre om hon inte bara lade sin tid på att vara en god värdinna utan även skänkte sig själv en tanke mellan varven. Varför hade hon fortfarande klänningen på sig? Å andra sidan var väl hoppet det sista som övergav en.

"Nej, det blev inställt. Har bara inte hunnit byta om än."

"Har du farsgubben hemma?"

Hon mindes med ens att hon lovat att inte släppa in någon så länge Elin var här; hon mindes dock inte någon anledning till detta eller vem hon hade lovat det – bara att det var viktigt att följa dessa riktlinjer. "Eh ja, han är i vardagsrummet. Men han kan inte ta emot besök idag. Han är sjuk."

Gösta höjde på sina gråa buskiga ögonbryn och tittade tveksamt på Michelle. "Sjuk? På vilket sätt då? Han var ju

335

helt frisk när jag pratade med honom för några timmar sedan."

Michelle hörde inte till typen som ljög – det dåliga samvetet fyllde henne och hon tittade på Gösta med blossande kinder. Vad fanns det för hastiga åkommor?

"Han är dålig i magen och är rädd för att det är magsjuka."

Han synade Michelle fundersamt; hon såg när han bestämde sig för att tro henne. "Ja ja, det är som det är. Jag får se om han är bättre imorgon. Han bad mig komma över på kaffe om jag inte hade något annat för mig." Han vände sig tveksamt om men stannade till på bron. "Om det handlar om trädklipparen jag inte har lämnat tillbaka så kan du hälsa honom att jag tar med den imorgon."

Michelle log brett. "Jag kan lova dig att det inte har något med saken att göra. Men jag hälsar honom det."

Hon stängde tveksamt dörren efter honom och låste den. Elin duschade fortfarande på övervåningen, hon kunde höra vattnet smattra våldsamt mot plastmattan. Hon passade på att städa i köket och plocka undan saker som inte skulle ligga framme; hon plockade ut och in i diskmaskinen och bäddade både sin och sin pappas säng. Duschen gick fortfarande. Herregud, hur länge kunde en människa duscha egentligen?

Hon meddelade sin pappa att det varit a vid dörren och berättade att denne hade för avsikt att komma förbi på kaffe under morgondagen. Efter det gick hon runt och plockade bland grejer sådär planlöst som man gör när man har gäster och inte kan sätta sig ner och slappna av.

När Elin väl kom ut från badrummet, en timme och tjugo minuter senare, satt Michelle bittert i en fåtölj i övervåningens vardagsrum iklädd svart mysdress och hektiskt zappande mellan kanaler med dåligt utbud. Sofie hade varit så arg på Michelle som svek henne i sista stund. Okej, det var inte som om hon inte hade andra vänner och skulle bli helt ensam nu när Michelle stannade hemma, men det var själva saken att man inte svek sina vänner på det viset. Hon var fullt medveten om att hon skulle bli tvungen att gottgöra Sofie för det här tusen gånger om; även Malin hade varit sur och påmint Michelle om hur många gånger hon hade tackat nej till sina vänner på sista tiden.

Hon vände en anklagande blick mot Elin. Vem var hon ens? Av vilken anledning skulle den här muppen gå före hennes riktiga vänner?

Men när hon studerade de slokande axlarna, de stora sorgsna ögonen och det bleka ansiktet på flickan i dörröppningen fylldes hon med dåligt samvete. "Kom och sätt dig här", sa hon med ett blekt leende och gjorde en gest mot soffan bredvid fåtöljen. Mycket kunde man säga om de gamla sofforna med fult brun-svart mönster – men sköna var de. Hon anade att Elin själv var en fåtöljtjej och hade antagligen satt sig i den om inte Michelle redan hade suttit i den. Det bästa med fåtöljer var att man fick sitta själv och inte behövde oroa sig för soffpartners.

Elin gled ner i soffan till höger om Michelle med uppdragna knän mot sin svällande mage. Det gick Michelle på nerverna att hon inte sade något. "Inte har jag träffat dig tidigare?" frågade hon i brist på något annat att säga.

Elin skakade på huvudet men sa inte någonting.

"Hur kan det komma sig att du just blev förd till mig? Varför tog inte vår kompis dig till någon annan?" Kompis? Vem fan var kompisen nu igen? Började hon bli knäpp? Hon greps plötsligt av panik och fick en sådan där känsla som när man tror att man är med i en film för att man inte kan greppa verkligheten; eller att man väntar på att vakna från en konstig dröm.

Vem hade tagit Elin till henne? En klump av oro formades i hennes mage. Varför kom hon inte ihåg? Hon hade gjort sig i ordning på toaletten uppe bredvid sitt sovrum, dragit på sig den svarta klänningen, stått och speglat sig och kommit fram till att hon behövde smycken. Hon hade pratat med sin pappa om att komma och hälsa på snart igen. Han hade suttit i vardagsrummet nere och tittat missnöjt på henne med ett öga i dagens tidning. Hon mindes tydligt lukten av kalkonmackan han hade framför sig och att han hade tackat nej till middag. Hon hade letat efter skor i hallen då hon inte ville ha de hon först tänkt att ha på sig. Hon hade kastat ner alla sina saker i sin svarta handväska och varit tacksam över att det fanns en mindre handväska i som hon kunde ha senare under kvällen. Hon hade precis varit på väg att städa undan det sista i köket när det hade ringt på dörren. Hon hade gått fram till dörren och lite fundersamt låst upp då hon inte kände igen flickan utanför. När hon öppnade insåg hon att flickan inte var ensam och hade förvånat tittat på sin vän...

Som hon inte kom ihåg vem det var.

Va? De hade ju pratat snabbt i hallen. Det var ju vännen som hade berättat om Elin och överfallet och frågat om Elin kunde stanna kvar hos henne bara över natten. Vännen hade förklarat att Elin inte kunde stanna hos denne då vännen skulle bort. Hur kunde hon inte minnas? Det var ju fånigt! Hon mindes inte ens om det var en tjej- eller killröst som informerat henne.

Det kändes som om någon tog ett stryptag runt hennes hals. Hon tittade panikslaget på Elin. Var det någon som skämtade med henne? Skulle ett tv-team komma in genom dörren vilken sekund som helst och erkänna att hon blivit neddrogad och lurad?

"Han sa att jag var säkrast här."

Michelle tittade uttryckslöst på henne. Vilken irriterande människa som inte kunde säga mer än några ord åt gången.

"Han? Just det. Jag verkar ha drabbats av minnesförlust", skrattade Michelle ursäktande. Det fanns en stor risk att det var hon som skulle framstå som konstig nu. Hon satte sitt honungsfärgade hår bakom öronen och fäste sin blå blick på inkräktaren. "Vad heter vår vän igen?"

Elin tittade osäkert på henne och Michelle insåg att det fanns något otäckt mekaniskt över flickans sätt att respondera på omgivningen. Det gav henne rysningar ända

339

ner i tårna och varningsklockorna började ljuda i hennes huvud.

"Jag vet inte. Jag kan inte hans namn."

Drömde hon en mardröm? – var det därför allt helt plötsligt var så skumt?

Innan hon hann fråga något mer knackade Axel på dörren och klev in. Han tittade trött på Michelle och en aning skeptiskt på Elin. Hans ljusblå t-shirt var skrynklig och de grå mysbyxorna (vilket årtal hade han egentligen köpt dem?) bar på halvsynliga smutsfläckar. Han hade korsordsboken i handen med en kulspetspenna nedstucken i bokryggen. Han viftade med boken åt Michelle som i en vinkning samtidigt som han meddelade att han hade för avsikt att lägga sig.

"Elin, jag antar att du stannar ett tag imorgon med så vi ses till frukost."

Elin nickade försiktigt. "God natt, Axel", sa hon sedan med mjuk röst. Michelle ritade ett kors i taket för den spontana meningen som kom över Elins läppar. Hon hoppades dock att föremålet för all uppmärksamhet skulle försvinna så fort som möjligt efter frukosten. Helst eftersom Michelle hade för avsikt att åka hem i skaplig tid. Jobbet kallade på måndagen.

Hon hoppades än mer att hon skulle vakna förvirrad i sin säng om en liten stund och inse att den här konstiga situationen var en dröm.

Kapitel fyrtiosex

"Regon min älskade, jag vet inte vad jag tycker om att du har tagit in våra svurna fiender i leden." Gerina fingrade förstrött på den röda gardinen i fönstret till deras sovrum. Hela rummet hade utsmyckats med röda detaljer inför hennes ankomst; Gerina älskade rött. Resten av rummet gick i mörkt trä med tunga möbler. Även om Regon bodde kortare tider på varje ställe såg han alltid till att ha det bästa.

Hon stod med ryggen mot honom – Regon hatade det. Hans blick följde de generösa kurvorna under hennes tunna lila klänning. Hennes mörkbruna hår hade tidigare varit långt och böljat tjockt och förförande nerför hennes rygg. Med åldern hade hon kapat det i axellängd – det var fortfarande lika vackert.

Hon vände om och lät sin gröna blick möta hans. Den förbyttes snabbt i svart – ett tecken på att hon var upprörd. Han suckade och synade hennes tunna sammanbitna läppar som underströk hennes sinnestillstånd.

"Vi kan inte vinna kriget mot väktarna utan väktare." Där, nu hade han erkänt deras tillkortakommanden.

Gerina lade armarna i kors och drog efter andan. "Vad hände med halvbloden?" Det var så hon kallade dem – viatorväktarna. Vid det här laget var de tre fullvuxna. Regon hade placerat ut dem strategiskt över världen; Dregos var i Europa, de två andra i Mellanöstern och USA – för tillfället.

341

De skulle förflyttas efter behov. Målet var att radera så många väktare som möjligt på vägen och bli starkare.

"De kan inte göra jobbet ensamma, de är inte ännu tillräckligt många. Sen ser jag dem som en säkerhetsrisk i sig så jag vill inte ha för många fullvuxna samtidigt. Inte heller vet jag hur gamla de blir. Lever de runt 150 år som vi eller för alltid?"

Gerina gick sakta bort till en stoppad stol och satte sig ner; hon lade sina bruna ben i kors och lutade sig bakåt med blicken fäst på honom. "Du vet att Legus gör ett suveränt jobb på Merkel i din frånvaro. Du kan vara stolt över honom."

Regon log brett. "Självfallet. Jag hade inte väntat mig mindre av vår son."

"Varför kommer du inte tillbaka till Merkel, Regon? Vi behöver dig. Vad har du här att göra? Varför måste du äventyra ditt liv i det här kriget på Jorden?"

Han kunde göra vad som helst för henne när hon tittade på honom så där. Hennes vackra ögon trollband honom – hade alltid gjort. Han hade haft andra genom åren, för affärer och för rent nöje, men Gerina var alltid nummer ett för honom. Hon var den enda värdig att vara hans andra hälft.

"Du vet varför, Gerina." Hans röst var mörk och ögonbrynen hoprynkade av mörka minnen.

"Det är inte värt det. Hämnden rättfärdigar inte all tid som tas från oss och de risker du tar. Väktarna är starkare än vi."

"Inte länge till, Gerina. Inte länge till."

"Om det visar sig att det var du, Nova, så kommer jag att lämna dig till Kungen på egen hand. Om du har trotsat mina order–" Dante lämnade de sista orden hängande i salongens tunga luft. Han var ett åskmoln och jag var livrädd. Jag tittade hjälplöst på Vincent som stod lutad mot väggen en bit ifrån mig. Där fanns ingen hjälp att hämta. Det fanns inte någon i detta rum som trodde att jag var oskyldig; alla visste hur mycket jag hade varit emot att döda flickan och hennes ofödda viatorbarn; alla visste att jag fortfarande stod närmare människan och ifrågasatte väktarnas regler. Så länge jag gjorde det såg de mig som en potentiell risk. Även jag hade trott att det var jag om jag varit någon av de andra. Vem skulle annars ha motiv att släppa ut flickan?

Mina lungor gjorde så ont. Värken spred sig ut i min kropp – en blandning mellan min egen smärta och den som riktades mot mig från min familj. Det kändes som om jag stod i den åtalades bås med en jury som redan inledningsvis var emot mig. "Dante, du måste tro mig! Jag vet att det verkar konstigt och att jag var emot att ta hennes liv; men jag hade gjort det. Jag skulle aldrig trotsa dina order." Min blick vandrade från Dantes arga ansikte till Victoria och Joline som stod bredvid Christian och Didrik. Samtliga tittade tysta och sammanbitna på mig.

Dante lade sina hårda armar i kors och höjde ena ögonbrynet. "Du förstår nog att det verkar en aning konstigt att kvinnan lägligt försvinner samma kväll som du ska ta hennes liv. Dörren är inte uppbruten, den är *upplåst*. Vem skulle komma utifrån och ta sig in i vår herrgård för att befria en kvinna som vi har undangömd i källaren? Ingen fiende vet var vi finns och än mindre att kvinnan fanns här. Det är en väldigt långsökt tanke. Det lämnar inte många kvar att misstänka. Du är den enda som tydligt har uttryckt din motvilja att döda kvinnan – och nu är hon fri; fri att föda ännu ett viatorbarn."

"Jag förstår att det ser dåligt ut för mig–"

"Dåligt är förnamnet, Nova. Eller vill du anklaga någon annan i familjen istället?" Dante svepte med handen över samlingen.

Vad var det med det där golvuret som tickade så våldsamt varenda gång jag kände mig trängd? Jag slöt ögonen för några sekunder och önskade mig någon annanstans. Jag önskade att Vincent trodde mig; allt hade varit så mycket enklare om bara han var på min sida. Och på riktigt, vem hade släppt ut henne? Det var det mest intressanta här. Dante hade en poäng i att det måste vara någon i familjen. Men vem skulle göra en sådan sak? Det fanns ingen i familjen Weller som ville att flickan skulle vara fri. De var sammansvetsade sedan flera hundra år tillbaka; de svek inte varandra. De enda två nykomlingarna var jag och Didrik. Kunde det vara Didrik? Jag öppnade ögonen och mötte hans blick. Han tittade allvarligt på mig. Jag visste utan att fråga att jag hade hans stöd. Han hade alltid varit på min sida. Nej. Det kunde inte vara han. Var det någon som hade större anledning än han att hämnas på viatorerna? Han ville knappast att ett till viatorbarn skulle födas.

Det innebar att en främling hade varit i vår herrgård och släppt ut kvinnan. Det var mycket skrämmande. En främmande person (eller varelse) hade lyckats ta sig in i vår bostad; in i bostaden hos väktare som kunde höra på kilometers avstånd. Det kunde inte stämma.

Jag mindes alla gånger jag spionerat på familjen Weller innan jag visste vad de var; de hade ertappat mig ständigt. Bara tanken på att lyckas ta mig ner i deras källare obemärkt och ta med en annan person ut var skrattretande. Omöjligt.

"Väktarna har hur mycket makt som helst", sa jag med starkare röst än jag egentligen hade självförtroende till. "Det måste finnas något sätt för mig att bevisa att jag är oskyldig. Victoria, du har en förmåga att läsa människor. Kan inte du läsa av mig?"

Victoria skakade sakta och beklagande på huvudet. "Nej, jag är inte någon lögndetektor. Jag kan bara läsa av vad en människa har gått igenom och vad den känner, men inte en väktare."

Jag visste att Victoria ville vara på min sida. Hon hade alltid tyckt om mig och jag såg att det här plågade henne; likaså Joline, hon var som min syster och vägrade acceptera fullt ut att jag skulle kunna göra något för att svika familjen Weller. Christian var alltid neutral. För honom var allt möjligt; han litade på sin familj men aldrig så pass mycket att det hindrade honom från att se verkligheten. Han granskade och bedömde ständigt utan att fälla sin dom förrän han var helt säker. Allt var möjligt.

Vincent var Vincent. Han var en mörk själ som ofta balanserade på gränsen till vad som var tillåtet. Jag visste vad som rörde sig i hans tankar nu. Han trodde att han kände mig och hans världsbild var nu rubbad. För han tvivlade. Han undrade om hans skötsamma Nova också hade andra, mer mörka, sidor. Han ville inte tro att jag hade trotsat Dantes order, men han var rädd att det kunde vara så; för liksom jag kunde han inte hitta någon annan att misstänka. Det skrämde honom att han kanske inte kände mig så väl som han trodde att han gjorde. Svartsjuk som han var fick det honom att undra om det var något mer jag dolde för honom, och i samma sekund vandrade hans blick till Didrik och jag var tvungen att bita mig i läppen för att hindra en fnissning. Jag kände honom för väl.

Åtminstone hade jag trott det fram till idag.

Så var det Dante. Han var framför allt en ledare och vis av erfarenhet både åldersmässigt och kunskapsmässigt. Han tålde inte att någon trotsade hans order och var beredd att handla därefter utan att låta några känslor komma emellan.

"Det finns sätt. Kungen och hans Skuggor kan ta reda på sanningen. Men jag är inte benägen att låta dig gå igenom den smärtsamma behandlingen innan jag är säker på min egen åsikt i frågan."

"Du vet att Regon skulle döda dig om han blev varse att du har tagit livsenergin från en människa. Ju mer väktare du blir desto större hot kommer han anse dig vara."

Dregos tittade på den vackra människokvinnan som klev fram mellan träden. Han hade lagt den döda flickan under lite jord och sedan vänt henne ryggen. Han kände sig starkare – farligare – och ruset som strömmade genom hans kropp var exalterande. Han kände inget för det liv han tagit och visste att det här inte var sista gången han smakade på en människa.

Linnea – Legors leksak. Hon var vacker med brunt långt hår och en mycket kvinnlig kropp som svällde på de rätta ställena. Hon visste att hon var vacker. Det fanns en avsiktlig tanke bakom varje rörelse hon gjorde – en äkta förförerska. Hon var en av de människokvinnor som frivilligt levde med viatorerna. Hon var fullt medveten om vad de var och även vad *han* var.

Legor skulle med glädje underrätta Regon om vad Dregos hade gjort. Om någon bröt mot Regons regler blev denne torterad eller dödad.

Han tittade med hoprynkade ögonbryn på henne – säker på att hon var rädd.

Hon svalde sakta och lade armarna i kors över de fylliga brösten, som om de skulle kunna skydda henne från honom om han bestämde sig för att göra henne illa. "Du behöver inte oroa dig", sa hon lågt, "din hemlighet är säker hos mig."

Han höjde på ögonbrynen och närmade sig långsamt platsen där hon stod. Hon backade sakta bakåt tills hennes

347

rygg mötte en trädstam. Hennes bröst höjde sig snabbt upp och ner och de stora ögonen vidgades. Han lyfte en av sina muskulösa armar och lät en kraftig hand lägga sig mot hennes nyckelben. Tummen snuddade vid hennes halsgrop med en svepande rörelse. "Varför?"

"Jag skulle inte vilja skada dig", viskade hon.

"Är du inte rädd att *jag* ska skada dig?"

Hon tittade in i hans ögon och skakade sakta på huvudet.

Dregos skrattade mörkt och lät blicken glida över hennes sensuella läppar. Han borde ta henne bara för att hämnas på Legor och sedan döda henne framför hans ögon.

Jag var fullständigt förbjuden att gå någonstans så länge jag var misstänkt. Det gjorde mig galen av ilska. Fånge hos min egen familj – mer än vanligt vill säga. Jag vek våldsamt våra kläder och kastade in dem i den stora garderoben. Och Vincent då, min käre förbundspartner, var ute på uppdrag för Kungen för att söka efter viatorväktarna. Jag hade inte haft någon möjlighet att fråga om hans syster och resten av hans familj. Men det störde mig ofantligt att han dolde så viktiga saker för mig. Sjukt vad bra saker gick i mitt liv just nu.

Så mycket för att vara väktare.

Efter att ha städat mycket våldsamt under någon timme och sedan drivit omkring planlöst under svordomar, och lekt med min övernaturliga förmåga genom att flytta saker utan att röra vid dem, lyckades jag övertala Joline att följa med mig till Stockholm och shoppa. Jag hotade med att riva hela huset om inte hon lyssnade på mig då mitt humör minst sagt kokade. Hon himlade med ögonen mot mig men hennes shoppingberoende vann striden. Jag var även ganska säker på att hon innerst inne trodde att jag var oskyldig till det jag stod anklagad för. Hon övertalade Dante som lät oss gå. Vincent skulle inte gilla det här. Men å andra sidan fanns det mycket få saker han gillade. Det var tydligen en sak att *han* var ute och rände över hela världen, och möjligtvis utanför den, men om jag ville åka utanför Månkarbo utan honom då rubbades hela hans värld. Jävlig som jag var den här dagen, oskyldigt anklagad och en man som undanhöll saker för mig var bara början av listan, bestämde jag mig för att skicka ett sms till honom och sedan inte svara i telefonen när påringningarna började. Han kunde gott få våndas ibland. *Älskling, jag och Joline drar till Stockholm en sväng. Vi kommer antagligen hem idag. Om du kommer hem före mig så vet du att jag är i trygga händer.*

"Vad flinar du åt?" Joline lade armarna i kors och höjde på ett välansat ögonbryn. Hon hade på sig ett par mycket åtsittande slitna jeans och en rosa tröja som smet åt på de rätta ställena. Joline var en riktig fresterska. Jag älskade henne gränslöst. Jag stängde av ljudet på min telefon och stoppade ner den i en beige handväska. "Absolut ingenting." Jag drog på mig ett par leopardmönstrade ballerinaskor som passade perfekt till mina ljusa jeans och den svarta magtröjan. Runt halsen hängde min biologiska mammas halsband; jag hade lagat det efter mitt och Vincents äventyr i sovrummet. Jag slöt mina fingrar runt den kalla stenen och önskade att den kunde berätta allt för mig som jag inte kände till om min mamma och min bakgrund. Jag hade skapats till Nova Sommelius och senare till Nova Weller men hade ingen aning om hur ursprungsmallen såg ut.

Christian kom in i förhallen och tittade skeptiskt på oss. "Man kan ju undra vem ni har klätt upp er för med tanke på att era förbundspartner inte följer med." Joline gled fram till honom med ett brett leende. Hon lade sina armar runt hans hals och tittade honom djupt i ögonen. "Min. Jag träffar dig nu och jag träffar dig när jag kommer hem – jag har all anledning i världen att tänka på hur jag ser ut."

"Sköt er nu", sa han allvarligt. "Nova du hänger fortfarande löst, se till att komma tillbaka i tid så Dante slipper hetsa upp sig. Och Vincent."

Jag himlade med ögonen. "Springa eller åka bil?"

"Snälla, vad tror du?" Joline gjorde en menande gest mot sina högklackade skor. Jag som hade hoppats få göra av med lite aggressioner genom att springa.

"Du är en ny väktare, att springa hade varit en otroligt dålig idé med tanke på hotet som väktarna står inför", sa Christian menande. "Var inte borta för länge, annars kommer jag och hämtar er."

"Åh, hot, Christian", skrattade Joline utmanande, "det gillar jag." Hon gav honom en lång kyss innan vi lämnade herrgården.

Innan vi ens kommit fram till bilen kom Victoria springande efter oss. Hon ville också shoppa så vi blev tre tjejer som drog in till stan den här dagen. Precis vad jag behövde. Innan vi åkte ut från gården, med Joline bakom ratten, tittade jag upp mot huset och såg att Dante stod i ett av fönsterna på övervåningen. Det smärtade att han tvivlade på mig men samtidigt var jag arg för att han över huvud taget misstänkte mig. Han skulle få se hur fel han hade.

En snabb blick på min telefon visade att Vincent hade ringt inte mindre än femton gånger. Inga sms. Han var för arg för det. Jag log för mig själv och stängde in telefonen i väskan igen. Jag hade ingen aning om när Vincent skulle komma tillbaka. Hans möten med Kungen handlade antingen om krigsstrategier eller att vara ute och döda viatorer, det kunde ta allt från några timmar till några dagar.

Jag hatade att vara utan honom.

Kapitel fyrtiosju

När vi kom hem, knappt trötta, fulla av skratt och åtskilliga klädpåsar rikare, väntade Dante i hallen. Han hade självfallet hört oss komma långt innan vi svängt in på grusvägen till herrgården. Vi hade haft en fantastisk dag utan några större bekymmer. Solen hade skinit, alla människor kring oss var glada och som attraktiva väktare hade vi fått hur mycket uppmärksamhet som helst från båda kön. Ibland var det uppfriskande att bara vara en tjej på shoppingrunda. Vi hade druckit vin på uteserveringar, fikat på café och suttit i solen utanför Stockholm slott. Ja, och shoppat såklart. Inte en väktare eller viator fanns att skåda så långt ögat kunde nå.

"Victoria, jag ser att ni har roat er", sa Dante avmätt med ögonen fästade på hennes påsar. Hon strålade av glädje och kastade sina påsar på en antik stol innan hon gick fram till Dante och gav honom en stor kram så hennes tjocka hästsvans vajade från sida till sida. "Om vi har", kvittrade hon och pussade honom över hela ansiktet.

"Christian och Didrik är ute och jagar", sa Dante kort när stormen av kyssar var över. "Jag anar att din partner vill byta några ord med dig när han kommer hem", tillade han och fäste sin blick på mig.

Oops – Vincent ja. Det kan vara så att jag hade glömt både han och telefonen under dagen. Men vad gjorde det när jag hade fyllt på både garderob och glädjeförråd? "Ni män är så tråkiga", muttrade jag och styrde mina steg mot den större hallen där trappan var belägen.

Dante svarade aldrig på min replik, istället hörde jag honom meddela Victoria att de hade några videomöten som väntade med överhuvuden från andra väktarfamiljer.

Min mamma ringde när jag stod i vindsvåningen och provade kläder. Vincent hade tydligen givit upp sina försök att nå mig och jag kände inte ännu för att ringa upp. Jag gissade att han bidade sin tid till när han skulle komma hem. Han skulle vara galen på mig som hade ignorerat honom så här. Det skulle garanterat bli heta argument som slutade i ännu hetare sex. "Nova, känner du någon Michelle från Månkarbo?"

"Nej. Vadå då?"

"Det finns en Michelle som ställer en massa frågor om dig på orten. Hon verkar ruskigt intresserad av dig och familjen Weller."

"Ställer hon frågor om mig eller om familjen Weller allmänt?"

"Specifikt om dig."

"Va? Hur kan jag vara intressant för en total främling? Jag är ju supertråkig."

"Jag vet."

"Mamma, sa du just: *jag vet*?"

Hon skrattade ett pärlande skratt med ett visst uns ursäkt i. "Inget illa menat. Men *så* spännande är du inte, Nova."

Hon skulle bara veta.

"Vem har den här Michelle pratat med och vad frågar hon?"

"Hon har pratat med någon som känner Emilys bror eller något sådant. Det var Anna-Lena som berättade för mig. Det är tydligen inte den enda hon har frågat."

"Och hon frågar vad?"

"Vem du är; när du kom till Månkarbo; hur du träffade familjen Weller, med mera, med mera."

Jag mindes tydligt att den tjej Didrik pratat med hette Michelle; hon som bodde vid den nedlagda E4:an. Hade hon blivit lika besatt av familjen Weller som jag en gång i tiden hade varit? Men varför fråga om mig? Borde hon inte gå runt och fråga om Didrik istället?

"Var bor hon?"

"Hon bor i Uppsala, men hennes pappa bor på Hamrarnevägen, precis vid den gamla E4:an. Hon är tydligen där väldigt ofta."

Japp, det var hon. Jag kanske borde besöka henne en kväll för att vända henne i rätt riktning. Det vill säga bort från väktarna.

Jag hade så tråkigt den här kvällen. Som människa kunde man åtminstone driva runt och plocka saker ur skafferiet när man hade tråkigt. Konsten att tröstäta hade räddat många timmar i mitt mänskliga liv. Som väktare hade man inte behov av mat och inte heller intresset att tröstäta.

Jag gick förbi ett av mina favoritrum – biblioteket – där Dante och Victoria var fördjupade i viktiga samtal med andra väktare. Jag som hade tänkt att planlöst gå igenom antika böcker. Jag älskade att dra fingrarna över de läderbundna bokryggarna och dra ut en bok på måfå för att se vilken spännande berättelse som gömde sig i den. Hela rummet andades historia och bar med sig dofter från gammalt fint läder och gulnande sidor med en bidoft som tidvis påminde om gamla löv. Jag älskade den; liksom knaket i den gamla bokryggen när jag försiktigt öppnade boken och skådade de gamla tryckta bokstäverna. För min del spelade det mindre roll vad boken handlade om. Jag gillade känslan av den, att bara bläddra bland sidorna och åtnjuta privilegiet att ha dessa böcker i min ägo.

Jag sprang oväntat på Didrik i korridoren utanför – han var på väg i motsatt riktning – som vanligt sken han upp när han såg mig. "Nova, hur är det med dig?"

Jag synade läckerbiten uppifrån och ner och log. "Jag mår som man brukar göra när man är oskyldigt anklagad och har husarrest. Allt är bara helt underbart." Drypande sarkasm är mitt förnamn.

Didrik lade en arm runt mig i sympati och tryckte min axel. "Jag är helt övertygad om att du är oskyldig. Man kan tycka att resten av familjen som har känt dig längre än vad jag har gjort borde tänka på samma sätt."

Det stack till i mitt bröst av besvikelse när han yttrade de orden. Det var precis så jag kände, och den enda som trodde på mig var en man som inte hade känt mig mer än någon månad. Min egen förbundspartner uppgav att han trodde på

355

min oskuld men jag kunde se att han tvivlade när han tittade på mig. "Didrik, tack så mycket för att du tror på mig – och tack för att du erbjöd dig att döda tjejen istället för mig. Det var en vacker gest."

Han log bara och gick mot salongen. Jag gick in till Dante och Victoria och satte mig bredvid för att lyssna på vad de övriga väktarfamiljerna hade att säga. Dante höjde på ett ögonbryn som om han funderade på om det var vettigt att en potentiell förrädare tog del av informationen. Victoria, vars sida jag satt på, tryckte däremot mitt ben lugnande och gav mig ett av sina gnistrande leenden.

Det var väktarfamiljen i Tyskland och väktarfamiljen i Portugal parallellt. Jag ställde mig generat frågan om de hade hört om anklagelserna som var riktade mot mig från familjen Weller; men med tanke på mottagandet jag fick kunde så knappast vara fallet.

Det var uppenbart att familjen Weller hade känt de övriga familjerna mer än två livstider; de skämtade om vartannat och pratade gamla minnen för att sedan helt plötsligt växla över till mer allvarliga ämnen. Jag blev snart varse att Vincents nya roll hos Kungen hade renderat stor uppmärksamhet och respekt. Jag hade i min enfald trott att alla väktarfamiljer hade en utsänd att vara en del av Kungens armé. Jag hade haft fel. Min Vincent var inte bara speciell för mig; han var speciell för hela väktarbefolkningen – liksom alla hans likar som arbetade nära Kungen. Detta gjorde mig både stolt och rädd.

Hörde jag för övrigt Rebeckas och Emilys röster i närheten? Det kunde väl inte stämma? Var de i Månkarbo och hälsade på? Ännu viktigare – var de på väg till mig?

"Så hur går det för Didrik? Har han blivit en Weller eller känner han sig fortfarande som en Rauch innerst inne?" Erich Rauch log så att de små rynkorna kring ögonen blev synliga. Jag gissade att han saknade Didrik och sörjde Fiona. De hade förlorat två väktare samtidigt och jag undrade nyfiket om de hade hittat ersättare. Detta var dock inte något jag ville föra på tal av respekt för deras sorg.

Erich såg ut att vara trevlig – inte lika hård som Dante. Men om man skulle tro Christian var han dock inte främmande för att använda vilka metoder som helst för att hålla ordning i sitt kungadöme. När jag synade hans vänliga ansikte hade jag dock svårt att tro på detta.

"Kan vi snälla få prata med honom?" frågade Irma Rauch hoppfullt. "Vi saknar honom enormt och han har inte hört av sig en enda gång sedan han lämnade oss. Är han hemma?"

"Det tror jag", log Victoria varmt.

"Ja, jag såg honom i korridoren precis", inflikade jag. *"Didrik, kan du komma till biblioteket?"*

"Där är han ju", sa Victoria och vände sig om när Didrik dök upp i dörröppningen.

"Det där är inte Didrik." Erichs ord blev hängande i luften.

Efter det hände flera saker samtidigt.

Didrik försvann snabbt som blixten; Vincent dök upp i hallen och ropade att han ville prata med mig på en gång (jag hade redan glömt att jag dissat järnet ur honom den här dagen bara för att jävlas och för att jag var skitsur över att han dolde sitt förflutna för mig); Dante skrek till Vincent att ta Didrik samtidigt som han själv kastade sig ut genom dörren för att ta upp jakten på honom.

Victoria stannade chockat kvar vid datorn och ställde frågor till Erich om Didrik för att bringa klarhet i det hela. Christian och Joline, som fyllt på sina energiförråd, dök upp på gården utanför och tog båda upp jakten på Didrik (eller vem han nu var?). Samtidigt dök Rebecka och Emily upp på gårdsplanen och blev nästan omkull sprungna. Jag skyndade mig ut på bron och såg hur Rebecka hjälpte Emily att återfå balansen; de tittade båda förvirrat kring sig helt ovetandes om vad som hade träffat dem.

Jag sprang ner för att hälsa på dem samtidigt som tankarna malde i mitt huvud om vad som egentligen nyss hade inträffat. Vem var Didrik? Eller borde jag säga: *var*, var Didrik?

"Har ni hundar här?" frågade Rebecka förvånat efter att hon och Emily hade kramat om mig."

"Nej", skrattade jag en aning nervöst. "Men det kan ha varit något vilt djur kanske."

"Det måste ha varit ett mycket snabbt vilt djur", sa Emily en aning skärrat. Hon tittade sig omkring. "Hur vågar du bo här mitt i skogen, Nova?"

Rebecka skrattade och knuffade till Emily i sidan. "För att hon bor i en herrgård med världens snyggaste man såklart."

Jag himlade med ögonen och gjorde en gest mot herrgården. "Har ni kommit hit för en fika eller har ni något annat ärende?"

"Jag och Emily synkade vårt besök i Månkarbo och tänkte passa på att hälsa på världens sämsta vän", retades Rebecka. "Du vet, hon som alltid lovar att höra av sig men aldrig gör det. Toffeln."

Jag log brett. Som jag hade saknat de här två. Det var så orättvist att jag inte fick ha dem i mitt liv. Utan att titta visste jag att Victoria höll koll på oss från ett fönster. Hon tyckte definitivt inte att det här var en bra idé – och speciellt inte när "Didrik" var jagad av halva familjen Weller. *Jag ska se till att de går*, informerade jag snabbt.

Fort! Och kom sedan in direkt.

Jag svarade inte utan fäste istället mina violetta ögon på mina vänner. Jag noterade att Rebecka inte längre färgade sitt hår svart utan hade tonat ner det till en mjukare brun nyans. Det passade henne bra. Emily såg ut som vanligt med sitt halvlånga ljusa hår och det söta ansiktet som hade förmågan att charma halva omvärlden.

Den där taco-skvaller-kvällen som jag hade i åtanke tedde sig mer och mer lockande. Den skulle definitivt bli av.

Skvaller! Med ens visste jag var Didrik var.

359

Jag tittade beklagande på mina två vänner och lade en hand på varderas axel. Mina väktarögon letade sig in i deras frågande ögon och jag började sakta tala till dem.

"Rebecka och Emily, lyssna noga. Ni ska gå direkt hem till Rebeckas mamma – där kommer ni att sova i natt. Ni har inte varit hem till mig idag men vi har pratat i telefon och bestämt att vi ska träffas imorgon. Jag kommer hem till Rebecka 17:00 och äter tacos med er."

Rebecka och Emily vände sig om utan att säga något och gick tillbaka samma väg de kommit. Satan vad de här väktargrejerna var användbara, och jag fick äntligen min tacokväll.

Jag tittade upp mot herrgården och satte sedan av i hyperhastighet in i skogen.

"Jag drar till Michelle!"

"Nova! Vad i helvete!" hördes Victorias upprörda stämma. Jag hade inte tid att bry mig om några regler just nu.

Kapitel fyrtioåtta

"Pappa! Du vet att jag åker hem alldeles strax?" Michelle torkade av köksbordet efter middagen och ställde in den sista disken i maskinen innan hon körde igång den med en snabb knapptryckning. Hon tittade skuldmedvetet på de slokande blommorna i köksfönstret och hällde på lite vatten innan hon uppsökte sin pappa. Axel satt och läste korsord i sin favoritfåtölj i bottenvåningens tv-rum; han tittade upp på henne med ett litet leende.

"Jag vet, jag vet. Du åker hem till Uppsala nu. När kommer du tillbaka?"

"Jag jobbar tre dagar i rad så jag kanske kommer på torsdag." Hon log roat när hon såg hur lättad han blev när han hade en dag att ställa in sig på. Möjligtvis kunde hon då åka tillbaka till Uppsala på fredagen eller lördagen och se till att genomföra en utekväll med sina vänner – om hon hade några vänner kvar.

"Det ser ut att bli snö så kör försiktigt", sa Axel menande och kastade en blick ut genom fönstret.

Michelle stönade högt och gick fram till rutan för att blicka upp mot himlen. Han hade rätt, himlen hade den där gråvita filmjölksfärgen som så ofta innan den första snön föll. "Jag hoppas du har fel."

"Så lite snö som vi har haft de senaste åren så hoppas jag att jag har rätt", sa han lugnt utan att titta upp från sitt korsord.

"Och du snälla försök att göra något utanför huset medan jag är borta? Du och Gösta verkar ju ha trevligt tillsammans så du kan väl gå över till honom och hälsa på?" Hon satte armarna i kors och tittade uppfordrande på sin pappa.

"Mm, vi får se", mumlade han – vilket betydde att det inte skulle hända. Hon himlade med ögonen och informerade honom kort om vad som fanns i kylskåpet och att hon hade tvättat kläder som hängde på tork i källaren. Hon undrade om det var otrevligt av henne att inte gå förbi sin mamma och Ove innan hon lämnade Månkarbo, men kom fram till att hon inte orkade; sen sprang hon upp på sitt rum och kollade om hon glömt något viktigt, som mobilladdaren tillexempel, och var precis på väg ner för trappan när det knackade på ytterdörren. Vem var det nu då? – var det något hon fått nog av så var det oväntade besök. Innan hon öppnade kollade hon snabbt om skorna var i acceptabel ordning.

"Hej, Michelle."

Michelle tittade överraskat på besökaren och var ganska övertygad om att hennes förvåning stod tydligt skriven i ansiktet på henne. Vad i hela friden gjorde Nova Weller på hennes bro? – och varför hamrade hennes hjärta så hårt när hon tittade in i hennes lysande ögon?

Jag tittade allvarligt på Michelle och tog några steg framåt så att hon var tvungen att släppa in mig – hon var uppenbart både förvånad och rädd. Jag insåg att jag skulle bli tvungen att fixa hennes pappa först så att vi kunde prata ostört. "Är Didrik här?" frågade jag utan att ödsla någon tid.

"Nej, han–"

"Okej, gå in i köket och vänta på mig. Vi ska prata." Jag väntade inte på att hon skulle lyda min order utan gick direkt till pappan och instruerade honom att stanna med sitt korsord vad som än hände, sen återvände jag till det gammalmodiga köket och satte mig mittemot Michelle vid matbordet. Hon tittade på mig med miljoner frågor i sina ögon och ett hjärta som hamrade snabbt i bröstet. Jag studerade henne några sekunder innan jag tog till orda; hon var söt med sitt honungsfärgade hår och feminina ansikte; oskuldsfull – precis som jag varit en gång i tiden.

"Du har ställt frågor om mig", sa jag rakt på sak, "varför?"

Michelle tittade mållöst på den vackra kvinnan hon hade framför sig och insåg att hela den här situationen var så fel – den stämde bara inte. "Vilka är ni?" frågade hon istället. "Ni har bara tagit er in i mitt liv och allt har blivit så konstigt – jag glömmer saker och–"

"Du svarade inte på min fråga", sa jag uppfordrande. Jag var fullt medveten om att min blick skrämde henne; liksom hela min närvaro signalerade fara. Jag hörde ljudet av saliv som färdades ner i hennes svalg när hon svalde och hur blodet trummade i hennes tinningar och hals.

"Jag blev nyfiken på dig för jag trodde att du och Didrik hade något sorts förhållande – och jag–" Hennes röst tonades ut och hon försvann i någon tanke som hon inte satte ord på.

363

Såklart, hennes efterforskningar hade handlat om sedvanlig svartsjuka. Jag log roat och lade en hand på hennes för att återfå hennes uppmärksamhet. Hon ryckte förvånat till och tittade frågande på mig; antagligen undrandes hur jag kunde vara så varm och hur det var möjligt att hon fick en stöt när jag rörde henne.

"Var är Didrik?"

"Ingen aning. Han var här för en stund sedan och försvann igen." Michelle fann sig ha otroligt svårt att fokusera på frågorna Nova ställde henne. Hon förlorade sig gång på gång i hennes ögon – vad speciella de var; vackra; förtrollande. Det var precis som med Didrik... Hon fann sig snabbt och ruskade på huvudet som för att nyktra till.

"Vilka *är* ni?" frågade hon förfärat och backade sin stol en aning bakåt bort från sin besökare.

"Var Elin hos dig?" frågade jag och undvek att kommentera hennes utfall.

Hennes ansiktsuttryck gav mig svaret innan hon ens öppnat munnen och jag svor inom mig att jag inte hade räknat ut det här tidigare – så mycket för väktarnas starka intuition.

"Känner du Elin? Eller såklart du gör, det är ju Didriks vän. Han tog henne med sig." Hon kastade en blick mot bänken där en gammal mikrovågsugn stod och när jag såg vad hon tittade på reste jag mig snabbt upp.

"Hon glömde det. Jag har lagt det där för att pappa ska ge det till henne om hon kommer förbi när jag inte är här."

364

Jag svarade inte, utan höll upp halsbandet framför mig så att hänget snurrade i luften – ett guldhalsband med en safir innefattad i en guldbotten.

Jag tappade kraften i benen och sjönk ner på stolen med halsbandet vilande i min hand. Michelle tittade på mig som om jag hade blivit galen, men mina skenande tankar gav inte henne något utrymme. Det var nu nästan helt mörkt utanför och skenet från den svaga lampan ovanför köksbordet spelade i stenens fasetter. Utan ytterligare fördröjning slog jag, till Michelles utrop, halsbandet i bordet så att stenen ramlade av.

"Vad gör du? Du får inte ta sönder det!" Hon reste sig upp för att ta halsbandet från mig och jag fäste en allvarlig blick på henne.

"Sitt. Och stanna där tills jag ger dig ytterligare order."

Jag tog med darrande händer upp den tunna lilla pappersbiten som gömt sig bakom stenen och vecklade försiktigt ut den. **Barn 2 – Elin. Av Sophia.** Hela min värld snurrade, det kändes som om stolen jag satt på hamnat på ett hav och gungade med vågorna. Jag vände mig mot dörröppningen när Dante och Vincent stormade in. De stannade mitt på golvet och tittade frågande från mig till den paralyserade Michelle.

"Jag tror att det här är mycket mer invecklat än vi har anat." Min röst lät obekant och jag höll upp halsbandet och lappen framför dem.

"Så du är avslöjad?" Regon blossade fundersamt på sin feta cigarr och studerade väktaren han hade framför sig. Han skulle aldrig vänja sig vid åsynen av dem – och han gillade inte att de oroade Gerina – men han behövde dem för att vinna kriget. Bara tillräckligt många för att kunna förgöra väktarna, men inte så många att de riskerade att vända sig mot viatorerna när kampen var över. Regon var dock känd för sitt grymma ledarskap och drog sig inte för att injaga fruktan i omgivningen när han ansåg det nödvändigt. Han hade också ett nytt trumfkort på handen då det kom till att forma väktarna efter sin vilja, och han hade för avsikt att använda det frikostigt.

"Var är Elin?"

"Hos Argor där hon hör hemma."

Regon nickade. "Jag ska byta några ord med Argor, hon får inte rymma igen. Vi behöver hitta en ny väktarfamilj att placera dig i, ni spioner är ovärderliga."

"Jag har en till upplysning om familjen Weller."

"Så vad väntar du på? Berätta."

"Nova Weller, jag har fått reda på vem hon är." En kort paus och Regons ögonbryn drogs frågande ihop. "Det är Elviras dotter."

Väktaren läste chocken i Regons ansikte och log inombords. Så pass insatt var han att han förstod värdet i den här uppgiften.

När Regon talade igen var hans röst mörk av vrede. "Hon måste dö, *snarast*. Se till att det blir gjort."

Väktaren nickade kort och vände sig om för att lämna rummet.

"Och du, Dregos får inte bli underrättad om det här; han har inte någon aning om vem hon är."